KB150869

인생의 끝자락에 서서

인생의
끝자락에
서서

양장 지음 · 윤지영 옮김

슈몽
shumong

양장
楊絳

본명은 양지캉楊季康이다.

1911년, 장쑤성 우시의 고명한 학자 집안에서 태어나 둥우대학과 칭화대학에서 외국어 문학을 전공했다. 중국 현대 문학의 곤륜산으로 추앙받는 첸중수錢鍾書 선생과 결혼한 후 영국과 프랑스에서 유학을 마치고 전화여자중·고등학교의 교장, 칭화대학의 외국어학과 교수, 중국사회과학원 외국어문학연구소의 연구원 등을 역임하였다.

남편과 함께 평생 문학과 학문의 귀감이 된 양장 선생은 구순이 넘은 나이에도 왕성한 창작활동을 보여 주었다. 93세에 〈우리 셋〉을 출간한 이후, 96세에 〈인생의 끝자락에 서서走到人生邊上〉를 집필하여 백 년 인생을 담은 철학 탐구서를 완성하였으며, 102세에 250만 자에 달하는 〈양장문집〉 8권을 발표하여 세상의 주목을 받았다.

2016년 5월, 양장 선생이 향년 105세로 세상을 떠났다. 중국의 철학가 저우궈핑周國平은 양장 선생을 추모하며 '귀엽고 존경스러운 노인네! 나는 그녀가 얼마나 세심하게 살피고 또 살펴서 행장을 꾸렸는지 분명히 보았다. 그 영혼은 평생 갈고닦아 만들어 낸 빛나는 보석들을 모두 챙겨서 고요하게 길을 떠났다'라고 평가하였다.

양장 선생은 〈인생의 끝자락에 서서〉 외에도 〈우리 셋〉, 〈목욕〉, 〈원하는 대로 이루어지다〉, 〈간부학교 이야기〉, 〈돈키호테〉 등 수많은 소설, 희곡, 산문, 번역 작품을 남겼다.

인생의 끝자락에 서서 - 자문자답

주석

인생의 끝자락에 서서

자문자답

인생의 끝자락에 서서

2005년 1월 6일, 병원에서 나와 산리허 아파트로 돌아왔다. 나는 병원의 정문으로 나왔다. 만약 병원의 영안실이 있는 후문으로 나왔다면 나는 '돌아간 것'이 되었을 것이다.

병실에 누워 있는데 머릿속에 〈인생의 끝자락에 서서〉라는 글의 제목이 계속 맴돌았다. 나는 집으로 돌아오자마자 글을 쓰기 시작했다. 이때부터 뭔가에 홀린 것처럼 이 주제에 사로잡혀 글을 쓰려고 했지만, 생각은 명쾌하게 정리되지 않았고, 거침없이 술술 써 내려갈 수도 없었다. 책을 찾아보기 시작했다. 이미 읽었던 국내외의 〈사서四書〉, 〈성경聖經〉 같은 책으로부터, 읽으려고 사 놓았거나 다른 이에게 빌려 놓은 책, 예를 들면 미국 어빙 배빗의 작품, 프랑스 폴 부르제의 〈죽음의 의미〉 같은 책을 보았다. 책이 도움이 되기는 했지만 좀 알겠다 싶으면 다시 모르는 부분이 생기고 자꾸만 막혀서 좀처럼 앞으로 나아가지 못했다.

　　나이는 사람을 비껴가지 않는다. 나는 늙은 데다 병이 들었고, 또 바쁘기까지 하다. 사실 집안일을 할 필요도 없고, 돌볼 사람이 있는 것도 아니니 아주 여유로운 사람이어야 하지만 나이 많은 노인이 되니 찾아오는 아랫사람이 많아졌다. 내 밑으로 손아랫사람들이 있고, 그 밑으로 또 손아랫사람들이 생겨나고, 친구들의 자녀들 밑으로도 손아래가 생겼다. 나는 손아랫사람들의 보살핌을 받는다. 가까운 베이징에서도, 먼 외국에서도, 연말이라고, 명절이라고, 모두 나를 보러 온다. 고맙지만 오지 말아 달라고 사정해도 가까운 친척들이며 친구들은 손아랫사람들을 데리고 아무 때나 우리 집으로 쳐들어온다. 그들이 오면 당연히 반갑고 기쁘지만 나는 더 이상 여유롭게 시간을 보낼 수 없게 된다.

　　나이가 드니 몸이 아프다. 불면증이 있고, 혈압이 높고, 오른쪽 손목의 건초염으로 글씨를 잘 쓰지 못한다. 모두 늙은 몸에 쉽게 생기는 병이다. 글씨를 쓰지 못해도 머리로 생각만이라도 하면 좋을 텐데, 그러면 또 혈압이 높아지고, 불면증이 심해져 어지러우니 머리로 생각만 하는 것도 힘들다. 이러다가 중풍이 올까 싶어 되도록 신경 쓰는 일을 하지 않으려고 하는데 집에 손님이 찾아오면 손님 접대에 신경을 안 쓸 수가 없다.

나는 〈인생의 끝자락에 서서〉에 푹 빠져서 헤어 나오지 못했다. 2005년 병원에서 나온 이후에 제멋대로 혈압약을 늘렸더니, 효과가 좋지 않았다. 의사가 조절해서 점차 안정되고 있지만 정신이 맑고 몸 상태가 좋은 날에는 글을 쓰고 싶다. 이런 날 친척과 친구들이 불쑥 찾아오면 반나절은 그냥 허비하게 된다. 잠이 부족한 상태에서 억지로 일을 하면 글자가 잘 생각이 나지 않아 반만 쓰고 마는 일이 허다하다. 사전을 찾을 때도 내 표준어 발음이 정확하지 않아 종종 글자를 찾지 못한다. 또 이리저리 머리를 굴리며 신경을 쓴다. 글씨는 점점 더 엉망이 되어 간다. 노인의 글씨는 그냥 뭉뚱그려 놓은 덩어리처럼 보이는데 내 글씨도 곧 그렇게 보일 것 같다.

생각이 좀처럼 앞으로 나아가지 못할 때는 방향을 바꾸어 다시 생각해 본다. 잠을 잘 자서 머리가 맑으면 나는 가만히 앉아서 생각만 한다. 먹는 것도 자는 것도 잊어버리고 한번 앉으면 반나절은 그대로 앉아서 생각하는데 그러다가 종종 문제에 대한 답을 찾기도 한다. 평생 동안 아무리 생각해도 알 수 없는 문제들이 이렇게 많을 거라고는 정말 생각하지 못했다. 이렇게 짧은 글 한 편을 쓰는 데 꼬박 2년이라는 시간이 걸렸다. 쓰던 글을 한 무더기나 구겨 버리고 나서야 비로소 4만 자 정도의 〈인생의 끝자락에 서서〉를 완성했다.

〈인생의 끝자락에 서서〉를 생각하고 문제에 대한 답을 찾아가며 몇 가지 산문으로 쓸 만한 주제들을 더 발견했다. 본문의 초고를 다 쓰고 나서 그 주제들을 가지고 산문 몇 편을 더 썼다. 이렇게 쓴 산문들은 본문을 설명하는 〈주석〉이 되었다. 가장 공들여 쓴 글은 본문으로 늙고 병든 내가 시간과 싸우며 힘들게 완성한 것이다.

로마의 황제 마르쿠스 아우렐리우스는 이웃 나라와 전쟁을 하는 중에 〈명상록〉을 썼다. 나는 늙고 병든 몸으로 바쁜 시간과 투쟁하며 〈인생의 끝자락에 서서〉를 썼다. 전쟁터는 아니지만 투쟁하는 와중에 글을 쓰는 것도 쉬운 일이 아니다. 고대의 위대한 황제 앞에서 자랑할 만한 일이 아닌가!

2007년 8월 15일 밤
96살의 양장

자문자답을 시작하며

나는 이미 인생의 끝자락에 서 있다. 끝자락에서도 마지막 끄트머리에 서 있으니 여기에서 조금만 더 앞으로 나아가면 나는 '떠났다', '갔다', '존재하지 않는다', '없다'가 된다. 모두가 입 밖으로 꺼내는 것조차 피하고 싶어서 이렇게 에둘러 말하지만, 결코 피할 수 없는……, '죽었다'가 된다.

생로병사는 그 누구도 벗어날 수 없는 인생의 법칙이다. '늙는 게 곧 병'이라고 말하지만, 늙으면 병 드는 것을 피할 수 없다. 그래서 무병으로 생을 마감할 수 있다면 하늘이 내린 천복이라 하고, 병에 걸렸다 해도 고통 없이 깔끔하게 바로 죽을 수만 있다면 그것 또한 유복하다고 말한다. 산 자는 병자의 죽음을 안타까워하지만 이제 죽었으니 마침내 고통에서 '벗어났다'라고 말한다. 고통에서 벗어난 자는 누구인가? 병자의 시체라고 말할 수는 없을 것이다. 시체는 스스로 한 발짝도 움직일 수 없어서 다른 사람이 들어서 옮겨 주고 땅에 묻어 주지 않는가? 산 자는 죽은 자에게 '잘 가라'고 인사를 한다. 하지만 사람은 이미 죽었는데 가는 사람은 누구인가? 시체 외에 또 다른 누군가가 있다는 말인가? 다시 정리해 보면, 죽는다는 것은 이미 죽은 시체의 몸을 벗어나는 것이다? 그런데도 어디론가 갈 수 있다? 어떻게, 어디로 가는 것인가?

알 수가 없다. 나는 종종 아무리 생각해도 알 수 없는 일들을 그대로 남겨두곤 한다. 더 이상 생각하지 않는 것이다. 하지만 인생의 끝자락에 서고 보니 나 스스로는 아무리 생각해도 알 수 없는 일들을 다른 이에게 물어보고 싶다. 하지만 내가 찾아가 물어볼 수 있는 사람들은 이미 모두 떠나버렸고, 사람들은 대부분 이런 문제들을 각자의 가슴속에 담아 놓을 뿐 서로 터놓고 이야기하지 않는다. 나는 나이가 70살 정도 되는 친구들을 만났을 때 이 문제가 생각나면 물어보았다. 일부러 이 문제를 물어보고 싶어서 찾아가기도 했다. 가까운 친구뿐만 아니라 그다지 친하지 않은 친구에게도 간단하게 물어보았다.

의외로 그들의 답은 한결같았다. 아주 확신에 차 있었다. 모두 사람이 죽으면 없어지는 것이고 아무것도 남지 않는다고 했다. 각각 표현의 방식과 뉘앙스는 달랐지만, 그들은 자신의 견해에 대해 똑같이 확신에 차 있었다. 그들은 모두 명석한 두뇌의 소유자이며 선진 지식을 습득한 지식인들이다. 그들이 보기에 내 질문은 애당초 문제라고 할 것도 아니었다. 그들의 견해를 간단히 정리하면 다음과 같다.

— 다 케케묵은 구시대적 발상이지! 옛날에나 수륙재를 지낸다, 원귀들을 달랜다, 자자손손 다 모여서 제사를 지낸다 했지. 귀신한테 '차린 음식은 적지만 많이 드십시오, 상향—'이라니? 요즘 누가 그런 미신을 믿어? 하느님이야 벌써 죽었지. 귀신이니 하느님이니 하는 소리는 이제 믿는 사람이 없어. 사람이 죽은 자리에는 이름이 남고, 기러기 날아간 자리에는 울음 소리가 남는다고 하는데, 기껏해야 세상에 크게 떨친 이름만 남기고 가는 것이지.

— 사람이 죽고 남은 몸뚱이는 땅에 묻거나 불에 태워서 거름이 될 뿐입니다. 생명이 없는 형체를 보고 존재한다고 말할 수 있을까요? '사람이 죽는 것은 양초의 불이 꺼지는 것'이라는 옛말처럼, 양초는 모두 타 버렸고 불도 꺼졌는데 뭐가 더 남겠습니까?

— 사람의 한평생이란 풀 한 포기의 한해살이와 같습니다. 시들
고, 말라서, 결국은 죽는 것이지요. 하지만 풀도 뿌리가 있으
면 이듬해에 다시 새순이 돋아나는 것처럼 사람도 자손을
통해서 대대손손 이어지는데, 그러면 한 사람이 몇 평생을
사는 셈이 되나요?

— 요즘은 하느님도 재물 신한테 자리를 물려주고 완전히 밀려
났어. 누가 하느님더러 그 자리에 있지 말라고 했나? 하느님
이 재물 신의 상대도 되지 않는 거지. 평생 동안 돈 없이 살
수 있냐는 말이야! 권력도 지위도 차지하려면 돈이 먼저 있
어야 하는 세상이라고! 권력도 지위도 돈을 가지고 싸우니
까 말이야. 왕이나 황제가 되려는 것도 오로지 돈 때문이야.
국가도 돈이 있어야 국제적으로 자리를 잡을 수 있는 것이
고. 돈 없어 보라지, 죽는 길밖에 없어. 어쩌다가 세상 사람
들이 모두 '궁즉변窮卽變, 변즉통變卽通'하게 되었는지는 모르
지만, 아무튼 돈을 벌어서 많이 불리는 것이 제일 중요한 일
이 된 거지. 한평생 힘들게 벌어 놓은 돈, 다 쓰면서 즐기다
가 죽어야지, 죽을 때 그 돈을 다 가지고 갈 수도 없잖아?

— 사람이 죽으면 그냥 없어지는 것이지, 뭐 하나라도 남는 게
있을까? 영원히 죽지 않는 영혼이 있을까? 나는 애당초 영혼
이란 건 없다고 생각해. 태어났으니 사는 것이고, 그저 그렇

인생의 끝자락에 서서

게 살다가 죽는 것이지. 살기 싫다고 해도 어찌할 도리가 없어. 착하게 호인으로 살면 늘 손해를 보며 살고, 나쁘게 악인으로 살면 남의 것을 빼앗아서 잘살기 마련이야. 이 세상이 공평하지도 않고 이치를 따지지도 않는데 어쩌겠어? 뭐 하나 내 의지대로 되는 것이 없지. 호인으로 태어나서 악인이 될 재주가 없다면, 그래, 그냥 손해 보면서 살자, 하면서 사는 거야. 그래도 내가 할 수 있는 일들을 하면서 살면 인생을 헛산 것은 아닐 테니까.

— 우리 나이대의 사람들은 억울하게 살았고 갖은 고초를 다 겪었지. 그동안 얼마나 많은 사람이 하늘에 대고 하소연해 봤겠어? 그래도 그 '하늘'이 거들떠나 보던가? 옛 성현의 말씀이라는 것도 미신을 믿는 백성들을 속여서 부려먹으려는 수작인 줄 알았으니 또다시 속고 싶지 않은 것이지. 미신이 귀에 쏙쏙 들어오는 말이라 쉽게 믿을 수 있지만 그저 '인민의 아편'일뿐이고 잠시 고통을 잊게 하는 마취제에 불과한 것이야. 누군들 아편쟁이가 되고 싶겠어? 뭐, '자비로우신 하느님'이라고? 아니, 자비로운 하느님이 뭘 했지? 관심이 없는 것이야 아니면 할 줄 모르는 것이야? 눈도 어둡고 귀도 꽉 막힌 무능한 하느님이라는 걸 아직도 모르는 게야? 하느님! 하느님이 어디에 있어?

— 나는 과학을 공부했습니다. 나는 그저 이 과학이라는 학문만 알고 있어요. 사람이 죽어서 어디론가 떠난다는 것은 형이상학적인 문제, 철학적인 문제이고 나와는 아무 상관이 없습니다. 내가 아는 것은 오로지 사람이 죽으면 아무것도 남지 않는다는 것입니다.

그들은 실제로 내가 정리해서 옮긴 것보다 훨씬 더 완곡한 표현으로 말했지만, 나를 부끄럽게 만들기에 충분했다. 늙은이가 망령이 든 게로군! 하지만 나는 다시 자세히 생각해 보았다. 그들은 아무것도 믿지 않는다고 하는데, 믿지 않는다는 것을 어떻게 증명할 수 있을까? 그들은 자신의 견해가 터무니없는 '믿음'이 아니라고 자신 있게 말하지만, 그렇다면 그들은 자신의 견해에 대한 '믿음'이 있는 것인가? 없는 것인가?

첫째, 비유는 비유일 뿐이다. 비유란 어떤 의미를 표현하는 방법일 뿐이지 결코 사물의 허실을 판정하는 것이 될 수 없다. '사람의 한평생은 풀 한 포기의 한해살이와 같다'는 것은 이를 빌어 사람의 짧은 인생을 표현하는 것일 뿐이다. 우리는 '소나무처럼 오래 살라', '남산보다 더 오래 살라'는 등등의 말로 장수를 축원한다. 하지만 모두 그저 비유일 뿐이다.

사람의 죽음을 두고 '양초의 촛불이 꺼지듯' 혹은 '기름이

인생의 끝자락에 서서

닳아 등불이 꺼지듯'이라고 표현한다. 이런 표현들은 생명을 불씨에, 육신을 기름이나 지방 덩어리 같은 연료에 비유한 것이다. 또우리가 스승이 제자에게 학예를 전수하는 것을 말할 때 '장작 하나를 타 태운 불씨가 다른 장작으로 옮겨붙어 꺼지지 않는다'라고 표현하는 것 또한 생명을 불씨에, 육신을 장작에 비유한 것이다. 기름, 지방 덩어리, 장작, 이 모든 것은 연료이고, 육신을 비유할 때 쓰는 표현이다. 하지만 이 표현을 좀 더 살펴보자면, 하나의 육신이 소멸한 후에 그 생명이 다른 육신으로 옮겨 계속되는 것, 불씨가 계속 타오르는 것을 생명이 계속된다는 것에 비유함으로써 공교롭게도 영혼이 죽지 않는다는 의미를 표현하고 있다. 이것은 비유를 통해 사물의 허실을 판단할 수 없다는 명백한 증거이다. 비유의 표현을 들어 어떤 판단이나 결론을 내릴 수 없다. 비유는 논단이 아니다.

둘째, 이름과 실재는 뚜렷하게 구분하여 말해야 한다. 노자는 '명가명名可名, 비상명非常名'이라 하여 말로 형상화된 이름은 진정한 실재를 가리키는 이름이 아니라고 했다. 만약 이름과 실재를 명확하게 구분해서 말할 수 없다면 생각은 바로 혼란스러워질 것이다. 예를 들면 '나는 영혼이 없다'라는 말은 성립하지 않는다. 사람이 죽은 후, 그 영혼의 존재 여부는 하나의 문제가 될 수 있지만, 살아 있을 때, 영혼의 존재 여부는 문제가 아니다. '영

혼'을 꼭 영혼이라고 불러야 하는 법이 있는 것도 아니니, '영혼'
이 아닌 다른 이름으로 부를 수도 있다. 산 자에게는 반드시 생
명이 있고(하지만 개미의 생명이나 다른 금수의 생명이 아니고, 우리가 '한
줄기 생명'이라고 말하는 사람의 생명을 말한다), 스스로 영혼이 없다고
말하는 사람도 자신에게 개의 생명이 깃들어 있다고는 말하지 않
을 것이다. 또한 '하늘보다 귀한 생명' 혹은 '사람 목숨이 달려 있
는 중요한 일'이라는 말을 하는데, 이처럼 사람의 생명은 지극히
귀한 것이므로 다른 사람을 죽이고 생명을 빼앗는 것은 자신의
생명으로 보상할 수 밖에 없는 것이다. 그러면 '한 줄기 생명'과
'하나의 영혼'은 실질적으로 어떤 차이가 있는가? 영혼을 사전에
서 찾아보자면 영어로는 소울soul, 영어의 고어로는 고스트ghost,
프랑스어로는 암므ame, 스페인어로는 알마alma라고 번역되어 있
다. 영혼이 바로 사람의 생명이 아닌가? 생명이 없이 살아있는 사
람도 있다는 말인가?

　　또 하나의 예를 들자면 '하느님'이 있다. 이 하느님도 수많은
이름을 가지고 있다. '하느님은 죽었다'라는 말에서 죽은 하느님
은 누구네 집의 하느님을 말하는 것인가? 민족마다, 종교마다 자
신들이 믿는 하느님이 있고, 모두 자신들이 믿는 하느님만이 세
상에 오직 하나밖에 없는 유일신이며 진정한 주님이라고 하며,
이교도의 하느님은 악마라고 한다. 이처럼 세상에는 수많은 하느

님이 있고, 각기 다른 모양의 수많은 하느님의 형상이 있고, 형상이 없는 하느님도 있고, 이 모든 하느님이 진정한 주님이 되면서 동시에 악마가 된다. 그러면 형상이 있는 하느님과 형상이 없는 하느님까지, 세상의 모든 수많은 하느님이 전부 죽었다는 말인가?

사람이 괴롭고 어려운 처지에 놓이게 되면 저절로 하느님을 찾게 되고, 하늘을 향해 기도하거나 하소연하며 묻게 된다. 하지만 하느님이 그 기도를 들어주던가? 내 물음에 답해 주던가? 하느님이 내 기도와 물음에 답하지 않는다고 해서 그것으로 하느님이 없다는 사실을 증명할 수 있는가?

예수가 십자가의 죽음을 앞두고, 감람산에서 이 고난을 면해달라 기도했을 때 하느님이 예수의 기도를 들어 주었던가? 그 기도를 들어주지 않았다고 해서 예수가 자신의 신앙을 버렸던가?

중국인의 절대다수는 농촌에 사는 농민이다. 그들의 식견은 도시에 사는 선진 지식인들의 식견과 차이가 크게 난다. 나는 농촌의 간부학교로 하방下放되어 내려간 적이 있다. 그때 나는 농민들과 교류하며 친구로 지내면서 그들의 생각과 감정을 이해할 수 있었고, 그들의 성정과 인간성도 알게 되었다. 물론 그들 사이에서도 고명하고 우매한 차이가 있지만, 일반적으로 그들의 사상은 낙후된 것이었다. 하지만 그들은 모두 대자연 속에서 생활하는 사람들이다. 그들은 선진 지식을 습득한 도시의 지식인들이 절대 경험할 수 없는 많은 일들을 경험한다. 결코 미신으로 치부해 버릴 수 없는 일들을 말이다. 다음의 이야기는 모두 소박하고 진실한 농민들이 직접 경험한 이야기를 듣고 기록한 것이다.

— 내가 밤눈이 밝아요. 젊었을 때부터 칠십 평생 손전등 없이도 어두운 밤길을 잘 다닙니다. 키는 작지만, 힘이 좋아서 무서워하는 것도 없고요. 한번은 밤길을 가다가 '도깨비 담장'에 부딪혔어요. 갑자기 앞이 캄캄해지면서 아무것도 안 보이더라고요. 사방이 갈라지면서 수많은 길이 나타났어요. 그 길로 걸어가면 저수지에 빠지게 돼요. 내가 그걸 알고 있었지요. 그래서 큰 소리로 말했어요. 가지 말라는 것이냐? 좋아! 나는 이대로 여기에 앉을 테다! 그리고 더듬더듬 앉을 만한 돌을 찾아서 그 위에 그대로 앉아버렸지요. 담뱃대를 꺼내서 두어 모금 빨려고 했는데 아무리 해도 성냥불을 켤 수가 없었어요. 성냥개비를 열 개비 넘게 그어 봤는데 불이 붙지 않았어요. '도깨비 담장'에 부딪히면 손전등의 불도 꺼집니다. 그래서 또 큰 소리로 말했지요. 오냐, 네가 가지 말라 하니 가지 않으마. 그러면 너도, 나도, 우리는 서로 비기는

것이다! 나는 계속 그 자리에 앉은 채로 있었어요. 반 시간이나 지났을까? 갑자기 캄캄하던 도깨비 담장이 사라졌습니다. 앞에 길이 또렷하게 보였고요. 그 길로 바로 집으로 돌아왔지요. '도깨비 담장'에 부딪혔다고 당황해서 이리저리 길을 찾아서 헤매면 안 됩니다. 그놈은 자기를 무서워하지 않고 거들떠보지도 않는 사람 앞에서는 어쩔 수 없으니 물러나요.

한 번은 20대 농촌 출신의 아가씨가 내가 직접 경험하고 쓴 〈귀신이야기遇仙記〉를 읽고 어떻게 그런 일이 일어날 수 있느냐고 물었다. 나는, 그거야 모르지만 틀림없는 사실이에요, 기숙사에 있던 학생들뿐만 아니라 사감 선생님들도 모두 알고 있으니까요, 내가 지금까지 살면서 그날 밤처럼 죽은 듯이 잠든 적은 없었어요, 라고 말했다. 그러자 그녀는 나에게 이런 이야기를 들려 주었다.

— 정말 그래요. 굉장히 이상하게 들리지만, 직접 내 눈으로 보고도 믿기 어려운 일들이 있지요. 저도 귀신이 사람한테 붙은 걸 본 적이 있어요. 죽은 지 2~3년 되는 남자 귀신이었는데 죽을 때 나이가 40살이었대요. 딸이 저하고 같은 학교에 다녔어요. 나이도 같고요. 그 해 우리 집 바로 뒷집에 살

던 여자가 막 피임 수술을 받아서 몸이 아주 약해져 있었는데 이 남자 귀신이 붙어 버린 거예요. 여자는, 나는 누구누구고, 내 식구들을 봐야겠다, 식구들하고 이야기하고 싶다, 라고 말을 했고 그 말대로 남자 귀신의 집에 가서 이 말을 전하니 부인과 아이들이 달려왔어요. 그러자 이 여자가 눈물을 흘리면서 가족들을 붙잡고 말을 하는데, 목소리가 전혀 여자 목소리 같지 않고 아주 굵고 거친 목소리였어요. 그때 마을의 보건 의료인이었던 우리 엄마가 여자에게 소염 주사를 놓으러 왔다가 여자의 입술 윗부분(그 뭐, 인중이라고 하는 부분 말이에요)을 눌렀지만 아무 소용도 없었어요. 엄마가 용기를 내서 여자에게 소염 주사를 놓자 남자 귀신이, 내가 당신한테 잡힐 것 같아? 나는 빠져나왔지, 아줌마, 내 오늘 밤 당신을 찾아가서 깜짝 놀라게 할 테니 두고 보라고, 라고 말했어요. 그날 밤 우리 집에서 쏴르르 쏴르르 하는 소리가 들렸어요. 마치 모래를 한 움큼 집어서 벽에다 뿌리는 것 같은 소리였어요. 쏴르르 쏴르르 하는 소리가 두 번 났을 때 우리 아버지가, 한밤중에 사람을 놀래고 소동을 피우다니, 이런 고얀 놈! 하고 혼을 냈어요. 그러자 소리가 그치고 잠잠해졌어요. 그때 저는 열 살쯤 되었는데 그 귀신이 며칠씩이나 시도 때도 없이 여자 몸에 붙어서 소동을 피웠던 것이 기억나

　　　　　　　　　　　　인생의 끝자락에 서서

요. 여자 몸이 다시 건강해지고 나서야 겨우 귀신을 쫓아낼
수 있었지요.

사람이 굶어 죽던 시절이 있었다. 베이징에 사는 사람들은
그저 '3년 자연재해'로 기억하는 시절 말이다. 나는 10년이라는
시간이 흐른 뒤에 농촌의 간부학교로 하방되고 나서야 비로소
그것이 단순한 자연재해가 아님을 알게 되었다. 처음에는 입 밖
으로 꺼내는 것조차 두려워하던 마을 사람들이 여러 해가 지난
후에 이런 이야기를 들려주었다.

― 그때 얼마나 많은 사람이 굶어 죽었는지 몰라요. 마을마다
전부 죽은 사람 천지이고 살아 있는 사람은 몇 안 되었지요.
양기가 음기를 누르지 못하니, 밤마다 귀신들이 굶어 죽기
직전에 있는 허약한 사람들의 몸에 붙어서 울며불며 소동
을 일으켰어요. 숨만 겨우 붙어 있지 말할 기운도 없었던 사
람들이 귀신이 붙으면 바로 크게 소리를 지르고 울면서 하
소연하기 시작해요. 모두 죽은 지 얼마 안 되는 귀신이 붙은
거예요. 아침에 날이 밝으면 귀신이 붙었던 사람들은 대부분
죽어 버려요.

사람 몸에 귀신이 붙는다는 이야기를 많이 듣기는 했지만 믿기지는 않았다. 하지만 곰곰이 생각해 보니, 우리가 흔히 쓰는 말에도 '혼자서 무당도 되었다가, 귀신도 되었다가'라는 말이 있지 않은가? 만약에 귀신이 사람 몸에 붙는 일이 없었다면 귀신을 쫓아내는 무당이라고 사칭할 일도 없을 것이다. 결국 나도 셰익스피어의 말을 믿게 되었다. 이 세상에는 내가 상상조차 할 수 없는 일들이 너무도 많다는 것을!

〈좌전左傳〉에도 귀신에 대한 일화가 있다. 춘추전국시대 정나라의 양대 귀족 세력은 양씨 집안과 사씨 집안이었다. 양씨 집안의 백유는 교만하고 잔인무도한 자였고, 사씨 집안의 둘째 아들인 자석은 늘 자신에게 복종하는 동생 공손단을 달고 다녔는데, 교만하기가 백유 못지않고, 흉포하기가 백유보다 더한 자였다. 자석과 백유은 서로 세력을 겨루며 팽팽히 대립하다가 결국 자석이 자신의 부하였던 사대를 시켜 백유을 살해하였다. 당시 정나라의 명재상이었던 자산은 백유를 안장하였지만, 제멋대로 백유를 살해한 자석을 그 즉시 벌하지는 못하였다. 힘없는 군왕은 무능하였고, 자산이 국법을 집행하기에는 역부족이었다. 자석은 그후 2년이나 지난 후에 사형에 처하게 되는데 그동안 두 건의 죽을죄를 또 저질렀기 때문이다. 자산은 국법에 따라 자석을 사형에 처하나, 은혜를 베풀어 스스로 목숨을 끊으라 명하였다.

인생의 끝자락에 서서

그런데 백유가 죽고 6~7년이 지난 후에 백유의 원혼이 계속해서 나타났다. 〈좌전〉에 보면 '정나라 사람들이 상경백유했다'라는 말이 나온다. 즉, 정나라 사람들이 백유라는 말을 듣기만 해도 무서워 벌벌 떨면서 달아났다는 말이다. 백유는 죽은 지 6년째 되던 해 2월에 어떤 이의 꿈속에 투구와 갑옷을 입고 나타나, '3월 3일 사대를 죽이고, 내년 정월 28일에는 공손단을 죽일 것이다'라고 말했다. 정말로 그 날짜에 두 사람이 죽었고 이로 인해 정나라 사람들은 더욱 백유를 두려워했다. 자산은 서둘러 백유의 아들을 대부의 관직에 임명하여 백유의 넋을 위로했다. 그 후로 백유의 원혼은 더 이상 나타나지 않았다.

자산이 진나라에 사신으로 갔을 때 진나라의 관원이 자산에게 물었다.

— 백유가 정말 귀신이 될 수 있단 말입니까? (백유가 죽은 지 여러 해가 지났는데도 귀신이 되어 나타날 수 있는지 물은 것이다)

— 그렇습니다. 일반 백성 중에서도 횡사한 원혼이 나타나 소동을 벌이는데 하물며 백유는 귀족의 자손이 아닙니까? 일반 백성보다 훨씬 더 심하게 횡포를 부리는 원혼이 된 것이지요. 하지만 백유를 안장하고 넋을 위로하니 더 이상 백유의 귀신이 나타나지 않았습니다.

보통 귀신이 출몰하여 소동을 일으키는 집을 흉가라고 부른다. 예전에 첸중수의 집이 우시 리우팡성 거리에 있는 주택에 세든 적이 있었다. 흉가라고 소문이 난 집이었다. 첸중수의 작은아버지가 밤에 책을 읽고 있는데 귀신이 나타났고, 귀신을 쫓아냈지만 결국 병을 얻어 한동안 앓았다고 한다. 1919년, 우리집이 베이징에서 우시로 돌아왔을 때, 살 집을 구하느라 그 흉가에 가 본적이 있다. 당시 아버지와 어머니가 하시던 말씀이 기억이 난다.

— 흉가라고 해서 반드시 귀신이 나온다고 할 수는 없겠지만, 귀신이 안 나온다고 해도 이렇게 어둡고 음산하면 살면서 병에 걸리기 쉽겠어요.

하지만 나는 어둡지도, 음산하지도 않은 흉가에 가 본 적이 있다. 내가 대학에 다닐 때였다. 1931년, 나는 봄방학을 맞아 가장 절친한 친구인 저우펀과 함께 창수가 고향인 친구 집으로 놀러 갔다. 우리 동급생 중에는 창수 출신의 남학생이 한 명 더 있었는데, 그는 창수 대지주 집안의 아들이었고 마침 그의 집이 시내에 지은 새집으로 이사했을 때였다. 그는 나와 저우펀이 창수의 친구 집에 도착하자 일부러 친구 집으로 와서 이틀 뒤 우리 셋을 자신의 새집으로 초대하겠다고 했다. 한 번도 여대생을 만

나본 적이 없는 그의 어머니가 기다리고 있고 식당도 벌써 예약해 놓았다고 하니 우리는 도저히 거절할 수가 없어 그의 새집으로 갔다.

새집은 볕이 잘 들고 호화롭게 장식된 집이었다. 그의 어머니는 정장으로 차려입고 우리를 맞이했다. 식사 자리에는 그의 부모님과 작은아버지(작은아버지는 그의 아버지와 쌍둥이였는데 둘은 정말 얼굴이 똑같았다)가 있었고, 허약해 보이는 형수가 통통한 장난꾸러기 조카를 데리고 왔다. 이미 시집을 간 여동생도 있었다. 그날은 틀림없이 '손 없는 날'로 길일을 잡아 정한 정식 이삿날이었을 것이다. 이삿짐은 미리 옮겨 정리해 놓은 것 같았다. 그렇지 않고서야 집이 그렇게 말끔하게 정리되어 있지 않았을 것이다.

방학이 끝나고 꽤 시간이 흐른 후에 학교에서 우연히 그와 마주쳤다. 우리는 서로 전공이 달라 평소 자주 보는 사이가 아니었다. 그는 나를 보자마자 새집에 귀신이 나타났다는 이야기를 했다. 귀신이 아주 흉악스러워서 형수와 작은아버지가 죽었고, 부모님까지 앓아눕게 되어 서둘러 다시 고향 집으로 옮겨서 피신했다며, 원래 집터가 공공 운동장이라고만 알고 있었는데 사실은 죄수의 사형을 집행하던 장소였다는 이야기도 해 주었다.

— 귀신이 나타나서 어떻게 소란을 피웠다는 말이야?

— 날이 저물면 계단을 오르내리는 발소리가 계속 들리고 사방
   이 침 뱉는 소리, 욕하는 소리, 떠드는 소리, 싸우는 소리로
   가득 차. 귀신이 얼마나 많았는지 몰라.
— 너도 며칠 집에서 자지 않았어? 너도 그 소리를 들은 거야?

그는 새집에서 이틀 밤을 잤다. 어머니를 닮아 평소에 잠을
깊게 잘 자는 편인데 밤잠을 설쳤다. 하지만 시내에 있는 집이라
서 시끄러워 그런 줄만 알고 봄방학이 끝나자 바로 학교로 돌아
왔다. 새집에서 귀신 소리를 제일 먼저 들은 사람은 형수였다. 형
수가 말을 꺼내기가 두려워 망설이고 있는 사이에 작은아버지도
그 소리를 듣게 되었다. 형수는 이틀 동안 앓다가 죽었는데, 열도
나지 않았고 무슨 병인지도 몰랐다. 그 후로 또 이틀이 지난 후
에는 작은아버지가 죽었고, 아버지도 귀신 소리를 들었고, 결국
부모님이 모두 앓아누웠다. 집에는 일하는 사람도 둘이 있었는
데 주방에서 일하는 남자는 고향에서 데리고 온 사람이고, 여자
는 시내에서 고용한 사람이었다. 여자는 2층에, 남자는 1층에 각
자의 방이 있었고 여자의 방이 남자 방 바로 위에 있었다. 일하
는 사람들의 방은 서쪽 끝에 있었고 그들은 모두 무사했다. 귀신
소리가 들리는 계단은 동쪽 끝에 있었다. 갑자기 집안의 사람이
둘이나 죽자, 고향 집에서 배를 보내서 두 사람의 관을 싣고 갔

는데 초상도 치르기 전에 부모님이 앓아누웠다. 공공 운동장이었던 집터가 원래 처형장이었다는 이야기는 시집간 여동생이 시댁에서 듣고 알려 주었다. 여동생은 전화로 소식을 듣고 병중의 부모님을 뵈러 왔는데, 저녁밥을 차려 드려도 부모님이 드시지를 못하자 걱정이 되어 하룻밤 자고 가기로 했다. 어린 조카는 부모님 방에서, 작은 침대가 아니라 할아버지의 큰 침대에서 자겠다고 고집을 부렸다. 그래서 조카는 할아버지의 침대 발치에서 잠을 잤는데 밤새 잠꼬대를 했고, 여동생과 부모님도 그날 밤 귀신소리를 들었다. 무서워서 집안의 전등을 켠 채로 여동생은 어머니 발치에서 잠을 잤다. 날이 밝자마자 가족들은 바로 배를 구해서 귀중품만 챙겨 들고 서둘러 고향으로 돌아갔다. 새집으로 이사 온 지 불과 7~8일 만에 일어난 일이었다.

그때 우리와 함께 밥을 먹었던 다섯 사람 중에 둘이 죽고 둘은 앓아누웠다. 통통하던 장난꾸러기 조카도 병에 걸렸는지는 잘 모르겠다. 그는 삼민주의 수업도 빼먹지 않을 만큼 성실하고 신중한 사람이었다. 그의 이야기가 결코 헛소리일 리 없다.

우리집은 일찍부터 개명한 집안이다. 집에 조왕신도 모시지 않았다. 쑤저우에 새집을 지어 들어갈 때에 관례에 따라 부뚜막 위에다가 '조왕보살'이라고 써진 위패를 모시고 한 해가 끝나는 세밑에 호박 모양의 탕과엿도 제물로 바쳤다. 하지만 조왕신이 상천한 후 며칠이 지나고 다시 집안으로 들여 영접할 때가 되었을 때, 아버지는, 영접하지 않을 것이다, 라고 말했다. 아버지는 조왕신이 하늘로 올라가 옥황상제에게 우리집 일을 일러바치는 고자질쟁이일 뿐이고, 엿이라도 얻어먹어야 그 집 이야기를 좋게 해주는 소인배라고 생각했다. 하늘로 올라갔으니 잘되었구나, 다시 집안에 들여서 좋을 것이 무엇인가? 집안의 하인들은 조왕신을 다시 영접하지 않는다는 해괴한 소리에 깜짝 놀랐지만 주인 나리의 분부를 거역할 수는 없었다. 우리집은 조왕신을 모시지 않았다. 그래도 몇십 년 동안 계속 평안했다.

하지만 이렇듯 개명한 내 부모님도 귀신 이야기를 한 적이 한 번 있었다. 큰언니 말에 따르면 할아버지가 예전에 저장성 어딘가에 있는 아주 작은 현의 관리로 지낸 적이 있었다. 당시 증조부(아버지의 할아버지)는 이미 돌아가셨고, 아버지가 일본에서 유학 중이어서 어머니는 큰언니를 데리고 우시에 있는 큰집에 들어가 살고 있었다. 큰언니는 대단히 떠들썩한 사건이라야 어렴풋이 기억할 수 있는 나이였는데, 할아버지가 할머니만 데리고 부임지로 떠날 때의 광경이 기억난다고 했다. 시끌벅적 북과 징 소리가 요란한 가운데 국기가 펄럭이는 관선에 할아버지와 할머니가 올라탔다고 한다. 부임지에서 할아버지와 할머니는 어느 날 해 질

인생의 끝자락에 서서

녘에 돌아가신 증조부를 보았다. 두 분이 동시에 '아버지!' 하고 소리쳤는데 증조부는 눈 깜짝할 사이에 사라져 버렸고 그 후로 두 분 모두 앓기 시작했다. 할아버지는 서둘러 관직을 그만두고 배를 빌려 고향으로 돌아왔지만, 배에서 내려 고향 집에 도착하기도 전에 숨을 거두었다.

이 이야기는 틀림없이 할머니가 말했을 것이다. 당시 두 분이 동시에 중병을 얻었고, 할아버지가 집에 도착하기도 전에 돌아가신 것은 과거에 있었던 틀림없는 사실이다. 그리고 어머니, 아버지 모두 귀신을 본 것이 중병을 얻은 원인이라고 믿는 것 같았다. 단지 아버지는 아무런 내색을 하지 않았을 뿐이다.

지금까지 '괴이한 기운', '귀신 소동' 같은 불가사의한 힘에 관해 이야기했다. 하지만 나 역시 이런 주제들을 가지고 이야기하기를 좋아하지 않는다. 사실 나는 구시대를 살아온 어르신(좋게 말해서 어르신이지, 고루한 늙은이일 뿐이다)이니, 나의 사상도 이미 시대에 뒤떨어진 늙은이의 생각일 수밖에 없다. 더구나 나는 멀고 먼 청나라에서 태어난 구닥다리가 아닌가!

하지만 어르신의 사상을 개조하는 젊은이도 늙는다. 그렇다면 앞으로 어르신이 될 지금 젊은이의 사상은 확실히 옳은 것인가? 나는 미신을 믿지도, 따르지도 않는다는 그들의 사상이 매우 당혹스럽다. 이런 사상을 가진 젊은이들은 결코 소수가 아니며 사회의 각계에서 볼 수 있다. 과학, 역사, 문학 등 각 분야에서 그들의 견해가 이렇듯 일치하며, 이렇듯 확고하게, 이 시대의 사회 풍조를 대표하고 있는 것은 분명하다. 모두 물질을 중시하며, 볼 수 없고 만질 수 없는 형이상학적인 것은 믿지 않는다. 그들 뒤에 오는 새로운 젊은 세대는 지금의 젊은이들보다 더욱 멀리 '형이상학적'인 것에서 벗어날 것이고, 더욱더 배금주의와 물질만능주의에 치중할 것이다. 그들의 견해가 과연 옳은지 아닌지는 곰곰이 생각해 볼 만한 문제이다.

나는 일체 고정관념을 버리고, 합리적인 법칙과 논리적인 추리에 따라서, 실제로 내가 경험한 일들에 비추어 생각을 정리해 보고자 한다. 내가 평소 간과했던 부분에서 문제를 발견하고 답을 찾아보겠다. 실제로 증명할 수 있는 일들은 인정하고, 증명할 수 없다면 의심할 것이다. 이렇게 한 걸음, 한 걸음 자문자답하면서 나의 탐구가 얼마나 멀리 나아갈 수 있는지 보겠다. 다행히 나는 아주 평범한 사람이고, 특정한 당파에 소속되어 있지도 않고, 종교도 없으니, 내 사상의 자유를 방해하는 그 어떤 형식이나 틀도 없다. 또한 내 사상은 전공자는 물론 보통의 평범한 사람도 이해하기 쉽다.

나는 인생의 끝자락에 서 있다. 끝자락에서도 마지막 끄트머리에 서 있다. 지나온 길을 돌아보고, 또 앞으로 가야 할 길을 바

인생의 끝자락에 서서

라본다. 뒤돌아보면 나는 이미 인간에게 주어진 한평생을 다 살았다. 무엇을 위해서 살아왔던가? 나는 인생의 가치가 무엇인지 알고 싶다. 그리고 내가 앞으로 가야 할 길에는 무엇이 있는지 알고 싶다. 진정 아무것도 없단 말인가? 내 육신은 모두 불타서 없어질 것이 분명하지만 내 영혼은? 내 영혼도 사라질 것인가? 사람이 죽은 후, 영혼은 원래 왔던 곳으로 되돌아간다, 마땅히 가야 할 곳으로 간다는 말이 있다. 하지만 영혼은 도대체 어디에서 왔고, 또 어디로 돌아간다는 말인가? 이렇게 말하려면 하느님이 영혼을 주었기 때문에 죽은 후 하느님이 있는 곳으로 되돌아간다는 믿음이 있어야 한다. 하지만 하느님이 정말 존재하는가? 영혼은 불멸하는가?

제1장 · 신과 귀신의 문제

　　과학을 숭배하는 시대이다. '하느님은 죽었다'라는 말이 유행어가 되었다. 신념은 마음속에 존재하며 맹목적이다. 그렇다면 신념은 미신과 같다고 말할 수 있는가? 진보사상에서 말하는 '진眞, 선善, 미美'는 눈에 보이는 것인가? 만질 수 있는 것인가? 볼 수도 만질 수도 없지만 그저 알고 있다고 깨닫는 것인가? 신념은 눈에 보이지 않으니 그저 깨닫는 것일 수밖에 없다. 하지만 '아는 것'과 '깨닫는 것'은 어느 정도 거리가 있다. 하지만 그 차이를 결코 좁힐 수 없는 것은 아니다. 아주 조금만 비약한다면, 그 차이는 '양적인 변화'가 '질적인 변화'로 바뀐 것에 불과하다는 것을 알게 된다. 미신인지 아닌지는 합리적인 방법과 논리적인 추리를 이용

인생의 끝자락에 서서

해서 다소 시간이 걸리더라도 실제로 반증할 수 있다. 예를 들어 보자. 내가 믿고 있는 대자연의 법칙이 내 안에 축적된 지식에서 나온 것이라고 가정했을 때 그 지식은 여러 세대에 걸쳐 과학자들이 발견한 수많은 법칙을 내가 본 것이다. 법칙은 틀릴 수 있고 (예를 들면 고대의 천동설 같은 법칙), 틀렸다면 번복할 수도 있다. 법칙은 완전하지 않아서 부족할 수도 있고, 부족한 것을 보충할 수도 있다. 다시 말해서 대자연에 원래 아무런 법칙이 없었다고 한다면 과학자들은 어디에서 탐구를 시작하고 또 어디에서 발견할 수 있단 말인가? 또 어떻게 실증할 수 있겠는가? 대자연의 법칙이라고 하는 '신념'은 지식의 축적에서 시작하며, 한 걸음 더 나아가 깨닫는 것이다. 그리고 그 깨달음은 반증을 거쳐 긍정되는 것이다. 대자연의 법칙에 대한 믿음을 미신이라고 말할 수 있는가? 혹은 미신이 아니라고 확신할 수 있는가?

과학이 발전할수록 자연 현상에서 발견한 법칙은 더욱 많아지고 더욱 정밀해진다. 천문학이든, 물리학이든, 생물학이든, 세상의 모든 학문에는 두루두루 통달하고 상호 보완되어 모두가 인정한 흔들리지 않는 법칙(검증을 거쳐 세계의 과학자들이 모두 인정한 법칙)이 있다. 나는 이렇듯 질서정연하게 이루어진 대자연의 법칙이 결코 우연히 만들어질 수 없음을 믿는다. 그렇다면 법칙을 만들고 지배하는 그 무엇이 있다는 말인가? 그렇지 않고서야 어떻게 세상에 이렇게나 많은 보편적이고 영원히 변하지 않는 법칙들이 생겨날 수 있다는 말인가?

물질의 돌발적인 움직임에서 일정한 법칙이 생겨났다는 말도 있다. 하지만 이 말을 수긍하기에는 과학의 법칙들이 얼마나 세밀하고 확실하며, 얼마나 조금의 빈틈도 없고, 얼마나 보편적으로 일치하는가! 만약 물질이 스스로 이렇게도 세밀하고 정교한 법칙에 따라 움직인다면, 물질이 아니라 영성을 가지고 있는 정신이라고 해야 할 것이다. 하지만 영성을 가지고 있다고 해도 각각 하고 싶은 대로 움직일 테니 보편적으로 일치하는 하나의 법칙에 따라 움직일 수는 없다. 대자연에는 틀림없이 신명을 가진 주재자가 있으며 물질은 그의 법칙에 따라 움직이는 것이다. 그래야만 대자연의 신명에 대한 믿음이 축적된 지식으로부터 생겨난 신념이라고 말할 수 있고, 이 신념이 합리적인 반증을 거쳐, 번복할 수 없이 옳다고 인정할 수밖에 없는 믿음이 된다. 나는 대자연이 신명을 가지고 있다는 믿음, 혹은 신명이 대자연을 만들었다는 믿음이 충분히 이성적으로 적합하다고 생각한다. 이런 믿음을 미신이라 할 수 있겠는가?

대자연이 가지고 있는 신명, 혹은 신명이 만들어낸 대자연에 대한 호칭으로 가장 많이 알려진 것이 바로 '하늘'이다. 보통 '하느님' 혹은 '하나님'이라고도 부르고, 좀 더 고상하게 '조물주', '천

제', '상제'라고도 부른다. 부르는 방식은 달라도 그것들이 가리키는 실체는 같다.

〈논어論語〉에서 공자가 '하늘'을 어떻게 말하고 있는지 찾아보았다.

— 하늘이 무슨 말을 하던가? 계절이 바뀌고 만물이 자라는 것에 하늘이 무슨 말을 하던가?
— 내가 누구를 속인다 해도, 하늘을 속일 수 있겠는가?
— 나를 알아주는 자는 오직 하늘뿐이다.
— 하늘에 죄를 지으면, 빌 곳이 없다.
— 하늘이 나에게 덕을 주었다.

공자는 '하늘'을 가리켜 대자연이 가지고 있는 신명, 혹은 신명이 만들어낸 대자연으로 말하고 있지 않은가?

〈논어〉에 나오는 '경귀신이원지敬鬼神而遠之'라는 말은 공자가 번지의 질문에 답한 것인데, 이것을 '귀신을 공경하되 귀신을 멀리하라'는 뜻으로 해석하는 사람이 있다. 하지만 공자는 결코 '귀신을 공경하되 귀신을 멀리하라'는 뜻으로 말하지 않았다.

〈중용中庸〉 제16장을 보면 자사가 전하는 공자의 말 중에 귀신의 덕이 성대하도다, 귀신은 보려 해도 보이지 않고 들으려 해도 들리지 않으나, 물질에 깃들어 있어 결코 빠질 수 없는 것이다. 하늘 아래 사람들로 하여금 의복을 차려입고 재계하여 제사를 받들게 하면 위에서, 옆에서 너울거린다'라는 말이 있다. 또한 〈시경詩經〉에서도 '귀신이 오는지도 가늠할 수 없는데, 하물며 싫어할 수 있겠는가?'라는 말이 나오며 〈중용〉 제1장에서도 '숨긴다고 보이지 않고, 작다고 드러나지 않을 것인가? 고로 군자는 홀로 있을 때 더욱 삼가야 한다'라는 말을 찾을 수 있다.

나는 이와 같은 공자의 말을 주해를 참고하여 다시 해석해 보았다. 제16장에 나오는 '귀신은 제사를 지낼 때 보이지도 들리지도 않지만, 신령의 존재는 만물을 통해서 구현되는 것'이며 '제사를 지낼 때 신령은 바로 너의 머리 위에 있고 너 옆에 있는 것이다'라는 말과 시경에서 인용한 '신령이 왔다고 해도 어떤 모습인지 그 형상이 없으니 우리가 어떻게 소홀히 대접할 수 있겠는가'라는 시는 바로 공자가 가지고 있는 신령에 대한 경외심을 나타낸다.

그리고 또 〈중용〉 제1장에서 공자는 '절대 찾을 수 없는 장소에 숨겨 놓아도, 아주 작은 일이라 할지라도, 결국 너로 인해 진상이 모두 드러난다', '홀로 있으니 아무도 보지 않는 줄 알고 방자하게 굴고 싶은가? 그러나 주의하라! 군자는 홀로 있을 때

인생의 끝자락에 서서

더욱 신중해야 한다'라고 말한다.

〈논어〉를 읽어보면 공자는 제자들이 질문을 하면 바로 그 질문을 하는 사람에게 적절한 답을 주었다. 같은 질문에 다른 답을 주기도 했다. '귀신을 공경하되 멀리하라'고 하는 공자의 말은 번지에게 적절한 가르침이었다. 공자의 제자 중에서 번지는 결코 빼어나다고 할 수 없는 제자였다. 번지는 공자에게 곡식과 채소 농사를 어떻게 해야 하는지 물었고 공자는 자신은 노련한 농사꾼만 못하다고 답했다. 그리고 그 뒤에 '소인이로다, 번지는' 하고 말했다. 번지가 '아는 것(지혜)'이 무엇이냐고 묻자, 공자는 '사람을 아는 것'이라고 대답했다. 번지가 못 알아듣고 무슨 뜻인지 다시 묻자, 공자는 한 번 더 설명해 주었다. 그래도 번지는 못 알아듣고 몰래 자하를 찾아가 공자의 말이 무슨 뜻인지 물어본다. 번지는 그 후에 또 공자에게 가르침을 청한다. 그때 공자가 '귀신을 공경하되 멀리하라' 하고 말하니 번지는 비로소 알아듣고 다시 묻지 않았다. 하지만 〈논어〉에 나오는 번지에게 주는 가르침 속의 '귀신'과 〈중용〉에 나오는 '귀신'은 서로 같은 것을 가리키지 않는다. 〈중용〉에서 말하는 귀신도 '공경하되 멀리할 수 있는 것'인가? 〈중용〉과 〈논어〉에서 공자가 말하는 '귀신'은 명백히 서로 다른 것을 가리키고 있다. 그렇다면 우리는 어떤 말을 믿어야 하는가?

공자는 19살에 가정을 이루고 20살에 아들 백어를 낳았다. 그리고 백어는 자사를 낳았고 〈사기〉를 보면 백어가 50살에 죽었다는 기록이 있다. 그렇다면 백어가 죽었을 때 공자는 이미 70살이었다는 이야기가 된다. 백어가 죽은 다음에 안연이 죽었고, 자로 역시 안연의 뒤를 이어 죽었다. 공자는 향년 73살로 죽었는데 70살 이후에 그렇게 많은 죽음을 겪었다는 말인가? 백어가 몇 살에 아들을 얻었는지 기록에 남아 있지 않으니 공자가 세상을 떠날 때 자사가 몇 살이었는지는 고증할 방법이 없다. 아무튼 공자는 노년에 아들 백어의 상을 치렀고 자사는 공자의 하나밖에 없는 손자였다. 공자는 틀림없이 손자인 자사를 귀하게 여기고 사랑했을 것이며 제대로 가르치려 했을 것이다. 만약에 자사가 이미 장성한 나이였다면 당연히 조부인 공자에게 직접 가르침을 받겠지만 자사는 증삼을 스승으로 받들었다. 증삼은 유약과 함께 스승인 공자의 옆에서 지금의 조교와 같은 역할을 하던 인물이다. 당시 자사의 나이가 15살 정도였다면 어린 자사가 조교라도 증삼을 스승처럼 받드는 것이 당연한 도리이지만, 만약에 자사의 나이가 그보다 더 어렸다면 공자가 가장 믿을만한 제자에게 자사의 스승이 되어달라고 부탁했을 수도 있다.

증삼이 공자가 점찍은 제자였던 것은 분명하다. 공자와 증삼의 대화를 한번 살펴보자.

인생의 끝자락에 서서

— 증삼아, 나의 도는 처음부터 끝까지 일관된 것이다.

공자가 말했다.

— 예.

증삼이 대답했다.

공자가 밖으로 나가자 사람들이 증삼에게 물어보았다

— 공자의 말씀이 무슨 뜻이오?

그러자 증삼이 말했다.

— 스승님의 도는 충忠과 서恕일 뿐이라고 말씀하셨습니다.

공자의 제자 중에 이토록 공자를 잘 이해하는 사람이 또 누가 있는가? 자사는 공자의 가르침을 조부에게 직접 들었을 수도 있고, 공자의 제자인 증삼으로부터 그 가르침을 받았을 수도 있다.

　〈논어〉를 보면 자공이 '스승님께서 말씀하신 본성과 천도는 그냥 얻어들을 수 없는 것입니다'라고 말하는 부분이 있다. 이것은 공자가 이러한 중요한 문제에 대해서는 제자들과 가볍게 담론하지 않았다는 것을 보여 준다. 그런데 자사는 〈중용〉의 제1장, 글의 첫머리에 '하늘이 내린 본성을 성性이라 하고, 그 본성을 따르는 것을 도道라 한다'라고 썼다. 이것은 공자를 가까이에서 모시는 제자들이 아니면 결코 얻어들을 수 없는, 공자의 마음속에 있는, 공자 사상의 근간이다. 자사는 조부의 마음속에 있는 중요한 사상이 세월이 흘러 흔적 없이 사라지는 것이 두려워 〈중용〉을 저술했다. 그런데 이렇듯 중요한 〈중용〉을 저술하면서 공자의 마음속에 있는 사상과 다른 말을 제멋대로 쓸 수 있었겠는가?

'귀鬼'와 '신神'이라는 두 글자를 같이 붙여서 흔히 '귀신鬼神'이라 부른다. 〈중용〉의 전문과 인용된 시에서 보여지는 '귀신'은 모두 '신'을 의미한다. '위에서, 옆에서 너울거린다'라는 것은 바로 〈논어〉에 나오는 '마치 신이 앞에 있는 것처럼 신에게 제사를 지낸다'는 정경이다. '신'은 〈논어〉에서 '하늘'이라고 말하는 것이고 내가 말하는 '대자연의 신명'이다. 자사가 중용에서 말한 것을 덧붙이면 더욱 그 의미는 더욱 명확하게 제 색깔을 드러낸다. '신'은 어디든 존재하고 모든 것을 볼 수 있고 모든 것을 알고 있다. 이런 '신'을 공경하면서 어떻게 멀리할 수 있겠는가? '신'이 바로 내 옆에 있는데 숨는다고 피할 수 있겠는가?

공자는 제자들의 질문에 답할 때, 늘 듣는 사람에게 적절한 가르침을 주었다. 그래서 공자는 귀신 이야기를 좋아하는 번지에게 적절한 가르침으로 '귀신을 공경하되 멀리하라'고 말한 것이다. 여기서 말하는 '귀신'은 도깨비와 같은 귀매를 말하는 것이지 '신'을 가리키는 말이 아니다. 중국어는 두 개의 글자를 붙여서 병칭하는 것이 흔한데 보통 한 글자는 의미가 없고 다른 한 글자는 의미가 있다. '귀신' 역시 이렇게 병칭하는 글자이다. 자사가

〈중용〉에서 쓴 '귀신'이라는 두 글자의 병칭은 '귀鬼'의 의미가 없고 '신神'의 의미가 있는 글자이다. 하지만 〈논어〉에 나오는 '귀신을 공경하되 멀리하라'는 말에서 '귀신'이라는 두 글자의 병칭은 '신神'의 의미가 없고 '귀鬼'의 의미가 있다. 도깨비나 두억시니 같은 귀매는 공경하기 쉽지만 멀리해야 한다. 몇 사람이 모여 귀신을 이야기하면 귀신이 바로 나타난다. 서양에도 '악마도 제 말 하면 나타난다'라는 속담이 있지 않은가? 내 산문집 〈귀신이야기〉는 바로 내가 직접 겪은 귀신과 관련된 일들을 적어 놓은 것이다.

나는 어릴 적에 귀신을 무서워했다. 집안에서 가장 귀신을 무서워하는 사람으로 손꼽힐 정도였지만 창피해서 절대 무서워하는 티를 내지 않았다. 아버지는 내가 귀신을 무서워하는 것을 알고 '겁먹기 귀신'이라고 부르며 놀렸다. 하지만 여동생 양비는 양장 언니야말로 우리 집에서 제일 예민한 감각을 타고난 사람이라며 나를 감싸주었다. 국공내전이 끝난 후 첸중수는 나와 딸아이를 데리고 칭화대학으로 들어갔다. 우리는 신린위안에서 살았는데 사촌인 바오캉 언니의 집도 신린위안에 있었다. 원계조정院繫調整 이후에 우리는 시내로 이사를 갔고 얼마 지나지 않아 내가 몸이 아프니 셋째 언니와 여동생 양비가 상하이에서 올라와 나를 돌봐 주었다. 예전에 양비는 신린위안에 있는 바오캉 언니의 집에서 지내며 칭화대학의 조교로 일한 적이 있었다. 내가 다시 칭화대학으로 돌아가 신린위안에서 살게 되었을 때, 양비는 바오캉 언니에게 일부러 연락해 내가 무서워할 테니 칭화대학 안에 귀신이 나오는 장소를 나에게 얘기하지 말라고 당부했다고 한다. 양비는 내가 시내로 이사를 하고 나서 몸이 아픈 나를 돌보러 왔을 때 귀신이 나온다는 장소를 하나씩 이야기해 주었다. 너무도 놀라웠다. 평소에 내가 무섭다고 느꼈던 장소들이 모두 귀신이 나온다고 이야기하는 장소였다. 우리 집이 있는 신린위안에서 윈터 교수의 집에 가려면 개천을 건너야 하는데 개천에는 그저 넓적한 돌판 하나가 다리 삼아 놓여 있었다. 그곳은 일본군이 전쟁 포로와 양민을 대량으로 학살한 곳이었다. 한번은 저녁밥을 먹고 나서 늦은 밤에 윈터 교수의 집에 가야 할 일이 있었다. 중수는 그때 모선번역위원회毛選飜譯委員會의 일을 하느라 시내에서 지내고 있었고, 아위안도 일찍 재우기 때문에 나 혼자 가야만 했다. 그런데 아무리 해도 석판 다리를 건널 수가 없었다. 한 번, 두 번, 세 번, 마음을 다잡고 용기를 내어 석판 다리를 향해 뛰어 보았지만, 갑자기 눈앞에 캄캄해지면서 전혀 앞으로 나아갈 수가 없었다. 마치 '도깨비 담장'에 부딪힌 것 같았다. 나는 그대로 집으로 돌아올 수밖에 없었다. 그리고 평소에 자주 다니는 학교 테니스장 옆의 작은 오솔길도 날이 어두워지면 오싹하면서 무서운 느낌이 드는 곳이었는데, 그 길 옆에 있는 고목에서 사람이 목매

인생의 끝자락에 서서

달아 죽었다는 이야기를 들었다. 쑤저우의 먀오탕샹 골목에 있는 고향집에도 내가 유난히 무서워하는 곳이 몇 군데 있었다. 하인들 말로는 모두 귀신이 나오는 곳이었다. 나는 눈에 보이지 않는다고 해서 반드시 존재하지 않는 것은 아니라고 믿는다. 산 사람들이 아주 많아서 귀신이 머물 곳이 없는 도시보다 시골에서 귀신을 더 잘 볼 수 있다. 시골 사람들이 믿는 미신은 아주 많지만 전부 믿을 수 있는 것은 아니다. 하지만 보이지 않는다고 해서 무조건 사실이 아니며 믿을 수 없다고 말할 수도 없다. 귀신을 믿지 않는 사람도(우리 아버지는 귀신을 믿지 않는다), 귀신을 무서워하지 않는 사람도(중수와 아위안은 한 번도 귀신을 무서워한 적이 없다) 있다. 하지만 이 세상이 귀신이 없다는 것을 증명할 수 있는 사람은 없다. 왜냐하면 '없다'라는 것은 증명하고자 하는 것도 없기 때문이다. '있다'라고 말할 수 있어야 비로소 '없다'라는 것도 증명할 수 있다. 나는 귀신을 무서워하지만 스스로 무서워하는 것이 실제로 존재하는 것이라고 결코 단언할 수 없다. 내가 그저 미신을 믿는 것일 수도 있다. 하지만 나는 우리 눈에 보이지 않는다고 해서 존재하지 않는 것이라고 단언할 수 없다는 것은 확실히 믿는다. 이것은 미신이라고 할 수 없지 않은가?

먼저 세상을 떠난 가족이 남아 있는 가족들을 보기 위해서 귀신이 되어 집으로 돌아오지 않는 것, 이것이 귀신이 없다는 것을 증명할 수 있다고 생각하는가? 나는 내가 죽고 난 다음의 일을 아는 방법은 없다고 생각한다. 그래서 내가 사는 이 세상, 이 순간에 한하여 스스로 묻고 답해 보고자 한다.

인생의 끝자락에 서서

제2장 · 인간에 관한 문제

인간이란 무엇인가? 가장 익숙하고 떼려야 뗄 수 없는 '나'에 대한 물음에서부터 시작하면 평소에 생각하지 못했던 여러 가지 문제들을 연이어 발견할 수 있다.

'나'라는 것은 당연히 나, 개인을 가리키는 말이 아니며, '나'라는 것은 모든 인간을 가리키는 대명사이다. 만약에 '나는 누구인가?'라고 묻는다면, 여기서 '나'라는 것은 인간, 이 세상에 있는 하나하나의 구체적인 인간을 통칭하고 있는 추상적인 대명사이다. 구체적으로 각기 다른 인간은 그 숫자가 무궁무진하지만 우리는 이 추상의 단어인 '인간'이라는 글자를 이용해서 모든 구체적인 인간을 표현하기도 한다. 하지만 나는 이에 대해서 '구체적인 인간이 있을 뿐, 추상적인 인간은 없다, 구체적인 하나하나의 인간을 '인간'이라는 단어 하나로 표현하는 것은 각기 다른 인간의 계급적인 특성을 말살하는 것이다'라는 말로써 비판하고 싶다. 추상적인 대명사는 당연히 구체적인 인간이 아니다. 하지만 각자 자신을 '나'라고 부르는 인간은 모두 구체적인 인간이고, 서로 다른 계급과 직업을 갖고, 서로 다른 장소와 시대를 살며, 자신을 '나'라고 표현한다. 그래서 '나'라는 것은 인간(세상에 있는 모든 구체적인 인간)이다.

1. 인간은 영혼을 가지고 있다.

나는 인간에게 영혼이 있음을 먼저 말하고자 한다. 인간은 모두 하나의 육체를 가지며, 육체에는 영혼이라 부를 수 있는 생명이 깃들어 있다. 영혼은 눈에 보이지 않는 것이지만 육체에 생명이 있는지 없는지는 눈으로 쉽게 확인할 수 있다. 죽은 송장과 살아 있는 인간의 차이는 눈으로 보아도 알 수 있고, 손으로 만져도 알 수 있다. 살아 있는 인간은 모두 육체를 가지고 있고, 이 육체는 생명을 가지고 있다. 앞에서 이미 말했듯이, 인간의 생명이란 초목이나 벌레의 목숨과 다르고, 짐승의 목숨과도 다르다.

'생명', 혹은 '영혼'은 부르는 이름이 달라도 모두 '인간의 생명'을 가리키는 말이다. 앞으로 나는 '생명'이라는 말 대신 '영혼'이라는 말을 쓰려고 한다. 왜냐하면 중국어에서 생명을 뜻하는 한자인 '명命'이라는 글자에는 생명(life)과 운명(fate), 이 두 가지 의미가 모두 들어 있기 때문이다. '박명薄命', '빈천명貧賤命', '명대命大', '사생유명死生有命' 등의 말에서 '명'은 모두 생명과 운명, 두 가지의미가 있다. 같은 글자이지만 가리키는 것이 다르면, 사유하는중간에 쉽게 혼동될 수 있고 결국 오류로 이어지게 된다. 영혼은불멸하는가? 이것은 사유의 문제가 될 수 있지만, 살아 있는 인간에게는 모두 '생명' 혹은 '영혼'이라 부르는 것이 있으니 이것은사유의 문제가 될 수 없다. 인간은 눈에 보이는 육체와 눈에 보이지 않는 영혼, 이 두 부분으로 이루어져 있다. 이것은 미신이 아니며 결코 부인할 수 없는 사실이다.

2. 인간은 개성을 가지고 있다.

인간은 체질과 성정이 제각기 다르다. 고대 그리스의 의학자들은 인간의 성정이 과잉된 체액으로부터 결정된다고 생각했다. 그래서 인간의 성정을 4가지 유형으로 나누었다. 혈액이 많으면 활발하고, 점액이 많으면 침착하며, 황담즙이 많으면 쉽게 화를 내고, 흑담즙이 많으면 우울하다. 유럽에서는 여전히 이 4가지 유형으로 인간의 성정을 나눈다. 우리가 소위 말하는 '개성'은 '성질'이라고도 하고 '기질'이라고도 부른다. 활발하면 외향적이라고 하고 느리고 침착한 성질을 둔하다고 한다. 쉽게 화를 내면 성질이 급하다고 하고 성마른 성질이라고 말하며, 우울하기 쉬운 성질을 내향적이라고 한다. 그러나 이렇게 구분하는 것은 대강대강 도출해낸 것이라 하나의 유형에도 수많은 다른 유형이 포함되어 있어 큰 의미가 없다. 급한 성질은 호쾌하고 민첩하지만 덜렁대고 세심하지 못한 면이 있다. 둔한 성질은 차분하고 침착하지만 융통성이 없고 아둔하다. 아무튼 성정은 인간마다 다 다르고 각각의 유형별로도 차이가 있지만, 그렇다고 해서 칼로 벤 듯이 일률적으로 구분할 수는 없다. 내향적인 성질을 가진 인간도 동시에 둔하거나 혹은 급한 성질일 수 있다. 내가 설명하고자 하는 것은 인간의 체질과 성정은 각각 다르다는 것이다. '한 그루 나무의 잎사귀도 제각각 다르다'는 옛말처럼 인간의 성정은 제각각 다르다. 뇌 과학 전문가들의 이론에 의하면 인간의 뇌도 각각 그 생김이 다르다고 한다. '한 사람에 성질 하나, 열 사람에 성질 열'이라는 속담처럼 같은 배에서 태어난 쌍둥이도 겉모습은 비슷할지라도 각자의 성정은 현저히 다르다.

인생의 끝자락에 서서

개성은 태어날 때 가지고 태어나며 늙을 때까지 변하지 않는다. 수양을 통해서 자신이 드러나지 않도록 절제할 수는 있겠지만, 급한 성질의 인간이 자신의 성질, 그 자체를 둔한 성질로 바꿀 수는 없다. 또한 둔한 성질의 인간도 수양을 한다고 해서 급한 성질로 바뀌는 것은 아니다. 인간의 개성은 아기가 태어나면서 첫울음을 터트리는 순간에도 가지고 있는 것이다. 성질이 급한 아기는 울음도 빠르고 조급하게 터트리고 둔한 성질의 아기는 울음소리도 느리게 터져 나온다. 태어나서 죽을 때까지 인간의 개성은 변하지 않는다. 옛말에도 '늙은이 버릇은 어릴 때 버릇이 반이다', '강산이 변하기는 쉬워도, 본성이 바뀌기는 어렵다', '일흔 번 변하고 두 번 더 변한다고 해도, 본성은 변하기 어렵다'라고 말한다. 세르반테스는 그의 명저 〈돈키호테〉에서 '옛말이나 속담은 인류 수천 년 지혜의 결정체이다'라고 여러 번 거론했고, 한 비자는 '자고로 허투루 만들어진 속담은 없다'라고 말했다. 그들의 말이 확실히 맞는다.

　예전에 3년 동안 소학교 교사를 한 적이 있다. 주로 1~2학년 아이들을 가르쳤다. 내 학생들은 모두 가난한 집 아이들이었고 정말 제멋대로여서 다루기가 아주 힘들었다. 나는 아이들이 〈태평광기太平廣記〉나 〈이견지夷堅志〉와 같은 신괴소설神怪小說에 나오는 요괴처럼 자신의 이름을 불러주는 사람에게 바로 복종한다는 것을 알아냈다. '어린이 여러분'이라고 부르면 아이들은 자신과는 무관한 일이라고 생각한다. 그래서 나는 반드시 학생 하나하나의 이름을 기억해야 했다. 한 반에 40명이 있었는데 자리를 정할 때 자리 배치도를 그려서 각각 학생의 이름을 기억했다. 첫 번째 수업에 한바탕 학생들 이름을 외우고, 두 번째 수업에 또 한바탕 학생들의 이름을 외운다. 세 번째 수업쯤 되면 반 학생들 전체의 이름에 익숙해진다. 첫 번째 수업에서는 제일 말썽을 피우는, 제일 순한, 제일 귀여운, 제일 영리한⋯⋯, 이렇게 개성이 뚜렷하게 보이는 아이들을 먼저 기억한다. 가장 총명한 아이의 이름은 보통 두 번째 수업쯤에 와서야 기억할 수 있다. 총명한 아이는 비교적 침착해서 좀처럼 밖으로 드러나지 않기 때문이다. 뚜렷한 개성이 없어 누구였는지 끝까지 생각이 잘 안 나는 아이는 종종 반에서 가장 아둔한 아이였다.

우리 반은 늘 내 지도에 따라 규율을 잘 지켰다. 주임 선생은 새로 부임한 교사가 학생들을 제대로 다루지 못하면 그 반을 나에게 맡아달라고 부탁했다. 그러면 나는 기존의 학생들과 같이 위의 학년으로 올라가지 않고 새로운 반을 맡아 지도했다. 그래서 내가 이름을 기억하는 학생들은 아주 많고 많았다. 나는 3년 동안 총 6학기를 3~4개 반의 새로운 학생들을 가르쳤지만, 개성이 서로 같은 학생들을 본 적이 없다.

인간은 하늘이 준 개성을 가지고 있고, 개성은 평생 변하지 않는다는 것, 이것은 입증된 사실이다. 세상에는 일일이 헤아릴 수조차 없을 만큼 많은 인간이 있다. 하지만 이렇게 많은 인간이 모두 각기 다른 지문을 가지고 있고, 각기 다른 필체를 갖고 있다는 것은 지문과 필체처럼 개성 역시 모두 다를 수 있다는 증거이다.

3. 인간은 본성을 가지고 있다

(1) 본성은 무엇을 뜻하는가

인간은 본성을 가지고 있다. 이것은 인류가 가지고 있는 공통된 본성을 가리키며, 인류만이 가지고 있는 고유한 것이다. 고양이는 고양이의 본성을 가지고 있고, 소는 소의 본성을, 늑대는 늑대의 본성을 가지고 있다. 인간도 당연히 인간의 본성을 가지고 있다. 인간의 본성은 인류가 공유하고 있으며 동시에 인류만이 가질 수 있는 고유한 것이다. 가난하거나 부자이거나, 귀하거나 비천하거나, 지혜롭거나 어리석거나, 인간이라면 당연히 짐승의 본성과는 다른 인간만이 가질 수 있는 본성을 가지고 있다.

(2) 인간의 본성은 무엇인가

식욕과 성욕

인간의 본성을 가리키는 말로 '식색성야食色性也'가 있다. 성욕을 가리키는 '색色'자는 인간의 본성을 의미하며 짐승의 본성을 의미하지 않는다. 짐승에게는 '발정(성욕의 발동)'이라는 말을 쓴다. 또한 '여색을 탐한다'라는 말도 짐승에게는 쓰지 않는다. 인간은 모두 육체를 가지고 있으므로 다른 동물들처럼 동물적인 본성이 있다. 하지만 인간에게 있는 동물적인 본성은 다른 동물들과는 다르다. 짐승은 발정기가 있고, 발정은 곧 번식을 위한 것이다. 인간의 성욕은 일정한 시기가 있는 것이 아니며 충족된다고 없어지는 것이 아니다. 수많은 후궁을 거느린 제왕도 스스로 '과인은 여색을 탐한다'고 말하지 않았는가! 짐승들은 배를 채우기 위해 먹이를 훔치고 사냥을 한다. 단지 생존을 위한 것이다. 하지만 인간의 식욕은 생존을 위한 것일 뿐만 아니라 즐기기 위한 것이기도 하다. 인간은 배를 채우려고 음식을 먹을 뿐 아니라, 맛있게 즐기기 위해서도 음식을 먹는다. 공자도 '곡식은 정제할수록 좋고, 회는 얇을수록 좋다'라고 말하지 않았는가? 식욕과 성욕은 인간의 가장 큰 욕구이며 자신과 후대의 생존을 위한 것이면서 동시에 즐기기 위한 것이다.

영성의 양심

짐승이 태어날 때부터 가지고 있는 본성은 식욕, 성욕뿐만이 아니다. 아주 작은 벌레와 같은 짐승도 '양지양능良知良能'의 본성을 가지고 태어난다. 개미가 집을 짓고, 꿀벌이 꿀을 만들고, 까치가 둥지를 틀고, 개가 주인집 대문을 지키는 것은 모두 양지양능의 본성이다. 인간도 당연히 양지양능의 본성을 가지고 태어난다. 짐승과 벌레에 못지않은, 그보다 훨씬 뛰어난 양지양능의 본성을 가지고 있다.

공자와 맹자의 사상에서는 인간이 본래 선하게 태어난다고 말한다. 〈맹자孟子〉의 진심盡心 편을 보면 '인간은 배우지 않고도 할 수 있다. 그것을 양능良能이라고 한다. 또한 인간은 생각하지 않아도 알 수 있다. 그것을 양지良知라고 한다'라는 말이 나온다. 주해에 나와 있는 설명을 보면 '양심은 본래부터 선한 것이다'라고 되어 있는데 이것은 인간이 일부러 선하려고 노력한 것이 아니라 태어날 때부터 선하게 태어났다는 뜻이다. 이에 대한 좀 더 구체적인 설명은 〈맹자〉의 고자告子 편 제1장에 나와 있다. 맹자는 '측은지심惻隱之心', '수오지심羞惡之心', '공경지심恭敬之心', '시비지심是非之心'이 누구에게나 있다고 말한다. 인간이 태어날 때부터 가지고 있는, 남을 불쌍히 여기는 마음, 잘못을 부끄러워하는 마음, 공경하는 마음, 옳고 그름을 판단하는 마음에 바로 '인仁', '의義',

'예禮', '지智'의 미덕이 있다는 뜻으로 이런 미덕은 바깥에서부터 얻어지는 것이 아니고, 본래 마음속에 있는 것이다. 맹자는 그 뒤에 〈시경詩經〉의 대아大雅·증민蒸民 편에 나와 있는 '하늘이 온 백성을 낳고, 모든 사물에는 법칙이 있으니, 인간이 이 법칙에 따르고자 하는 타고난 본성이 바로 아름다운 덕이다'라는 시를 인용하여 설명을 이어간다. 이 시는 공자도 '이 시를 지은 자는 도를 깨달은 자'라며, '아름다운 덕은 인간의 본성으로 본래 타고나는 것이다', '그러므로 아름다운 덕을 소중히 하는 것이다'라고 칭찬하였다. 〈맹자〉에서는 측은지심, 수오지심 등등 '인과 의에 대한 마음'을 '양심良心'이라고 부르며, 인간의 본성 중에서도 근본이 되는 것이 바로 양심이라고 말한다. 그리고 '양심을 잃어버린 자는 짐승과 크게 다르지 않다'며 양심을 강조하고 있다. 공자는 양심에 대해서 '꼭 붙들면 보존할 수 있으나 놓으면 없어지는 것'이라고 말하였다.

우리는 공자와 맹자의 사상에서 인간이 짐승보다 뛰어난 양지양능과 양심을 가지고 있는 존재임을 알 수 있다. 양심이란 바로 측은지심, 수오지심 등등 인과 의에 대한 마음이며, 인간이 타고나는 본성, 인, 의, 예, 지 등의 미덕이 바로 양심이다. 양심은 잘 보존하지 못하면 잃어버릴 수도 있으며, 인간이라고 할지라도 양심을 잃어버린다면 짐승과 똑같은 것이다(인간의 본성이 악하다고 말하는 순자의 사상은 여기에서는 논하지 않고 나중에 다루어 보겠다).

　서양에서는 양지양능을 본능, 본성 혹은 천성이라고 부르며, 양심을 도덕심이라고도 부른다. 인간은 모두 옳고 그름, 선과 악을 판단할 수 있는 도덕적인 가치나 기준을 천성적으로 가지고 태어나며, 자연스럽게 양심에 따라 진리를 추구하고 선에 도달하고자 하며, 양심에 있는 도덕 기준에 맞춰 행동하도록 노력한다. 만약 마땅히 해야 할 행동을 하지 않았을 때 혹은 마땅히 하지 말아야 할 일을 했을 때, 인간은 양심의 가책을 느끼고 부끄러워한다(서양 사전에서 인스팅트instinct와 컨션스 conscience의 사전적 의미를 참조하기 바란다. 나는 구구절절 장황하게 설명하는 것을 싫어한다. 그래서 위와 같은 장황한 설명을 해야 할 때, 중국과 서양에서 모두 통용되고 이해하기 쉬운 언어로써 설명하고자 한다). 짐승도 양지양능이 있다. 나는 짐승의 양지양능과는 다르고, 그것을 훨씬 초월하는 인간의 양지양능을 '영성의 양심靈性良心'이라고 부르겠다. 영성은 옳고 그름, 선과 악, 아름다움과 추함을 가려내는 도덕 기준의 본능이며, 양심은 영성이 알고 있는 도덕 기준을 지키라고 부추기고 재촉하는 것이다. 영성의 양심은 이렇게 '지知'와 '행行', 양자가 결합하여 공존한다.

　앞으로 나는 인간의 양지양능 대신 영성의 양심이라는 말을 사용하려고 한다. 인용부호도 따로 붙이지 않겠다. 이것은 인간이 공유하고 있는, 인간이라면 당연히 가지고 있어야 할 본성이다. 무릇 인간은 가난하거나 부자이거나, 귀하거나 비천하거나, 지혜롭거나 어리석거나, 상관없이 모두 영성의 양심을 가지고 있다. 가난하다고 해서 부자보다 도덕적인 인성이 부족한 것은 아니다. 어리석은 인간도 총명한 인간 못지않게 옳고 그름을, 선하고 악함을 잘 알고 있다. 내가 아는 몇몇 사람, 남의 것이라고 하면 털끝 하나도 건드리지 않고, 돈에 관해서는 아무 관심을 보이지 않는 사람은 모두 가난하고 비천한 출신이며 결코 학식이 있는 사람이 아니다. 양심을 속이고, 명예와 이익을 위해서 온갖 나쁜 짓을 다 하는 사람은 오히려 총명한 사람이 어리석은 사람보다 많다. 보통 농사를 짓는 사람이 장사를 하는 사람보다 솔직하다. 그런데 농사를 짓는 사람은 자신보다 깊은 산골에 파묻혀 사는 사람이 더 소박하고 선량하다고 말한다. 농촌과 산속에 사는 사람들은 학교에서 하는 교육을 따로 받은 적이 없어서 아직 때 묻지 않은 본성만을 가지고 있다. 그들은 사람이 간사하게 행동하면 할수록 더욱 나쁜 마음을 가지게 되고, 더욱 뻔뻔하게 부자가 된다고 생각한다. 물론 이것을 일반화할 수는 없는 일이지만, 가난하거나 부자이거나, 귀하거나 비천하거나, 지혜롭거나 어리석거나, 인간이라면 영성의 양심을 가지고 있는 것이 분명하다. 내가 직접 경험한 일 중에서 몇 가지 예를 들어 말해 보겠다.

예전에 집안일을 도울 일꾼으로 정신지체자를 고용한 적이 있었다. 남자 한 명, 여자 한 명이 왔는데 둘 다 우리집 문지기와 동향 사람이었고 둘 다 이름이 없었다. 어머니가 남자에게 '아푸'라는 이름을 지어 주었고, 우리 자매들은 여자에게 '아링'이라는 이름을 지어 주었다. 아푸는 나이가 14~15살 정도 되었는데 생김새는 8~9세 정도 되는 아이처럼 보였다. 아푸는 좋은 것이 생기면 늘 자신의 어머니께 갖다 드린다며 남겨 두었다. 우리 어머니는 아푸가 양심을 가지고 있다고 말씀하셨다. 아푸는 누가 가르쳐 주지도 않았는데 나무 상자를 만들 줄 알았다. 문지기의 작은 목공 공구들을 가져다가 주워 온 나무판자에 대고 톱질, 대패질을 해서 갖가지 모양의 상자를 만들어냈다. 아푸는 원숭이보다 훨씬 더 영리했다. 나중에 아푸는 사기꾼에게 속아 그동안 일하며 모아 놓은 돈을 전부 잃고 우리집을 떠났다. 아푸는 자신이 속은 것을 후회하다가 정신병을 얻었는데 이것이 바로 아푸에게도 영성의 양심이 있었음을 증명하는 것이다. 아링은 아푸보다 더 멍청해서 숫자도 하나, 둘까지밖에 세지 못했다. 아링은 첫 아들을 데리고 자다가 잠결에 아기를 눌러 죽였고 시부모의 노여움을 샀다. 아링의 남편은 아링이 보이기만 하면 죽도록 매질을 했다. 하지만 아링은 남편이 자신을 때리는 게 당연하다고 생각하며 조금도 남편을 원망하지 않았다. 아링은 할 줄 아는 집안일이 하나도 없었다. 우리집의 여자 하인들이 하나하나 가르치니 아링은 고분고분하게 일을 배웠다. 숫자를 세는 것도 하나, 둘에서 다섯, 여섯, 일곱까지 셀 수 있게 되었고 할 수 있는 집안일도 꽤 많아졌다. 한두 해가 지난 후에 남편이 아링을 데리러 오자 아링은 뛸 듯이 기뻐하며 남편을 따라서 집으로 돌아갔다. 만약 짐승이었다면 자신을 죽도록 매질했던 사람을 보고 기뻐하지는 않았을 것이다. 아링에게도 영성의 양심이 있었던 것이다. 아푸와 아링은 모두 더 이상 우매할 수 없을 정도로 바보이지만, 어디까지나 짐승이 아닌 인간이다. 아푸와 아링의 예를 보면 지능이 낮고, 낮고, 더 낮다고 해도 인간의 본성을 가지고 있다는 것을 알 수 있다. 아푸보다 멍청한 아링은 짐승에 더 가까웠고 총명한 고양이와 개만도 못하지만 그래도 짐승이 아닌 인간이기 때문에 인간의 본성을 가지고 있었다. 총명한 부모 밑에서도 자녀가 백치일 수 있고, 또한 다른 형제자매는 모두 총명한데 유독 한 사람만 백치일 수 있다. 백치 아이가 있는 것은 부모에게 가장 애타는 일이다. 나는 정신지체자를 자녀로 둔 어머니들을 꽤 많이 알고 있다. 사회에는 전문적으로 정신지체자를 보살펴 주는 장애인 시설이 있다. 그런 시설에 백치 아들을 보낸 어머니는, 아이를 그곳으로 보내려고 하면 아이가 가기 싫어서 나를 붙잡고 늘어져요, 엄마 곁을 떠나기 싫은 거지요, 하지만 아이가 자신의 대변을 먹으려고 입에다 넣는 것은 차마 볼 수가 없어서 마음을 단단히

인생의 끝자락에 서서

먹고 아이를 보낼 수밖에 없었어요, 라고 말했다. 또 다른 백치 아들을 둔 어머니는 아이를 장애인 시설에 맡기지 않고 시골에 있는 먼 친척 집에 보내기도 하고, 집에서 돌보기도 하면서 지낸 다고 했다. 이런 아이는 보통 8살까지, 길어야 11살 정도까지 살 다가 죽는다. 부모는 바로 자신이 낳은 아이이기 때문에, 아이가 살아도 마음이 아프고 죽어도 마음이 아프다. 하지만 그들은 인 간의 모양을 갖추고 있지만 성인으로 장성한 것이 아니라, 말하 자면 미완성이기 때문에, 그들에게도 영성이 있기를 기대할 수는 없다. 자주 만나고 친한 사이는 아니었지만, 내가 본 성인이 된 아이들은 두 명 다 아푸와 아링처럼 착하고 가족을 따르며 좋아 했다. 악의를 가지고 타인을 대하지 않았고 얼마간의 지능도 가 지고 있었다. 그들은 인간과 동물이 뒤섞여 명확히 구분하기 어 려운 그 어떤 경계선 위에 있는 것이 아니겠는가?

　우리는 고양이나 개와 같은 짐승에게도 영성이 있고, 양심이 있다고 흔히 말한다. 하지만 영성이라는 것은 결국 본성과 연결 된 것이기 때문에 본성의 한계를 벗어나지 못한다. 내가 대학에 다닐 때 교수님 한 분이 아주 영리한 개를 키웠다. 그 녀석은 주 인의 휘파람 소리가 들리면 바로 주인을 찾아 달려가는 개였다. 주인인 교수님이 다른 지역으로 출장을 가게 되었는데 쑤저우의 집을 떠나자마자 그만 병으로 급사해 버렸다. 개는 그날 밤 구슬

프게 밤새도록 울었다. 교수님이 세상을 떠났다는 소식이 오기 전이었는데, 사람들은 모두 개가 이렇게 우는 것을 보니 주인이 죽은 것 같다고 말했다. 개는 몇 날 며칠 밤을 울면서 물 한 모금도 마시지 않다가 결국 굶어 죽었다. 사람들은 모두 의아해했다. 개는 주인이 죽은 것을 알았단 말인가? 참으로 주인에 대한 충성심이 대단하지 않은가! '견마지충犬馬之忠'이라는 말처럼 주인에 대한 충성심은 개의 본성이다. 개와 말이 주인을 구하는 전설은 많이 있고, 전설 속에 등장하는 개의 무덤인 '의견총義犬冢'이 어느 지역에 있는지도 기록이 있다. 하지만 개에게 무덤을 만들어준 것은 인간이지 개가 아니다. 또한 견마지충이라며 찬양하는 것도 인간이지 개가 아니다. 개는 인간보다 예민한 후각으로 사람이 하지 못하는 일을 할 수도 있지만, 그래도 개는 인간이 집에서 기르고 이용하는 가축이고 짐승일 뿐이다.

우리는 양심이 없는 사람을 보고 '저 인간은 양심을 늑대에게 주어 버렸군!'이라고 말한다. 또 어머니가 아이를 혼내면서 '얼빠진 놈! 원숭이 같은 놈!'이라는 말을 한다. 이것은 모두 인간에게는 얼(영성)이 있고 양심이 있으며, 인간이라면 누구나 가지고 있는 본성이라는 것을 말해 준다. 무릇 인간이라고 하면, 지능이 낮다고 해도 영원히 성인이 되지 못하는 백치의 경우를 제외하고는 모두 이런 본성을 가지고 있다.

인생의 끝자락에 서서

본성의 이중성

인간은 정신과 육체의 결합으로 이루어졌으며 정신과 육체는 각각의 본성을 가지고 있다. '식색성야食色性也'에서 말하듯 식욕과 성욕은 인간의 본성이고, 영성의 양심도 인간의 본성이다. 이 두 가지 본성은 서로 모순되어 있고 서로 용납하지 않는다. 우리는 일상생활에서 이 두 가지 본성이 충돌하는 것을 볼 수 있다.

갓 태어난 아기는 젖을 배불리 먹고, 똥오줌을 잘 싸고, 깨끗한 기저귀를 차고 있으면 만족한다. 주먹 쥔 손이나 발가락을 입에 넣고 옹알대면서, 혼잣말을 하는 것인지, 옆에 있는 가족들에게 뭐라 이야기를 하는 것인지, 그 말이 무슨 말인지 아무도 모르지만 아기는 사랑스러움, 그 자체이다. 갓 태어난 아기는 웃을 줄도 모른다. 하지만 자면서 꿈꿀 때는 웃을 수 있다. 프랑스 사람들은 이 웃음을 '천사의 미소'라고 부른다. 이 미소는 대개 아기의 엄마들이 발견하게 되는데, 뭐라 형용할 수 없는 평온함과 달콤한 아름다움을 가지고 있다. 나중에 아기들이 정작 웃을 줄 알게 되면 천사의 미소는 더 이상 할 줄 모르게 되지만 아기의 귀여운 미소는 여전히 사람들에게 기쁨을 준다. 아기가 조금 더 자라서 어른이 칭찬하는 말을 알아듣게 되면 팔다리를 버둥대면서 기쁨을 표현한다. 만약 어른들이 혼내는 말을 듣는다면 울음을 터트리거나, 울음을 참거나 혹은 입을 비죽거리면서 억울하거나 유감스러운 자신의 감정을 표현한다. 아기는 돌이 지나면 사리 분별을 할 수 있게 되고, 말은 못 해도 응응, 소리를 내면서 손짓, 발짓으로 의사표시를 한다. 말을 할 줄 알게 되면 엄마, 아빠 등 가족을 부를 줄 알게 되고, 이 시기에는 뭐든지 알아듣고 뭐든지 배운다. 아기를 보면 인간에게 영성의 양심이 있음을 잘 알 수 있다. 아기는 좋은 것과 나쁜 것을 알고, 옳은 것과 그른 것을 가려서 착한 아기가 되려고 한다. 하지만 아기는 아직 하나의 '자아(self)'를 가진 개인으로 자신을 인식하지는 못한다. 아기는 자신을 '나'라고 부를 줄 모른다. 어른이 어떻게 자신을 부르는지 보고, 예를 들면 귀염둥이, 예쁜이, 꼬맹이, 똥강아지 같은 애칭으로 자신을 지칭한다. 그뿐만이 아니라 거기에다가 '착한'이라는 말을 덧붙이려고도 한다. 착한 귀염둥이, 착한 예쁜이, 착한 꼬맹이, 착한 똥강아지 등 '착한'이라는 말이 어려워 소리를 내다가 혀를 깨물더라도 그 말을 덧붙여 스스로 '착한 누구'라고 부르고 싶어 한다. 내 주변에도 얼마나 많은 착한 귀염둥이, 착한 똥강아지가 있는지 모른다. 이렇게 착한 아기가 되고 싶어 하는 것은 타고난 본성이 아니고 어머니가 가르친 것이라고 말할 수도 있다. 하지만 아기를 어떻게 가르친다는 말인가? 착하고 싶어 하는 아기는 단지 어른의 말을 잘 들으려고 하는 것뿐이다. 아기에

인생의 끝자락에 서서

게는 말을 잘 듣는 것이 바로 착한 것이기 때문이다. 아기 때는 모두 착하고 싶어 했지만 자라면서 고집이 생기고, 착하고 싶은 마음과 상반되는 심리를 갖게 되는 것이 아니겠는가? 단순하고 꾸밈이 없는 아기는 '갓난아기', 바로 '대인大人은 갓난아기의 마음을 잃지 않는 사람이다'라는 맹자의 말에서 가리키는 '갓난아기'를 말한다. 모든 아기는 선량하다. 흉악한 아기가 있는가? 울고 칭얼대며 성가시게 한다고 해도 그것은 몸이 불편해서 그러는 것뿐이다. 흉악한 아기는 없다. 하지만 인간의 영아기는 아주 짧아서 갓난아기의 마음은 아주 빠르게 사라져 버린다.

아이는 자랄수록 점점 말을 듣지 않는다. 신체가 발육함에 따라서 개성도 더욱 강해지고 식욕도 더욱 강해진다. 아이가 과자나 케이크를 먹을 수 있게 되면 늘 과자나 케이크만 찾으며 자신이 좋아하는 음식만 무한정 먹으려 든다. 성격이 온순한 아이는 어른들이 말리면 그 말을 듣지만, 고집이 센 아이는 울고 칭얼대며 음식을 쟁취하려고 한다. 부모가 아이를 사랑하는 마음에서 종종 그냥 내버려 두기도 하는데 그러다가 탈이 나서 배가 아프면 쓴 약을 먹게 된다. 아이에게 병이 나서 약을 먹는 일은 아주 괴로운 일이다. 총명하거나 온순한 아이라면 기억해 두었다가 어른 말을 듣고 스스로 억제한다. 하지만 식욕이 강하고 제멋대로인 성격의 아이라면 결국 어른들이 맛있는 음식을 감출 수밖에 없다. 보통 식탐이 많은 아이일수록 이기심도 크다. 심지어 자신만 먹으려 하고 다른 사람은 못 먹게 한다. 아기는 2살, 3살일 때 가장 귀엽고 4살, 5살이 되면 미운 짓을 하기 시작한다. 우리 고향에는 이런 말이 있다. '예쁜 3살, 흥미로운 4살, 성가신 5살, 진저리 나는 6살 너머, 이보다 더한 7살, 8살(혹은 개도 미워하고 고양이도 미워하는 7살, 8살)' 이때 나이는 세는나이를 말한다. 이것은 아주 보편적인 상황이기 때문에 어떤 지역이든 이와 비슷한 옛말이 있다. 아기가 자라면서 점점 미운 짓을 하는 것은 왜 그런가?

몸이 점점 자라면서 아이는(성숙하려면 아직 멀었지만) 혼자서 걷고, 달리고, 튀어 오르고, 전력으로 질주하고, 껑충 뛸 수 있게 된다. 이 시기에 아이의 '자아'가 튀어나온다. 어른 말을 잘 듣지 않기 시작하는 시기에도 아이는 아직 스스로 착해야 한다고 느낀다. 사람들이 자신을 보고 착하지 않다고 말하면 기분이 뭔가 만족스럽지 않고 기쁘지도 않기 때문이다. 하지만 그보다 막 머리를 내밀고 나온 '나', 바로 내 '자아'가 좋기 때문에 오로지 '나'를 드러낼 생각만 하는 것이다. '손님만 오면 떼쓰는 아이'가 원하는 것이 바로 사람들의 주의를 끌어 '나'를 드러내는 것이 아닌가?

아이가 지는 것을 싫어하고 우쭐대기를 좋아하면, 거짓말을 하거나, 허풍을 떨기도 한다. 또 아이가 식탐이 있으면 음식을 빼

인생의 끝자락에 서서

앗거나, 훔칠 수도 있고, 욕을 하거나 주먹질을 하면서 힘없는 약자를 괴롭힐 수도 있다.

조숙한 아이는 5~6살에 성욕을 깨닫게 된다. 분수에 맞지 않는 욕망이 커질수록 육체의 동물적인 본성은 더 강해진다. 서양에서는 교만, 탐욕, 욕정, 분노, 탐식, 시기, 나태를 인간의 7가지 죄악이라고 말하고 불교에서는 탐욕, 분노, 어리석음을 3가지 악덕이라고 말한다. 이런 여러 가지 죄악은 모두 인간의 피와 살이 있는 몸에서 비롯된다. 아이에게 '나'라는 자아가 생기면서 각종 죄악의 싹도 점점 머리를 내밀게 된다.

지기 싫어하고 우쭐대기를 좋아하는 것은 교만으로 나타난다. 먹는 것이든, 입는 것이든, 사용하는 것이든, 이것 달라, 저것 달라, 요구한다면 탐욕을 보여주는 것이다. 욕정은 불교에서 소위 말하는 '6가지 육체의 욕망'이며 아름다운 표정과 자태, 유혹하는 말과 목소리, 부드럽고 매끄러운 피부 등에 의해서 일어나는 욕구이다. '호랑이만 생각하는 사미승'의 이야기는 여기에 딱 들어맞는 예이다. 어린 사미승이 늙은 노승과 함께 산에서 내려와 처음으로 여인을 보게 되었다. 어린 사미승이 저것이 무엇이냐 묻자 늙은 노승은 사람을 잡아 먹는 호랑이라고 답해 주었다. 그 후로 다시 산으로 올라간 어린 사미승은 다른 생각은 하지 않고 오로지 호랑이만 생각하게 되었다. 욕망을 제지하면 분노나 증오가 나타난다. 탐식은 당연히 나타난다. 건강한데도 음식을 탐하지 않는 아이가 어디 있단 말인가! 자신이 어떤 사람보다 못하다고 생각할 때, 그 사람을 질투하는 시기 또한 당연하게 나타난다. 나태도 태어날 때부터 가지고 있으며, 스스로 노력해야만 근면할수 있다. 잠시라도 그 노력을 게을리하면 바로 나태하게 된다.

하나의 죄악은 또 다른 죄악을, 혹은 더 많은 죄악을 부른다. 내가 교만하다는 것을 깨닫지 못하면 다른 이가 나보다 강하다는 것을 용납하지 못하고, 그런데도 내가 이길 수 없으니 시기하게 된다. 훨훨 타오르는 질투심에 자신도 괴롭기만 하다. 그러다가 내가 질투하는 사람이 불행한 일을 당하면 고소한 마음이먼저 든다. 시기하는 마음이 증오를 불러일으킨 것이다. 누군가를 증오하면 그를 해치고 싶고, 그를 해치기 위해서 수단과 방법을 가리지 않게 된다. 이렇게 하나의 사악한 생각은 또 다른 사악한 생각을 낳으며 줄줄이 잇따라 계속된다. 탐식으로 배부르면, 나태하며 편안하게 있고 싶고, 나태하며 편안하게 있으면 욕정이 생기는 것이 그런 예이다. 그래서 이 시기의 아이는 '세상의 죄악이 모두 내 안에 있다'라고 말할 수 있다.

여기에서 순자의 '성악론'을 이야기할 필요가 있다. 순자는 인간이 본래 악하게 태어나며, 인간이 선한 것은 '작위적인 것'이라고 여겼다. 〈순자荀子〉의 성악性惡 편을 보면 '본성은 배워서 생

　　　　　　　　　　인생의 끝자락에 서서

기는 것이 아니라 타고나는 것이며, 배워서 할 수 있는 것은 작위적이다. 작위적이라는 것은 노력하는 것이며 허위적인 거짓이 아니다'라고 설명한다. 순자는 인간의 본성이 원래 악한 것이기 때문에 선한 것을 배우려고 노력해야 하며 노력으로 선한 인간이 될 수 있다고 여겼다. 이처럼 노력으로 선한 것을 배울 수 있는 것은 사실이지만 인간이 태어날 때 타고난 본성은 선한 것이다. 인간의 나쁜 근성은 아기가 갓 태어났을 때 가졌던 마음을 잃어버리고 육체 안에 있는 나쁜 근성들이 점점 발전하여 나타난다. 인간의 본성이 본래 악하다고 말하는 것은 갓 태어난 아기의 단계를 소홀히 여겨 빠트렸기 때문이다. 인간이 아기였을 때, 가장 초기의 갓 태어난 단계를 소홀히 하는 것은 인간의 본성을 부정하는 것이며, 순자 자신이 말한 '본성은 배워서 생기는 것이 아니라, 타고나는 것(태어날 때 가지고 있는 것)'이라는 설명을 부정하는 것이다. 그리고 우리는 이미 '본성이 바뀌기 어렵다'는 것을 잘 알고 있다. 만약 본성이 악한 것이라면 절대 선한 것으로 바뀌지 않을 것이다. 인간이 본래 선한 본성을 가지고 태어났지만, 나쁜 근성이 발전해서 중간에 악하게 바뀐 것이라면, 노력해서 다시 선하게 바꿀 수 있다. 하지만 타고난 본성이 악하다면 다시 선하게 바꿀 수 없다.

언젠가 어떤 영국 사람이 새끼 호랑이를 데려다 길들였다는 기사를 본 적이 있다. 새끼 호랑이는 성장한 후에도 마치 고양이처럼 주변을 맴돌며 주인에게 친근했다. 어느 날 깊이 잠든 주인 옆에서 호랑이가 주인의 손을 핥고 있었다. 그것은 애정의 표시였다. 호랑이는 주인의 손을 핥고, 핥고, 핥다가 손에서 피가 나자, 피비린내를 맡은 호랑이의 본성이 나타났고, 결국 주인의 손을 물어뜯어서 먹어 버렸다. 이처럼 '본성은 바뀌지 않는다'라는 말은 틀리지 않다. 인간이 노력해서 스스로 선하게 바꿀 수 있는 것은 타고난 본성이 선하기 때문이다. 성악설을 전면적으로 다루지 않고 일부분을 가지고 논하려니 부족한 점이 있겠지만, 적어도 순자가 '선한 것은 작위적이다'라고 말할 수 있으려면, 인간에게 선한 것을 배울 수 있도록 하는 본래의 선한 본성을 먼저 인정해야 한다. 그렇지 않다면 순자가 자신의 학설을 아무리 둘러맞추려고 해도 안 될 것이다.

보통 아이는 5~6살이 되면 모두 유치원에 간다. 집에서는 부모님이 돌봐 주고, 학교에서는 선생님이 돌봐 준다. 친구들과 서로 경쟁하고, 서로 어떤 행동을 부추기기도, 강요하기도 한다. 집에서 응석받이였던 아이도 학교에 와서는 착한 학생이 되기 위해서 노력하게 된다. 아이는 이렇게 9살, 10살의 나이로 자라며 점점 선하게 바뀐다.

아이도 영성이 있기에 이치를 깨닫고 스스로 통제할 수 있다. 쓴 약을 삼키거나 주삿바늘에 찔리는 것은 무서운 일이지만, 그 이유를 설명해 준다면 쓴 약을 삼키고 주삿바늘이 찌르는 아픔을 견딜 수 있다. 눈물이 그렁그렁한 눈으로 입을 삐죽거리며 곧 울음이 터져 나올 것 같은 얼굴을 하고 있어도, 어른의 격려를 받으며, '안 쓰다', '안 아프다' 혹은 '안 무섭다'라고 말할 수 있다. 하지만 미리 이유를 설명해 주었는데도 막상 하려고 하면 싫다고 울음을 터트리는 아이도 있다. 결국 어른이 팔을 붙잡고 주사를 놓거나 코를 잡고 약을 삼키게 해야 한다. 이런 차이가 생기는 것은 아이들이 각각 가지고 있는 개성이 다르고, 아이들이 스스로 통제하려는 노력에도 강하고 약한 차이가 있기 때문이다.

아이는 가정에서도 배우고, 학교에서도 배운다. 같이 공부하는 친구들한테서도 배우는 것이 있다. 그렇게 배운 것을 자신이 이미 가지고 있는 영성의 양심에 더해서 스스로 통제할 수 있게 된다. 예전에 제멋대로 자라던 여러 나쁜 근성들이 선하게 바뀌는 것이다. 만약 아이가 교육을 받아들이지 않을 정도로 고집스럽거나, 나쁜 근성들을 교육하지 않고 집에서 그냥 내버려 둔다면 아이는 나쁜 아이가 된다. 대부분은 성인이 되기 전, 16~17살 정도에 그렇게 된다. 아이는 일단 학교에 가지 않고, 나쁜 친구들을 만나고, 패거리를 결성하고, 싸움질을 하고, 온갖 사고를 치며 다니지만 누가 돌봐주지도, 가르치지도 않으니 그대로 나쁜 아이가 된다. 이것이 소위 말하는 '성상근야性相近也, 습상원야習相遠也'이다. 사람마다 타고난 본성은 비슷하나, 배움에 따라 서로 차이가 난다. 가르치지 않고 그냥 내버려 둔다면 아직 완전한 성인이 아닌 아이의 나쁜 싹은 계속 자라서 결국 나쁜 사람이 된다. 하지만 어느 날 문득 깨닫는다면 다시 선하게 될 수 있다. 보통 이렇게 길을 잃고 헤매다가 다시 올바른 길로 되돌아오는 사람이 고분고분하게 순종했던 사람보다 더욱 좋은 사람이 될 수 있다. 그래서 '탕아의 회개는 금을 주고도 바꾸지 않는다'라는 말이 있다. 서양에도 탕아가 집으로 돌아오면 살찐 송아지를 잡아 환대한다는 말이 있다. 탕아의 회개는 바로 영성의 양심이 자신의 욕망과 싸워 이긴 것이다.

인간은 영성의 양심이 있는 영혼과 피와 살이 있는 육체를 가지고 있다. 영성의 양심이 있는 영혼과 식욕과 성욕이 있는 육체는 서로 조화롭지 않다.

서로 조화롭지 못하면 반드시 모순을 일으킨다. 모순이 있으면 투쟁이 있으며, 투쟁이 있으면 승부가 있다. 이기는 쪽이 지는 쪽을 소멸할 수도 있고, 굴복시켜서 통일할 수도 있다. 투쟁이 한 번으로 끝나지 않고 계속될 수도 있다. 하지만 모순은 반드시 통일하려고 한다. 결국 모순을 통일한 '나'는 어떤 모습일 것인가? 이것은 한두 마디의 말로 설명할 수 없다. 어떻게 투쟁하느냐, 또

어떻게 통일하느냐의 문제는 따로 떼어 내어 자세히 탐구해 볼
만하다.

제3장 · 정신과 육체의 투쟁과 통일

1. 정신과 육체의 모순은 반드시 투쟁하며, 투쟁을 거쳐
   반드시 통일한다.

(1) 투쟁의 상대

정신과 육체의 투쟁을 관찰하기 위해서, 먼저 양쪽이 각각
어떻게 진용을 이루고 있는지 명확히 살펴보자.

투쟁에서 육체의 편에 속하는 것

육체의 편에 속하는 것은 무엇인가? 우리는 종종 식욕과 성

욕만을 말하고 육체의 가장 꼭대기에 있는 머리를 빠트리곤 한다. 머리는 육체에서 결코 없어서는 안 될 중요한 부분으로 소홀하게 생각해서는 안 된다. 인간의 본성 안에서 영혼과 육체가 벌이는 투쟁을 이해하려면 바로 육체에 대한 기본적인 과학지식이 몇 가지 필요하다.

우리는 줄곧 생각을 마음으로 하는 줄 알았다. 그래서 생각을 뜻하는 한자에 모두 '마음 심心' 자를 붙였고, 가슴속에 있는 심장이 생각을 담당하는 기관이라고 여겼다. 하지만 심장은 폐에서 호흡할 수 있도록 신체의 혈액 순환을 담당하는 기관일 뿐이다. 좌우상하에 있는 4개의 심실 중 그 어느 것도 생각을 담당하지는 않는다. 고대의 이집트 사람들도 생각을 담당하는 것은 심장이라고 여겼기 때문에, 시체를 보존할 때, 생전에는 무용지물이었고 죽고 나서는 가장 썩기 쉬운 뇌를 제일 먼저 파서 버렸다. 그래서 미라는 뇌가 없다. 고대 그리스 사람들은 사유는 머리에서 나오고 감정은 마음에서 나온다고 생각했다. 이것은 반은 맞고 반은 틀린 이야기다. 사유뿐 아니라 감정, 기억, 판단 등 모든 것이 뇌에서 이루어진다. 뇌는 아주 정교하고 복잡한 기관이다.

저명한 미국의 잡지 〈내셔널지오그래픽〉 2005년 3월호에 실린 대뇌에 관한 논문의 내용을 간추려서 옮긴다. 권위 있는 전문가의 논문이니 기본적인 과학지식이라고 말할 수 있을 것이다.

태아가 4주가 되면, 모체는 분당 50만 개의 뇌세포를 생성한다. 이렇게 생성된 뇌세포는 몇 주 후에 태아의 두부로 모이고, 3개월에서 6개월이 되는 기간에 뇌세포에서 촉수가 자란다. 1분에 200만 개의 촉수가 뻗어 나와 서로 연결하여 회로를 만든다. 태아에게는 그렇게 많은 뇌세포가 필요 없기 때문에, 태아는 출생 몇 주일 전에 다윈의 '적자생존'의 법칙에 따라 필요 없는 뇌세포를 걸러 내어 도태시킨다. 출생할 때가 되면 태아는 어머니의 목소리에 익숙해지고, 양수 안에서 어머니의 영양을 흡수하면서 어머니의 입맛에도 익숙해진다. 대뇌에는 각종 감각 기능을 담당하는 정해진 구역이 있으며, 각 구역의 이름은 구역간의 경계선을 밝혀낸 권위 있는 전문가의 이름을 따서 부른다. 만약 뇌의 시각 기능을 담당하는 구역에 병이 났다면(종양이 생겼다고 가정했을 때) 의사는 다른 구역을 건들이지 않고 바로 시각 기능을 담당하는 구역에 수술을 진행하게 되는데 부주의하여 인접한 다른 구역을 침범하면 그 구역에서 담당하는 다른 기능이 손상된다. 시각은 오관 중에 발육이 가장 늦지만, 출생 2일 후에는 어머니를 알아본다. 18개월이 지난 아기의 두뇌는 모든 감각에 푹 담근 것처럼 감각으로 모든 지식을 흡수한다. 1살 반의 나이는 아이가 무엇이든 배우고, 무엇이든 이해하며, 가장 귀엽고, 가장 흥미로운 시기이다.

아기는 자아가 없다. 아직 생기지 않았다. 자아에 대한 의식은 특정한 영역에서 생기는 것이 아니다. 자아는 이마에서부터 시작해 양쪽 귀 부분까지의 대뇌 피질에서 각종 감각들이 교류하는 중에 차츰 형성되며 2살 이후부터 발전하기 시작한다. 자아가 발전하는 시기는 사람마다 다르지만 모두 점차적으로 성숙한다.

기억의 세포는 대뇌의 해마 구역 내에 있다. 해마 구역은 4살이 되어야 비로소 성숙하기 때문에 4살인 아기는 기억을 할 수 있다. 그래도 어릴 적 일들을 전부 기억할 수 있는 것은 아니다. 대뇌의 심층에 있는 편도체는 아기가 태어나자마자 바로 작용하기 시작하며, 감정을 뚜렷하게 느낄 수 있게 해준다. 아기가 태어난 후에 받은 아주 강렬한 자극은 나중에 아기의 감정과 행위에 부지불식간 영향을 준다.

아이가 점점 성장하면서 뇌의 각 구역도 서로 다르게 성장 발육한다. 사춘기가 시작될 때는 뇌의 회백질이 갑자기 증가한다. 전두엽의 대뇌피질은 가장 늦게 성숙하며 25살이 되어야 성숙한다. 이 부분은 취사선택, 미래계획, 행위통제 등을 결정한다. 이것은 바로 인간의 지력이 성숙하려면 25살이 되어야 한다는 것을 말해 준다.

뇌는 성숙한 이후에도 계속 생장하고 바뀌기 때문에 두뇌를 재조직하는 것이 가능하다. 사람은 평생 동안 두뇌를 계속 끊임 없이 개조한다. 노인의 두뇌 역시 계속 낡은 것을 버리고 새로운 것을 찾아 발전한다.

지금까지 살펴 본 전문가들의 이론에서, 아기가 스스로 '나' 라고 부르지 않는 것, 1살 반 이후에야 비로소 사리 분별하는 것, 3~4살이 되어야 '나(자아의식)'라는 의식이 생기는 것 등등은 우리가 실제 생활에서 관찰할 수 있는 상황과 일치한다.

뇌는 감각의 중추이다. 뇌 전문가들은 뇌를 인터넷에 비유한다. 육체의 각기 다른 감각기관이 받아들이는 각기 다른 감각은 각종 감정과 강하거나 약한 지력을 형성한다. 모든 강렬한 감정, 기쁘거나, 성내거나, 슬프거나, 즐겁거나, 좋아하거나, 싫어하거나, 무서운, 7가지 감정은 어떤 감정이든지 모두 충족하거나 발산하려고 하며 식욕, 성욕과 마찬가지로 억누를 수 없다. 그리고 두뇌의 지력 역시, 이제 막 성숙하기 시작한 지력이라 할지라도, 인간의 본성인 영성의 양심은 아니다. 두뇌의 지력은 육체의 보호를 가장 우선시한다. 지력은 감정과 같은 몸체에 하나로 묶여 있어서, 늘 자신의 감정을 보호하려고 갖가지 이치에 맞지 않는 억지를 부리기도 한다. 수양할 때는 성욕에 대해서 기쁘거나 성내는 감정을 드러내지 않을 수 있다. 하지만 밖으로 드러내지 않는다고 해서 기쁘거나 성내는 감정이 그의 판단과 선택에 영향을 미치지 않는 것은 아니다. 그 감정이 만족스럽게 충족되거나, 완전히 발산해서 지력이 더 이상 감정에 혹사당하지 않을 때까지 조용히 기다리고 있는 것뿐이다.

투쟁에서 정신의 편에 속하는 것

인간의 본성인 영성의 양심은 본성 이외에 그 어떠한 것에도 영향을 받지 않는다. 영성의 양심은 싸우지도 뺏지도 않고 그저 요지부동이다. 영성의 양심은 햇빛과 달빛과도 같아서 잠시 안개에 가릴 수는 있지만 안개가 흩어져 사라지고 나면 전과 다름없이 맑고 깨끗하다. 육체의 힘은 아주 강하지만, 정신의 힘도 결코 약하지 않다.

정신과 육체가 투쟁할 때 영혼은 어느 편에 속하는가

처음에 나는 영혼이 당연히 정신의 편이라고 생각했다. 하지만 좀 더 자세히 살펴보니, 놀랍게도, 영혼은 본래 육체의 편에 속하는 것이었다.

인간은 모두 영혼이 있는 육체를 가지고 있다. 영혼이 없는 육체는 시체가 된다. 시체는 욕망이 없다. 욕망은 살아있는 인간에게나 필요한 것이다. 시체는 지각도, 감정도, 지력도 없다. 시체는 즐길 줄도 모르고 애당초 투쟁할 줄도 모른다. 영혼은 육체에 붙어서 하나를 이루며 육체와 함께 느끼고, 욕망하고, 즐기고, 제멋대로 행동한다. 플라톤처럼 진정한 철학가들이 추구했던 것처럼 해야만, 영혼은 비로소 '육체가 죽은 상태에서 육체와 상관없이 홀로 살아 남아 존재한다' 하지만 죽은 육체에 영혼만 남은 상태로 살아 있는 인간이 있는가? 우리의 영혼과 육체는 한 몸으로 되어 있고, 한 줄기로 꼬아져 있어, 나눌 수도, 자를 수도 없다. 분리되는 순간 죽는다. 영혼이 육체에게 이별을 말하고자 하면, 그 육체는 틀림없이 그 말을 받아들이기 어려울 것이다. 18세기 영국의 존슨 박사는 인간의 감정에 대해서 정통한 사람이다. 그는 '이렇게 많은 시인과 문인들이 죽음이 두렵지 않다고 말하는 것은 곧 죽음이 두렵다고 말하고 있는 것이다'라는 오묘한 말을 했다. 우리는 영혼과 육체가 결코 서로 떨어질 수 없는 한 몸인 것을 인정해야만 한다. 정신과 육체의 투쟁에서 영혼과 육체는 하나의 짝을 이루어 '나'가 된다. 이런 '나'는 바로 영성의 양심이 투쟁해야 할 적군이다.

영혼이 비록 '영靈'이라는 글자를 달고 있지만, 정신이 아니라 인간의 생명일 뿐이다. 정신과 육체의 투쟁 중에 영혼은 육체의 편에 있음이 뚜렷하다. 이것은 확실하고 또 확실하다.

(2) 정신과 육체는 어떻게 투쟁하는가

'나'는 육체의 한 부분이다. '나'는 끝없는 욕망을 가진다. 좋은 것을 먹고 싶고, 좋은 것을 마시고 싶고, 좋은 옷을 입고 싶고, 편안한 곳에서 살고 싶고, 놀러 다니고 싶고, 연애하고 싶다. 하지만 쉽게 싫증이 난다. 마음대로 즐기고, 실컷 하고 싶은 대로 해도 흡족하지 않다. 인간의 영성의 양심은 시시각각 자신의 육체를 통제한다. 이거 해 달라 저거 해달라 해서는 안 돼, 음란하고 난잡해서는 안 돼, 이 일을 해서는 안 돼, 저 일은 적합하지 않아. 이런 통제의 소리를 '나'가 듣지 않는다면 본래의 '나'를 뛰어넘는 또 다른 '나'를 만든 것이 된다. 본래의 '나'는 육체로 보이는 '나'이며, '소아'라고 한다. 육체를 초월한 나를 '대아' 혹은 '초자아'라고 한다. 이 '대아' 혹은 '초자아'가 바로 투쟁을 통해 통일한 이후 드러나는 모습의 한 부분이다.

예전의 논리학이나 철학 교과서를 보면 모두 '소아', '대아'라는 말이 들어있다. 19세기 심리철학자 프로이트에 따르면 사람의 심리는 '원초아', '자아', '초자아'의 세 부분으로 구성되어 있다. '원초아'는 생리적, 본능적, 무의식적인 것이고, 논리적이지 않다. 사회적인 가치를 무시하며 만족만을 추구한다. 이런 '나'는 바로 위에서 말한 '소아'에 해당하는 것이다. '자아'는 이성적이고,

사물의 이치에 통달한 것으로 격정적인 '원초아'와 서로 대립하며 원초아를 억제할 수 있다. '초자아'는 '원초아'를 감독하는 사명을 가진다. 도덕과 양심, 죄책감을 가지고 스스로 성찰하며 자아를 위해서 이상적인 기능을 설계한다. 이런 제 2의, 제 3의 '나'는 바로 내가 말하는 영성의 양심이 통제하는 '나'이며, 바로 위에서 말한 '대아' 혹은 '초자아'를 말한다.

나는 여기서 우리가 흔히 말하는 '대아', '소아'를 설명함으로써 내가 새롭게 제시한 영성의 양심이 전문적인 학문으로 인정받은 프로이트의 이론과 어떻게 맞아떨어지는지 증명하고자 한다. 프로이트가 사용했던 용어와 헷갈리지 않도록 '소아', '대아' 혹은 '초자아'라는 용어를 계속 쓰겠다.

공자는 '어쩔 도리가 없구나, 나는 아직 자신의 허물을 보고서 진심으로 자책하는 자를 보지 못했다'라고 말했다. 여기서 말하는 '진심으로 자책하는 것'이 바로 정신과 육체의 투쟁이다. 자신의 마음속에서 벌어지는 투쟁을 공자 앞에서 감히 드러낼 수 없는 것은 당연하다.

하지만 나는 공자도 보지 못한 '진심으로 자책하는 것'을 얼핏 본 적이 있다. 1938년, 내가 외국에 있다가 상하이의 구다오로 돌아오자 친구 두 명이 같이 저녁을 먹자고 나를 불렀다. 함께 식당으로 가던 길에 버스에서 내려서 큰길을 건너려고 할 때

마침 호객을 하는 창녀들과 맞닥뜨렸다. 모두 진하게 화장을 하고 포주가 시키는 대로 지나가는 손님을 잡아끌었다. 창산이나 양복을 입은 사내가 보이면 잡아끌지는 못하고 그저, 오세요, 오세요, 하고 말로만 외쳤다. 창녀가 붙든 것도 아닌데 스스로 마음에 드는 창녀를 골라 함께 자리를 떠나는 손님도 있었다. 그러다가 창녀들이 무명 홑저고리를 걸친 젊은이를 붙들었다. 첫눈에도 막 상하이에 도착한 시골뜨기임을 알 수 있었다. 나는 창녀와 포주에게 붙들린 청년에게서 그의 마음속에서 벌어지고 있는 정신과 육체의 격렬한 투쟁을 보았다. 내가 쳐다보자 그 젊은이도 문득 나를 바라보았는데 웃는 듯 마는 듯 어색한 표정을 짓고 있었다. 양쪽에 두 명의 친구들과 팔짱을 끼고 급히 걸어가느라 그저 얼핏 보았을 뿐이지만 나는 그 젊은이의 영성의 양심이 결국 패배할 것임을 분명히 알 수 있었다.

2. 정신과 육체의 통일

육체의 욕망, 이것은 인간의 본성 안에 있는 영성의 양심과 일치하지 않는다. 같은 몸체 안에 있지만, 해결되지 않는 모순은 분열을 가져온다. 그리고 이 모순은 반드시 갈등을 해결하고 통일하려고 한다. 만약 모순이 개인의 이해득실을 따지는 문제라면 천천히 생각을 거듭하며 자세히 헤아려야 한다. 하지만, 모순이 자신의 욕망을 극복하고 통제하는 문제라면 투쟁은 반복될 것이고, 종종 비교적 빠른 속도로 이루어질 것이다. 만약에 투쟁이 단 한 번으로 끝날 수 있다면 그 결과는 동풍이 세게 불면 서풍이 밀리고, 서풍이 세게 불면 동풍이 밀리는 식으로 결판이 날 것이다. 하지만 한평생 살아가면서 모든 행위가 한결같은 사람은 없으니 주위 사람들이 인식하는 것도 결국 완전하지 않으며, 평생 지켜본다고 해도 누가 보느냐에 따라 인식이 달라진다. 정신과 육체의 투쟁에도 보편적인 법칙이 있기는 하다. 영성의 양심이 피와 살로 이루어진 육체를 압도할 수는 없기 때문에 그저 적당히 양보할 수밖에 없다. 영성의 양심이 완전히 우위를 점하는 경우는 적고, 육체가 완전히 영성의 양심을 눌러버리는 경우는 오히려 많다. 가장 흔하게 볼 수 있는 경우는 양쪽 세력의 정도가 각각 다르게 이루어진 타협이다.

(1) 영성의 양심이 우위를 점하는 경우

모든 인간은 영성의 양심을 가지고 있다. 보통 영성의 양심으로 자신을 극복하는 것을 수양이라고 한다. 수양은 자신을 극복하는 일종의 기술이다. 수양을 통해서 점점 강해지고 흔들림 없이 견고해진다. 영성의 양심이 완전히 육체의 욕망을 소멸하는 것은 불가능하다고 할지라도 영성의 양심이 우위를 점할 수는 있다. 나는 도를 닦는 일을 직업으로 삼아 자신을 수양하는 사람들을 만나보았다. 그들은 의식주의 모든 것을 그때그때 해결하며 수양한다. 그들이 만약 보통 사람처럼 가족을 먹여 살리고, 자녀를 교육하고, 부모를 섬겨야 한다면 결코 수양에 전념할 수 없을 것이다.

라오 신부님은 상하이에 쉬후이 천문대를 설립한 사람이다. 어느 날 신문에서 쉬후이 상업지구에 상하이에서 가장 큰 천문대가 생긴다는 기사를 보니, 마샹보 선생의 지도 아래 라오 신부님이 만들었던 작은 천문대가 떠올랐다. 신문에 보도된 쉬후이 천문대는 이 작은 천문대를 증축하여 만든 것이다. 처음 라오 신부님이 만든 천문대는 지나가는 사람들의 눈에 띄지 않을까 봐 걱정할 정도로 아주 작았다. 작고 초라한 서양식 집 지붕 위에 작은 방 한 칸을 더 얹어서 천문대를 만들고 사다리를 타고 오르내렸다. 천정이 뚫려 있는 작은 방 안에는 천체를 관찰할 수 있는 망원경 한 대가 놓여 있었다. 라오 신부님은 매일 밤 그곳에서 천문 현상을 관측했다. 라오 신부님은 물리학자였기 때문에 1층에는 물리 실험실도 있었다. 라오 신부님의 직업을 말한다면 쉬자후이 성모성당의 주임 신부라고 해야겠지만 신부님은 틈틈이 물리학을 연구하는 발명가였다. 신부님의 발명품 중에 매일 정오 12시에 떠오르는 와이바이두 다리 꼭대기의 풍선은 예전에 베이징에서 정오가 되면 쏘아 올렸던 '오시포午時炮'와 같은 것인데 늘 오류 없이 정확했다. 나는 밤낮으로 일하는 라오 신부님을 보면 수행하는 승려가 떠올랐다. 수행하는 승려가 밥을 먹을 때 결코 배가 부르도록 먹지 않고, 잠을 잘 때 머리를 바닥에 대지 않고 가부좌를 틀고 앉아서 자는 것처럼, 라오 신부님은 밤낮으로 쉬지 않고 계속 일을 했다. 치밍여자중·고등학교 학생이었던 내가 큰 언니를 따라 라오 신부님을 만나러 가면, 신부님은 늘 재미있는 이야기를 해 주었다. 아마도 그때가 신부님에게는 유일한 휴식시간이었을 것이다. 내 눈에는 라오 신부님이 극도로 육체의 욕망을 자제하고 영성의 양심에 따르는 모범적인 인물로 보였다. 상하이에는 라오 신부님의 이름을 따서 만든 길 '라오션푸루勞神父路'가 지금까지 남아 있다.

리 수녀님도 내가 아는 영성의 양심에 따르는 모범적인 인물이다. 리 수녀님은 내 모교인 치밍여자중·고등학교의 교장이었다. 교회 역시 정치판이었으니 지지 세력이 없는 리 수녀님은 20대에 교장직을 맡아 만년이 될 때까지 온갖 잡다한 노동을 했다. 만년

인생의 끝자락에 서서

이 되어서야 겨우 교장직을 이어받을 수녀 한 명을 뽑았지만, 리 수녀님은 밤에 잠자는 시간을 제외하고는 평생 순종하며 쉬지 않고 일했다. 리 수녀님은 결국 일하다 쓰러져 죽었다. 사람들은 리 수녀님의 시신을 관에다 넣었는데, 반나절 동안 멈췄던 심장이 다시 뛰기 시작했다. 죽은 게 분명했던 리 수녀님은 벌떡 일어나 마치 죽은 적이 없었던 것처럼 다시 일을 시작했다. 그 후로도 리 수녀님은 꽤 오랫동안 일했다. 그 후로 열흘인지 보름인지 잘 기억이 나지는 않지만 한 번 더 쓰러졌고, 그렇게 죽은 후로는 다시 살아나지 않았다.

라오 신부님과 리 수녀님은 우위를 점한 영성의 양심이 육체의 욕망을 자제하는 예가 될 수 있다. 그들은 수행을 직업으로 하는 종교인이지만, 보통 사람 중에도 높고 아름다운 도덕심으로 자신을 극복하는 이들이 적지 않으며, 세상에 드러나지 않았을 뿐 아주 많은 사람이 '소아'를 극복하고 영성의 양심을 지키고 있다. 하지만 그들도 열 번의 투쟁에서 열 번 다 영성의 양심이 우위를 점할 수는 없다. 피와 살이 있는 육체를 가진 인간이라면 오히려 그것이 더 인간적인 것이며, 스스로 자신의 결점을 깨닫기만 해도 자신과 남을 속이지 않은 것이니 아주 뛰어난 것이다.

(2) 영성의 양심을 버리고 돌보지 않는 경우

수양이 부족하면 물욕을 견디기 힘들고, 명예와 이익에 집착하면 영성의 양심을 돌볼 수 없게 된다. 우리가 사는 이 세상은 원래 명예와 이익을 추구하며, 서로 권력을 빼앗으려 다투고, 빼앗은 권력을 지키려 하는 싸움터이다. 역사서 〈이십사사二十四史〉는 처음부터 끝까지 전쟁에 관한 역사라고 말하지 않는가? 성을 빼앗고, 땅을 빼앗고, 석유를 빼앗고, 재물을 빼앗고, 언제, 어느 곳에서든 빼앗으려 하고, 또 빼앗기지 않으려고 하며 싸우지 않은 적이 있었던가? 정치계는 물론이고 경제계 역시 전쟁터이다. 국제적으로는 더욱 적나라하게 전쟁을 벌인다. 전쟁을 하게 되면 너는 죽고 나는 살자고 싸운다. 싸움을 연구해 놓은 것이 바로 병법이다. 병법은 간사할수록 좋다. 간사하면 할수록 더욱 승리에 가까워진다. 아무리 세상 물정에 어두운 서생이라고 해도 전쟁터에서 인의와 도덕을 논하지는 않을 것이며, 곤경에 처해서도 군자의 절개와 지조를 잃지 않았으니 만족한다고 말하지는 않을 것이다. 공격하랴, 방어하랴, 어찌할 바를 모르고 당황하는 전쟁터에서 어떻게 한가하게 시비를, 선악을, 공정을 논한단 말인가? 전쟁터에서 영성의 양심은 단번에 말살된다.

내가 9살 때 살던 상하이 집은 바로 옆집이 장쑤성 최고 군사 장관의 첩이 사는 집이었다. 그 골목에 있는 집들은 모두 군사 장관이 세를 놓은 집이었고, 장관의 집은 화원에서 제일 가까운 곳에 새로 지은 집이었다. 장관은 늘그막에 불교에 입문하여 정진했는데 매일 소리 높여 나무아미타불을 외쳤다. 내가 창 너머로 옆집을 들여다보면 가사를 걸친 늙은 장관이 무릎을 꿇고 엎드려 절하면서 부처님을 소리 높여 외쳤다. 늙은 장관은 쉬지 않고 계속 무릎을 꿇고 엎드렸다 일어나고, 일어나서 다시 무릎을 꿇고 엎드리면서 아주 힘들게 절을 했다. 늙은 장관의 목소리는 아주 구슬펐다. 그 구슬픈 목소리를 들으면 늙은 장관이 너무 불쌍하다는 생각이 들었다. 그는 이 세상의 전쟁터에서 수없이 많은 죄를 저질렀을 것이다. 하지만 전쟁터에서 내던지고 돌보지 않았던 영성의 양심을 다 늙은 후에 발견한 것이다.

나는 12살 때 쑤저우로 이사를 갔는데, 이웃에 못된 짓이란 못된 짓은 다 하는 정치배가 살았다. '좋은 일은 문밖을 못 나가고, 나쁜 일은 천 리 밖까지 간다'는 말처럼 그가 어떻게 수단과 방법을 가리지 않고 갈취하는지 동네 사람들은 모두 알고 있었다. 그도 다 늙어서야 양심이 참회하여 불교를 믿게 되었는데, 어떤 승려에게 사기를 당하여 많은 재산을 잃었다. 이런 사람은 오로지 제 한 몸의 즐거움을 위해서 영성의 양심을 내던지고 돌보지 않은 것이 틀림없다. 하지만 영성의 양심은 억누른다고 사라지는 것이 아니다.

　자아가 너무 커서 영성의 양심을 억제하는 경우가 있다. 지금도 유행하고 있는 우스갯소리로 '무솔리니는 영원히 옳다. 특히 그가 실수할 때 더더욱 그렇다'라는 말이 있다. 무솔리니의 자아는 무한히 커져 영성의 양심을 억제할 정도에 이른 것이다. 히틀러가 유대인을 대규모로 학살할 때는 이미 타고난 양심을 모두 상실한 것이다. 악독한 독재자로만 남아 있어야 그렇게 거만하고 횡포할 수 있었을 것이다. 하지만 그들이 실패하고 자살로 생을 마감할 때 어쩌면 그들의 영성의 양심이 나타났을지도 모르겠다.

　조조는 여백사를 의심하여 여백사의 일가족 8명을 모두 죽였다. 나중에 자신의 실수였음을 알게 되었고 슬퍼하지 않을 수 없었지만, 조조는 '내가 천하를 버릴지언정 천하가 날 버리게 하지는 않겠다'며 억지를 쓴다. 이 말은 정사에도 여러 번 나오는 유명한 말이다. 조조가 사람을 대하는 방식은 늘 이런 식이었다. 조조가 〈단가행短歌行〉의 마지막 구절에서 '산은 높을수록 좋고, 바다는 깊을수록 좋네. 주공은 입 속의 음식을 뱉으며 천하의 인심을 얻었네'라고 노래한 것은 제왕에 대한 그의 생각을 무의식적으로 드러낸 것이다. 조조는 평생 천자를 등에 업고 제후들에게 호령하였다. 비록 스스로 천자라 칭하지는 않았지만, 천하의 모든 사람의 마음을 얻고자 하는 야심을 분명히 드러낸 것이다. 조조는 도량이 좁고 옹졸하여 자신이 가고자 하는 길을 가로막는 이가 있다면 반드시 죽였다. 조조가 죽인 재능 있고 식견이 있는 사람들이 얼마나 많은가! 그가 단가행을 노래하고, 사람들에게 간사한 영웅이라는 소리를 듣는 것은 전혀 이상한 일이 아니다. 서양에는 '악마도 제 말 하면 나타난다'라는 속담이 있지만, 중국에는 '조조도 제 말 하면 온다'라는 속담이 있다. 조조는 결국 악마의 대명사가 되었다. 조조가 죽음을 앞두고 남긴 유언도 모순된 것이었다. 처음에는 자신이 거느렸던 수많은 시첩을 모두 시집보내라고 말했지만, 나중에는 다시 말을 바꿔 자신과 함께 묻어달라고 했다. 조조는 처음부터 끝까지 영성의 양심으로 자신의 이기적인 마음을 억제하지 못했다.

(3) 정신과 육체의 타협

먼저 타협이란 무엇인지 이해할 필요가 있다. 왜냐하면 영성의 양심은 투쟁하려 들지도 않고 요지부동으로 우뚝 서 있기만 하면서 타협도 하지 않기 때문이다. 타협이란 육체와 영혼을 가진 '나'로 나타난다. 투쟁은 상대방이 소멸할 때까지 계속되지만,

결코 상대방을 남김없이 소멸할 수는 없다. 양쪽 모두 그렇게 할 수 없다. 영성의 양심을 남김없이 소멸할 수 없고 '나'의 이기심 역시 남김없이 소멸할 수 없다. 현미경으로 봐야만 보이는 아주 작은 병균이 하나라도 남아 있다면 그 병균을 남김없이 소멸했다고 말할 수는 없지 않은가?

인간의 마음은 편한 것만 찾는다. 이리저리 싸우는 것은 피곤하고, 피곤하니 쉬고 싶어진다. 그리고 대부분 패배를 인정하고 싶어 하지 않는다. 지쳐서 피곤해지면 바로 자신에게 '그만하면 됐어'라고 말하면서 싸움을 멈추고 편히 쉴 수 있도록 자신을 놓아준다. 우리는 종종 '그래도 세상에는 아직 좋은 사람이 많아'라고 말한다. 이 말은 바로 흉악한 사람이 소수이고, 완전한 성인도 극소수에 불과하다는 것을 의미한다. 이 양극의 중간에 있는 대다수의 사람들은 비록 성인은 아닐지라도, 좋은 사람이라고 치부하는 것이다. 사실 사람들은 자신이 지혜롭지 않은 것에 대해서 자신도 모르게 너그러워진다. 이미 자신의 이기심인 '소아'를 극복했으니 더 이상 자신을 힘들게 할 필요가 없고 편안하게 쉬어도 된다고 말이다. 사실 이런 경지의 근처에도 도달하지 못했지만, 사람마다 그 정도가 다를 뿐 자신을 속이고 남도 속인다. 자신을 제대로 보지 못하고, 스스로 간파하지 못하는 것은 일부러 그러는 것이 아니다.

인생의 끝자락에 서서

언젠가 '진정한 군자'라고 불리는 과학자의 이야기를 읽었다. 한평생 명예와 이익을 좇지 않고 연구에만 몰두했던 과학자는 친구의 노벨상 수상 소식을 듣고 망연자실한다. 학문만을 추구하며 살아왔다고 하지만, 진정한 군자에게도 명예와 이익을 추구하는 마음이 조금이라도 있었던 것이 아니겠는가? 그리고 나라에 충성하고 백성을 사랑하며 '진정한 영웅'이라고 칭송받는 장군의 이야기도 있다. 병사들을 가족처럼 아끼고, 겸손하며, 너그러웠던 장군도 다른 동료가 대원수가 되었다는 소식을 듣고 망연자실한다. 진정한 영웅도 명성과 지위에 대한 동경에서 벗어나지 못한 것이다. 과학자와 장군처럼 수양한 사람으로 칭송받던 사람도 이러한데, 과연 수양을 통해서 '나'의 이기심에서 완전히 벗어난 인간은 얼마나 있는가? 자신을 제대로 보고 간파할 수 있는 인간은 또 얼마나 있는가? 자신을 아는 것, 그것이 이토록 어려운 일이란 말인가!

거울을 보면 그 속에 비친 '나'의 모습이 보인다. 얼굴이 일그러진 사람이 매일 거울을 들여다보면 그 얼굴에 익숙해져서 나중에는 일그러진 줄 모른다. 못생긴 사람도 거울 속의 그 얼굴이 얼마나 못생겼는지 알지 못하고, 남들이 보지 못하는, 아름다운 부분만을 보게 된다. 스스로 '미남'이라고 인정하게 된다. 뻔뻔하고 천박한 본래의 모습은 보이지 않는다. 우리가 보는 '거울 속의 사람'은 자신의 '마음속의 사람'이기 때문에 결코 자신의 진짜 모습이 아니다. 이렇게 겉모습도 제대로 보지 못하는데, 하물며 품성은 어떠할 것인가? 인간은 누구나 스스로 자부심을 느낄 만한 사람으로 여긴다. 다만 그 정도가 서로 다를 뿐이다. 자신도 속고 남도 속이는 것, 이것이 바로 '타협'이다.

공자는 '남이 나를 알아주지 않는 것을 근심하지 말고, 내가 남을 알아주지 못하는 것을 근심해야 한다'라고 말했지만, 나는 이 말에서 한 발 더 앞으로 나아가, '나 자신을 알지 못하는 것도 근심해야 한다'라고 말하고 싶다.

3. 정신과 육체의 투쟁에서 누가 나의 주인인가

누구나 자신의 일생을 뒤돌아볼 때, 그때 잘못했다 혹은 그때 그렇게 하지 말아야 했다고 생각하는 일들이 있다. 당시에 이기심이나 무지함, 혹은 허영심, 교만함 등등으로 하지 말아야 할 일을 하거나, 해야 할 일을 하지 않아 잘못을 저지르고 지나간 것이다. 영성의 양심은 이미 지나간 과거의 일에 대해서도, 당시에 영성의 양심에 따르지 않아 저지른 잘못임에도 불구하고, 스스로 책망하고 부끄러워하며 후회한다.

인생의 끝자락에 서서

언젠가 읽었던 앙리 베르그손의 〈시간과 자유의지〉가 생각 난다. 책을 읽을 때, 절반은 이해하고 절반은 무슨 말인지 모르 고 읽어서, 책 전체의 내용과 결론이 하나도 기억나지 않는다. 하 지만 종종 머릿속에 떠오르는 말이 한 구절 있다. '어떤 상황 속 에 놓인 인간은 소용돌이에 휘말린 떨어진 낙엽이나 마른 풀처 럼 자기 마음대로 할 수가 없다'라는 말인데 정말 틀린 말이 아 니다. 과연, 내가 '나'의 주인이 될 수 있는가?

제4장 · 운명과 천명

1. 인간에게는 운명이 있다

신명한 대자연은 누구에게나 평등하다. 가난하거나 부자이거나, 존귀하거나 비천하거나, 지혜롭거나 어리석거나, 누구나 영혼이 있고, 개성이 있고, 본성을 가지고 있다. 하지만 출신과 처지, 타고난 자질과 재능은 평등하지 않다. 부자가 있으면 가난한 자가 있고, 존귀한 자가 있으면 비천한 자가 있고, 천재가 있으면 저능아가 있고, 미인이 있으면 못난이가 있다. 왜 그런 것인가? 누구나 각자의 운명이 있는데 이 운명이란 것이 이치에 맞지 않기 때문이다. 공자가 '운명이로다! 이런 사람이 이런 병에 걸리

인생의 끝자락에 서서

다니! 이런 사람이 이런 병에 걸리다니!'라고 개탄한 것이 운명이고, 내 마음대로 되지 않는 것이 운명이다. 그래서 어쩔 수 없이 운명을 받아들인다. '운명을 모르면 군자라 할 수 없다'는 공자의 말을 가장 잘 설명한 사람은 증국번이다. 그는 하늘을 믿지 않고 운명을 믿었다고 한다. 많은 사람이 평생 열심히 살지만, 인생은 늘 마음먹은 대로 되지 않는다. 그래서 다 늙은 후에 한숨을 쉬며, 그냥 정해진 운명대로 살자, 하고 말한다.

내 아버지는 운명을 믿지 않는 사람이었고 집에서도 점을 보지 않았다. 나는 대학 2학년 때 칭화대학으로 편입하려고 했다. 여름방학 때 상하이까지 가서 접수하고 수험표를 받아왔다. 이제 시험공부만 하면 된다고 생각하고 있었는데, 갑자기 폐결핵을 앓고 있던 남동생이 급성 뇌막염에 걸려서 7~8일 동안 고열에 시달리다가 한밤중에 세상을 떠나 버렸다. 한창 더운 여름이라 온 가족이 밤을 꼬박 새우고 날이 밝자마자 입관하였다. 나는 그날 극도로 긴장하고 있었다. 큰언니가 종교인이기 때문에 어머니는 미신에 따르는 입관 의식을 나에게 맡겼다. 몇 가지 의식은 남동생이 죽기 전 발병했을 때도 했던 것이어서 나는 예전에 어떻게 했는지 떠올리며 하나하나 관 뚜껑을 닫는 의식까지 무사히 마쳤다. 장례는 집안사람만 모여 치렀는데 하루가 채 지나기도 전에 끝났다.

오후에 씻고 나서 뒤뜰로 나가 바람을 쐬었다. 둘째 고모와 동생들이 함께 있었는데(어머니와 아버지는 모두 방에서 나오지 않았다), 담 밖에서 쑤저우의 유명한 장님 점쟁이, '방강강'이 지나가는 소리가 들렸다. 장님 점쟁이는 현악기를 연주하며 방강강, 방강강 하는 소리를 내면서 다녔는데 그래서 이름이 '방강강'이 되었다. 남동생이었는지 여동생이었는지 모르겠는데, 누군가 방강강을 불러 점을 보자고 했다. 그것으로 어머니를 위로할 생각이었다. 둘째 고모가 허락하자 우리는 바로 하녀에게 후문을 열고 방강강을 데리고 오라고 했다. 둘째 고모는 어떻게 '사주'를 가지고 점을 보는지 알고 있었고, 우리 집에 자주 오기 때문에 우리 가족의 사주도 모두 알고 있었다.

방강강은 한 손에 악기를 들고 하녀가 일러주는 대로 지팡이를 내저으며 뒤뜰로 들어왔다. 방강강은 자리에 앉은 후 뭘 알고 싶냐고 물었다. 우리는, 병세를 묻고 싶다, 라고 말했다. 둘째 고모는 죽은 남동생의 사주를 말했고 방강강은 손가락을 짚어 가며 풀어보더니 고개를 저으며 말했다. 병이 낫기는 어렵소. 간지가 상극이라 충돌하는 살이오. 우리는 혹시 방강강이 우리집에 초상이 난 것을 이미 알고 있었던 것은 아닌지 의심했다. 그날 대문 앞에 초상집의 상평 천막을 쳐 놓았기 때문이다. 사실 우리집의 대문과 후문 사이에는 5묘 정도 거리가 있었고 더구나 장님의 눈에 보였을 리 없다. 그래도 우리는 방강강이 미리 알고 있었기 때문에 한 번에 알아맞혔다고 생각했다. 그래서 계속 그를 시험해 보았다. 둘째 고모는 2년 전 백일도 못 되어 죽은 셋째 언니의 아들 사주도 알고 있었는데, 우리는 방강강에게 그 아이의 사주를 내밀었다. 장님은 또 손가락을 짚어가며 사주를 풀었다. 그러더니 버럭 성을 내며 말했다. 이 집 사람들은 어찌 된 사람들이오? 사람을 들쳐 보고 웃다니(쑤저우 말로 놀린다는 뜻이다)! 이 아이는 세어 볼 명줄이 없소. 벌써 죽었구먼! 장님은 화가 나서 얼굴이 새파랗게 질렸다. 우리는 방강강에게 미안한 마음이 들어 다시 아버지, 어머니, 남동생 그리고 셋째 언니의 사주를 주고 점을 봐 달라고 했다. 다른 자매들은 곧 시집갈 다 큰 처녀들이라 점을 보면 좋지 않았기 때문이다. 방강강은 몇 마디 말로 간단하게 말했지만 모두 신통하게 알아맞혔다. 방강강은 꽤 많은 돈을 손에 쥐고서 흡족하게 떠났다. 나는 그때 처음으로 '사주'라는 점을 알게 되었다. 장님 점쟁이, 방강강의 점괘를 말씀드리니 어머니는 조금이나마 위안을 얻는 듯했다. 하지만 나는 바로 그날이 칭화대학 편입 시험이 있는 날이었기 때문에 시험을 보러 갈 수 없었다. 간절히 칭화대학의 학생이 되기를 바랐지만 마지막 기회까지 놓쳐 버린 것이다. 이것도 내 운명이 아니겠는가! 하지만 내가 방강강의 점괘를 믿는다고 해서 모든 점쟁이가 하는 말을 다 믿는 것은 아니다. 그리고 운명이 정해진 것이라면, 어차피 달라지는 것이 없으니 굳이 미리 점을 쳐서 알아낼 필요가 없을 것이다.

　나와 중수가 결혼할 때에도 시댁에서 내 사주를 보내 달라고 했다. 아버지는, 옛날에야 서로 얼굴도 모르는 남녀가 혼인을 하니 사주로 궁합을 보고 결정했지만, 지금은 둘이서 이미 혼인을 약속했는데 궁합이 왜 궁금하단 말인가? 만약 궁합이 안 좋게 나오면 어찌하려고 그러는가? 하고 말씀하셨다. 그래서 시댁에서는 내 사주를 모른다. 시아버지가 〈연보年譜〉에 내 사주를 적어 놓기는 했지만 정확한 사주가 아니라는 것을 알면서도 써 놓은 것이다. 우리는 결혼 후 바로 외국으로 유학을 갔다. 출국 전에 시아버지가 나에게 첸중수의 사주를 풀어 놓은 명서命書를 주었다. 첫 부분에 '팔자에 돼지띠 아버지, 쥐띠 어머니, 한 살 어린 아내가 있다'라는 내용이 있었다. 하지만 사주를 볼 때는 먼저 어린 시절에 겪은 큰일을 몇 가지 물어보기 마련인데, 시아버지는 점쟁이의 질문에 대답하면서 물어보지 않은 사실까지 남김없이 알려 주었을 테니 나는 명서의 내용을 전부 다 믿지 않았다. 명서는 평생의 운명이 말하면서 시기별로 해설도 해 놓았지만, 단기적인 운세를 보면 딱히 맞다, 틀리다, 단정할 수 있는 내용이 없었다. 하지만 마지막 구절은 기억이 난다. '육십, 하고도 또 팔년이니, 한 번 떠나면 되돌아오지 않는다'라는 구절에 '석양이 지는 서쪽에서 수가 끝난다'라는 해설이 붙어 있었다.

　나중에서야 그 명서의 사주풀이가 '철판신수'라고 부르는 것임을 알았다. 철판신수는 하루의 시간을 12시진時辰으로 나눈 다음 1시진을 다시 또 몇으로 나누어서 풀이하기 때문에 더 정확하다. 중수가 상하이에 있을 때 사주를 믿고 공부까지 하는 지도 학생이 있었다. 그 지도 학생은 쌀 10석을 들여 유명한 스승을 찾아가 사주를 배웠는데 그때 첸중수의 사주도 풀어 보았다. 그 유명한 스승이 풀어낸 중수의 운명은 '철판신수'와 대체로 비슷했지만 수명이 훨씬 더 짧게 나왔다. 예전에 간부학교로 하방되었다가 다시 베이징으로 돌아온 후, 우리집 식구들이 베이징 스판대학에서 유랑하며 살던 시절이 있었는데, 그때 많이 아팠던 중수를 응급실로 옮겨 간신히 살린 적이 있었다. 유명한 스승의 설명에 따르면 바로 그 해가 목숨을 잃을 수도 있었던 해였다고 한다. 지도 학생의 말을 들어보니, 사주는 어느 해에 고비를 한 번 넘어도 몇 년 후에 또 고비가 온다. 결국 수명도 이런 식으로 연장되기 때문에 결코 '한 번 떠나면 되돌아오지 않는다', 혹은 '수가 끝난다'라는 등의 단절되는 말을 하지 않는다고 한다. 중수는 향년 88세로 사주 풀이에서 예언한 것보다 20년을 더 살았다. 그리고 병으로 고생했던 몇 년을 제외하면, 순탄하지 못했던 그의 생애에서, 말년은 최고로 운수가 좋았던 때였다. 내가 이렇게 말하면 예전에 철판신수로 중수의 사주를 풀었던 점쟁이는 또 어떻게 설명할지 모르겠다.

사주를 공부했던 중수의 지도 학생은 집안이 엄청난 거부였다. 그의 아버지는 어려서 돌아가셨고 홀로 남은 어머니는 이재에 능했다. 그의 어머니 역시 가산을 탕진하고 아들은 귀인의 도움을 받게 된다는 사주팔자를 믿었다. 그 귀인이 바로 첸중수였고 학생의 어머니는 신중하게 자신의 아들을 귀인에게 맡겼다. 아들은 용모가 준수하고 유명한 가톨릭계 대학에 다니고 있었고 많은 처녀들이 그를 마음에 두고 있었다. 그중에는 첸중수 집안의 친척도 있었는데 처녀의 어머니가 나에게 중매를 부탁했다. 하지만 지도 학생은 첸 선생님과 양 선생님의 명이 아니라면 그 처녀를 만나고 싶지 않다고 했다. 나는 결혼은 인생에서 가장 중요한 일이고 부모도 강요할 수 없는 일인데, 우리가 어떻게 이래라저래라 할 수 있겠느냐고 말했다. 다만 훌륭한 처녀인데 왜 그토록 강경하게 싫다고 하는지 물었다. 그는 사주팔자 때문이라고 말하는 것이 불편했는지 나에게 귓속말로 그 이유를 말하면서 절대 발설하지 말라고 당부했다. 그는 쥐띠인데 쥐띠는 '자子'이고, '자子'는 물을 뜻하는 '수水'의 근원이다. 처녀는 돼지띠인데 돼지는 '해亥'이고, '해亥'는 큰 물을 뜻하는 '임壬'이다. 쥐띠의 물에 돼지띠의 큰물이 덮치면 가산을 모두 휩쓸어 가지 않겠는가? 그래서 이 처녀에게 장가갈 수는 없다. 나는 그가 말하지 말라고 당부한 귓속말을 누설하지 않고 이미 두 사람은 같은 학교에 다니고 있는데 중매가 필요하겠느냐고 전해 주었다. 하지만 남자 쪽에서 혼담을 넣을 기미가 보이지 않자 여자 쪽에서 중매하는 사람을 구했다. 내가 다시 한번 거절하자 처녀의 어머니는 혹시 내가 자신의 딸이 좋아하는 사람을 내 동생 양비에게 소개해 주려고 그러는 것은 아닌지 의심했다. 지도 학생은 정말 내 동생 양비를 마음에 두고 있었다. 양비는 그보다 2살이 더 많은 개띠였다. 개띠는 '술戌'이고 '술戌'은 불과 흙의 근원이니 물을 다스릴 수 있다는 것이다. 지도 학생의 어머니는 양비에게 정식으로 구혼을 했다. 이미 돌아가신 아버지 대신으로 큰언니와 셋째 언니를 찾아와 둘을 결혼시켜 유학을 보내자고 했다. 하지만 양비는 단호하게 거절했다. 내가 지도 학생에게 사주 스승님이 알려주는 대로 다시 적합한 사람을 찾아보라고 하니 지도 학생은 자신에게 가장 적합한 사람은 2살 어린 호랑이띠라고 했다.

국공내전이 끝난 후에 우리 세 식구는 상하이를 떠나서 칭화대학으로 돌아왔다. 원계조정 후, 1953년이었는지 1954년이었는지, 아무튼 우리가 중관위안에 살고 있을 때였는데 지도 학생이 어머니와 함께 베이징에 여행을 왔다가 우리를 일부러 찾아왔다. 그는 나를 보자마자 밑도 끝도 없이 낮은 목소리로, 선생님,

저 결혼했어요. 저보다 2살 어린 호랑이띠하고요. 사주 스승님이 찾아줬어요, 라고 말했다.

얼마 후, 지도 학생의 어머니가 경찰에게 체포되는 일이 일어났다. 그의 어머니는 금이 너무 무겁다며 금보다 비싼 옥이나 다이아몬드를 사서 모아 두었다. 국공내전이 끝나고 공장과 점포를 내주게 되자, 보석을 작은 금고 안에 넣어서 집의 벽장 안에 숨겨 두었다. 안전하게 잘 넣어 두었다고 생각했다. 그런데 보석 몇 가지를 현금으로 바꾸려고 홍콩으로 가다가 체포된 것이다. 1년을 교도소에서 보내게 되었고 집 안에 숨겨 둔 보석은 모두 정부 구매로 팔렸다. 무게가 얼마가 되든, 휘황찬란하게 빛나는 다이아몬드이거나 아니거나, 전부 다 합쳐서 1천 위안이었다. 사주에 나와 있던 가산을 탕진하는 운명은 이렇게 실현되었다.

곧이어 지도 학생의 호적이 농촌으로 변경되는 일이 일어났다. 상하이 시민들을 농촌으로 이주시키려는 커칭스의 계획은 시행되기도 전의 일이었다. 어머니는 이미 세상을 떠났고, 그는 아내와 아이들을 상하이에 남겨 두고 홀로 농촌으로 갔다. 그는 노동할 줄 몰랐고 매월 얼마 안 되는 식비를 내고 배급식량을 받아먹으며 생활했다. 우리는 얼마간의 돈을 그에게 부쳐 주었는데, 많은 돈을 부치면 마을 사람들이 알고 빌려 달라고 하기 때문에 한 번에 10위안 정도만 부쳐 줄 수 있었다. 2~3개월이 지나서 그가 상하이로 가족들을 만나러 올 즈음에는 몇백 위안 정도의 돈이 모였다. 그는 개혁·개방 이후에 실시된 국가정책으로 다시 호적이 바뀌었고 상하이시 인민정치협상회의 위원이 되었다. 그리고 그 당시 해외여행을 하려는 사람들이 찾아와 조언을 구할 만큼 어떻게 차려입어야 유행에 뒤처지지 않고 멋지게 보이는지 아는 사람이 되었다. '귀인이 도움을 준다'라는 운명은 매달 10위안의 돈을 부쳐 주는 것으로 실현되었다. 말하기가 부끄러울 정도로 적은 돈이지만, 그의 사주에 있는 운명이었다.

내 여동생 양비에게는 영어를 아주 잘하는 똑똑한 동창이 하나 있었다. 국공내전이 끝난 후 성명학자에게서 홍콩으로 가야 운세가 좋다는 이야기를 듣고 홍콩으로 가려고 했다. 하지만 국경을 넘기 전에 체포되어 노동 명령을 받게 되었다. 그녀는 힘든 노동을 피하려고 의사를 찾아 중증 간염이 있다는 소견서를 위조했다. 형 집행이 끝나고 누군가의 추천으로 베이징와이원출판사에 취직하려고 했지만, 중증 간염이 있다는 이유로 출판사에서는 그녀를 채용하지 않았다. 결국 그녀는 노동 명령을 수행하던 곳에서 빠져나오지 못하고 그곳의 직원과 결혼해서 노동 명령으로 수행했던 일을 평생 하게 되었다. 똑똑하고 훌륭한 인재였는데, 운명이 정말 안타까웠다. 하지만 이것 역시 정해진 운명을 피할 수 없음을 말해 준다.

상하이에 아주 유명한 성명학자가 있었다. 지금 그의 이름은 기억나지 않지만, 나 말고도 그를 기억하는 사람이 분명히 많이 있을 것이다. 그는 정말 대단히 유명했다. 중일전쟁이 끝나기 직전에 미군이 상하이에 융단 폭격을 한다는 소식으로 술렁거렸다. 상하이로 피난을 왔던 사람들이 다시 또 피난을 갔다. 운명을 점치는 유명한 성명학자도 그해에 횡사했다. 보통 운명을 점칠 줄아는 사람들은 모두 길사를 좇고 흉사를 막을 수 있다는 망상을 가지고 있다. 그는 홍콩으로 도망을 갔고 횡사할 액을 막았다고 생각했다. 하지만 친구 집에서 저녁을 먹고 집으로 돌아오는 길에 계엄군의 총에 맞아 죽었다. 이 사건은 순식간에 널리 퍼졌고 사람들은 그의 점괘가 정확한 것에 놀랐다. 하지만 이미 정해져 있는 운명에서 어떻게 도망칠 수 있단 말인가? 홍콩으로 가려고 했던 양비의 친구도 흉사를 막고 길사를 좇으려다 그렇게 된 것이다.

옛말에 살고 죽는 것은 정해진 운명이라고 한다. 인생의 길흉화복은 분명히 운명으로 정해져 있다. 일정한 방식으로 풀어서 알아낸 운명은 실제 생활에서 모두가 알 수 있는 사건으로 나타난다. 서양에는 '교수형에 처할 운명을 가진 자는 절대로 물에 빠져 죽지는 않는다'라는 말이 있다. 중국에서는 사주뿐만 아니라 관상으로도 점을 친다. 〈마의상법麻衣相法〉은 관상 보는 법을 설명한 책이다. 관상을 믿는다는 것은 관상에 성격이 드러난다고 생각하는 것이다. 집시들은 손금을 보고 운명을 예언한다. 내가 번역했던 스페인 책의 주인공도 운명을 점칠 줄 알았다. 아마도 무어인의 영향을 받았을 것이다. 서양에서는 '성격이 곧 운명이다' 혹은 '성격이 운명을 결정한다'라고 말한다. 아무튼 일반적으로 사람들은 대부분 인생에 정해진 운명이 있다는 것과 그 운명을 부정하기 어렵다는 것을 알고 있다.

2. 운명의 이치

나는 세상에서 가장 이치에 맞지 않는 것이 바로 운명이라고 생각한다. 바보, 멍청이, 머저리가 부귀영화를 누리고, 배운 것도 없고 특별한 재주도 없는 사람이 평생을 명예롭게 산다. 뛰어난 재능을 가진 사람, 훌륭한 품성을 가진 사람이 온갖 고난을 겪으며, 악한 사람이 권세를 쥐고, 착한 사람이 고통을 받는다. 그래서 운명의 신을 '조화를 부리는 아이'라고 부른다. 운명은 무책임하고 제멋대로인 아이가 조화를 부리는 것이다. 우리는 '운명의 장난'이라는 말도 자주 한다. 서양 사람들은 종종 '운명의 아이러니(irony of fate)'라는 말을 한다. 또한 운명의 신을 아무 생각이 없는 경박한 여자로 비유하며 사리 분별을 할 줄 모르고 감정의 기복이 심하다고 한다. '운명의 여신을 만나면 바로 그녀의 이마에 붙은 머리채를 잡아야 한다. 그녀의 등 뒤에는 잡을 머리채가 없기 때문이다'라는 서양 속담은 행운이 사라지기 전에 꼭 잡으라는 의미이지만, 운명의 여신이 경박하고 제멋대로 행동한다는 의미도 있다.

하지만 제멋대로인 운명을 제각기 다른 방식으로 풀 수 있는 것이 이상하다. 제각기 다른 방식으로 풀어도 같은 운명이 나오는 것은 더 이상하다. 이것이 바로 운명이 이치에 맞는 것임을 증명하는 것인가? 이치에 맞지 않는다면 앞뒤가 들어맞지도 않고 체계도 없을 터인데 그것을 어떻게 풀어낼 수 있단 말인가? 운명의 이치에 정통한 사람들은 아주 정확하게 운명을 풀어낸다. 산출하는 방법만 외워서 푸는 사주쟁이들은 형편과 경우에 따른 해석을 할 줄 모르기 때문에 정확하지 않다.

사주는 '팔자八字'를 근거로 운명을 점친다. 사주는 연年, 월月, 일日, 시時로 이루어진 4개의 주柱, 즉 4개의 기둥을 말하는데, 각 기둥마다 천간天干과 지지地支로 나누어 팔자를 만든다. 천간은 갑甲, 을乙, 병丙, 정丁, 무戊, 기己, 경庚, 신辛, 임壬, 계癸의 10개, 지지는 자子, 축丑, 인寅, 묘卯, 진辰, 사巳, 오午, 미未, 신申, 유酉, 술戌, 해亥의 12개로 이루어져 있다. 그리고 천간과 지지를 결합해서

인생의 끝자락에 서서

서로 다른 60가지의 갑자甲子를 만들고, 하나의 갑자는 60년을 주기로 돌아간다. 첫 번째 기둥인 제1주는 출생 시간과 환경, 부모와 집안 형편 등에 대한 것이다. 세 번째 기둥인 제3주가 운명에 대한 것이다. 음양陰陽에다가 오행五行인 금金, 목木, 수水, 화火, 토土를 결합하여 서로 다른 성질을 나타내는 유형을 만들어내는데 이것이 바로 인간의 성격이다. 갑을은 목, 병정은 화, 무기는 토, 경신은 금, 임계는 수의 기운을 가지고 있다. 사주의 팔자는 '명조命造'라고 부르고 이 명조를 가지고 앞으로의 '운도運途'를 산출한다. 명조는 서양 사람들이 소위 말하는 성격에 해당하는 것이고, 운도는 운명을 뜻한다. 일반적으로 성명학자들은 명조를 배에 비유하고 운도를 강으로 비유한다. 배는 강이 있어야 움직일수 있다. 10년을 주기로 움직이는데 두 부분으로 나뉘어 돌아간다. 명조에는 좋고 나쁨이 있고, 운도에도 좋고 나쁨이 있다. 명조가 좋지 않더라도 운도가 순조롭게 흘러가면 앞에서 말한 것처럼 바보 머저리가 부귀영화를 누리고 배운 것도 없고 특별한 재주도 없는 사람이 평생을 명예롭게 산다. 명조는 좋은데 운도가 나쁘면, 뛰어난 재능과 훌륭한 품성을 가진 사람이어도 배척당하고, 시기를 받으며 평생을 불우하고 고달프게 산다. 명조와 운도가 전부 다 나쁘면 평생 빈천한 삶을 산다. 하지만 운도는 늘 굽이굽이 흘러가며 끊임없이 변화한다. 앞으로 나아간다 싶으면 바로 또 돌아가야 하는 모퉁이가 나타난다. 그리고 대운大運 외에 또 세운歲運도 있고, 운명을 점치려면 따져봐야 할 것이 많다. 20~30년 동안 계속 좋은 운이 드는 경우는 드물고, 일평생 좋은 운만 가지는 것은 더 드물다. 지금까지 사주에 관해 간단하게나마 설명한 것은 내가 정식으로 배운 것이 아니고, 그저 조금씩 들어서 알게 된 아주 얕은 수준의 지식이다.

공자는 노년에 〈주역周易〉을 좋아했다. 〈설괘說卦〉〈서괘序卦〉〈계사系辭〉〈문언文言〉 등에서 모두 음양陰陽, 영허盈虛, 소장消長과도 같이 운명을 점치는 것에 대해서 논했다. 아무튼 숫자가 있어야 계산을 할 수 있고, 일정한 법칙이 있어야 풀어낼 수 있다. 그렇지 않다면 무엇을, 어떻게 풀어낼 수 있단 말인가?

3. 인간이 운명을 결정할 수 있는가

이미 정해진 운명이 있는 이상, 내가 원하는 대로 운명을 만들 수는 없다. 그렇다면 나에게 무슨 책임이 있단 말인가? 운명이 이끄는 대로 어떤 처지에 놓이든 그냥 그대로 지내면 되는 것이다.

'운명은 어쩔 수 없다'는 말은 경험으로부터 나온다. 살아온

인생의 끝자락에 서서

날들을 되돌아보면 많은 일들이 내가 원하는 대로 되지 않았다. 하지만 내가 겪은 일이 정말 내 운명에 이미 정해져 있어서 그렇게 된 것인지, 아니면 내 성격 때문에 그렇게 된 것인지, 내가 원해서 그렇게 된 것인지, 몇 가지 일들은 곰곰이 다시 생각해 볼 만하다.

중일전쟁 후, 국민당 정부 고관이 첸중수에게 유네스코의 일자리를 제안한 적이 있다. 중수는 일언지하에 거절했다. 그런데 유엔에서 일하는 것은 아주 좋은 일이 아닌가? 중수가 왜 거절했는지 알 수가 없었다. 중수는 그것이 당근이기 때문이라고 설명했다. 당근을 받지 않으면 채찍질을 당하는 일도 생기지 않을 것이다. 그 시절에 그런 일자리는 중수처럼 똑똑하거나, 중수 같은 성격이 아니면 일언지하에 거절을 할 수도, 거절을 했다고 해도 그 후에 또다시 생각나지 않을 수 없는 아주 유혹적인 자리였다.

중일전쟁이 끝나고 얼마 지나지 않아 또 국공내전이 일어났다. 많은 사람이 불안에 떨며 외국으로 도망갈 생각만 하고 있었다. 우리의 사상은 조금도 진보하지 않았다. 우리는 모두 소련의 '철의 장막' 이후의 생활상을 그리는 반동소설反動小說, 특히 지식인들이 처한 상황에 대한 소설을 많이 읽었기 때문에 공산당을 두려워하지 않을 수 없었다. 우리에게 해외 도피를 권유하는 사람들은 우리 두 사람에게 좋은 일자리와 각종 편의를 제공하겠다고 했다. 해외로 나가는 길만 있었던 것은 아니다. 정전둬 선생 그리고 우한과 위안전 부부는 국공내전이 끝날 때까지 남아 있으라고 권유했다. 그들은 공산당이 중시하는 지식인이었다. 우리는 그들의 말을 믿었지만, 그들과 달리 우리는 공산당에게 유용한 지식인이 아님을 알고 있었다. 우리는 과학자도 아니고, 마르크스 레닌주의로 무장한 문인도 아니기 때문이다. 우리처럼 자유 사상을 가진 문인은 쓸모가 없다. 우리는 재차, 삼차 고민했지만 차마 조국의 품을 떠날 수 없었다. 냉대를 받고 형편없는 음식을 먹더라도 분수를 지키고 조용히 평범하게 사는 것이 결국 좋은 결과를 가져올 것이라고 생각했다. 해외로 도피하지 않은 것은 어쩔 수 없어서 그런 것이 아니라 우리의 선택이었다.

하지만 내가 28살 때 고등학교 교장을 맡은 일은 어쩔 수 없는 운명이었던 것 같다. 모교의 교장이었던 왕지위 선생이 상하이에 분교를 설립한다고 했을 때 내가 그 일을 돕겠다고 했지만 나는 교장이 될 만한 위인은 아니었다. 처음에는 반년만 일하자 했는데 나중에는 일년이 되었다. 왕지위 선생은 내 사직을 강경하게 말렸다. 이것은 나와 왕지위 선생이 서로 자신의 의지대로 하고자 싸운 것이다. 사직하지 않는 것은 편안하고 순조로운 것이고, 사직하는 것은 물을 거슬러 오르는 배와 같이 불어오는 바람을 무릅쓰고 힘겹게 앞으로 나아가야 하는 것이다. 하지만 나는 기어이 사직을 하고 말았다. 당시 나는 월급을 받을 수 있는 일 자리가 필요했기 때문에 그 좋은 고등학교 교장직을 사직하고 다시 소학교 임시 교사 자리를 구했다. 이것은 어쩔 수 없었던 것이 아니라 나의 선택이었다. 왕지위 선생의 요구에 따른다면, 그녀의 일을 물려받아 평생 그 일만 하며 살 것 같았기 때문이다. 나는 창조적인 일을 하고 싶었다. 감히 말로 꺼낼 생각조차 하지 못했지만 '내가 교장 일을 원하지 않는다'는 것을 스스로 명확히 알고 있었다. 단호하게 사직한 것은 나의 선택이었고, 나의 의지를 관철한 것이었다. 이것은 결코 운명이 아니었다. 하지만 내가 근무 외의 시간에 쓴 극본이 바로 무대에 올랐고 성공리에 공연을 마친 것은 운명이라고 말할 수 있을 것이다. 나는 교장직을 사임하고 이름뿐인 교장으로 학교에 남았다. 임시직을 수행하는 사람이었지만 문서에는 여전히 내 이름과 직인이 찍혔다. 진주만사변이 일어나고 곧이어 상하이 조계지인 구다오가 함락되면서 분교의 학생들도 흩어졌다. 내가 교장직을 하고 싶어도 할 수 없는 상황이 된 것이다. 내가 사직한 것이 정해진 운명인지, 나의 선택인지 확실하게 말할 수는 없지만, 내 운명에 2년 동안 학교 교장직을 맡는 운세가 있었다고는 말할 수 있을 것이다.

살아오며 겪은 일들을 되돌아보면 모두 당시의 상황이 그렇게 된 것이지 내가 그렇게 만든 것이 아니었다. 하지만 그 시간에, 그런 일을 한 사람은 바로 '나'이다. 사주에서 말하는 것처럼 명조는 배, 운도는 강이라 하면 배는 그저 강물 위에서 흘러갈 수밖에 없다. 하지만 명조라는 배 안에 운명의 주인이 타고 있다면 어떻게 될 것인가? 만약 배가 좌초되거나 전복되었을 때, 배 안에서 운명을 주관하는 '나'가 타고 있다면, 곧 '나'의 개성이 운명을 주관한다고 말할 수 있을 것이다. 소위 말하는 인간의 개성이 운명을 결정하는 것이다. 열사가 살신성인하고, 충신이 나라를 위해 목숨을 바치는 것이 그들의 선택이 아니라 그들의 운명이었다고 말할 수 있는가? 그들은 양심의 소리에 따라 뜻을 굽히느니 차라리 죽음을 택한 것이다. 만약에 목숨이 아깝고 죽음이 두려웠다면 결코 그런 선택을 하지 않았을 것이다. 차라리 죽겠다는 선택은 자신의 단호한 의지가 없으면 할 수 없는 선택이다. 이 일을 결정한 것은 인간이지 결코 운명이 아니다.

제2차 세계대전이 시작되고 일본이 중국을 침략했다. 우시가 함락된 후, 근처 시골에 살던 첸중수 본가의 하인이 난징에 이어 우시 또한 함락되었다는 소식을 들었다. 그는 곡식을 말리는 마당에다 장작더미를 쌓아 놓고 5~6명이 되는 식구들이 하나씩 불 속으로 뛰어들었다. 일본군이 난징에서 양민을 학살하고 부녀자들을 능욕했다는 이야기를 전해 듣고 일본군이 우시에 도착하

인생의 끝자락에 서서

기 전에 분신자살을 한 것이다. 순국이라는 말의 뜻도 모르는 일반 백성들이지만, 이것이 바로 나라를 위해 목숨을 바친 것이 아니겠는가? 그들의 행위가 본인의 선택이 아니고 자신이 주관한 일이 아니라고 말할 수 있는가? 이 이야기는 상하이로 피난을 온 우시 사람이 첸중수의 본가에 전해 준 이야기로 첸중수가 쿤밍에 있고 집에 없을 때라 나는 그 하인의 이름이 무엇인지 모른다.

4. 운명은 하늘이 정하기 때문에 천명이라고 부른다

우리 눈에는 운명이 전혀 이치에 맞지 않는 것으로 보인다. 인간을 가지고 놀면서 성가시게 하는 데 맛들였는지 장난만 친다. 중국이든 세계의 어떤 나라든 운명에 대한 견해는 모두 같다. 운명은 장난꾸러기 아이가 인간을 가지고 노는 것이다. 이 아이가 세상을 다스리는 것이 어떻게 하늘의 이치일 수 있는가? 운명을 받아들일 수 없을 때, 인간은 하느님이 세상을 다스리는 이치에 대해서 의심하게 된다.

우리가 인생을 살아가면서 맞닥뜨리는 문제들은 대충 보고 가볍게 긍정하거나 이상하다고 해서 쉽게 부정할 수 없다. 우리는 생각할 수 있는 능력을 상실하고 미궁에 빠진다. 그저 어리둥

절한 채로 의심하고, 실망하고, 절망하게 된다. 어쩌면 우리는 끝내 이해할 수 없을지도 모른다. 하지만 신명한 하느님이 모든 인간이 이해할 수 있는 이유를 만들어 놓았을지도 모르니, 혹시 있을지도 모를 어떤 이유를 상상해 볼 수도 있지 않겠는가?

운명의 신이 제멋대로 장난치는 인간 세상은 참으로 불합리하다. 하지만 우리가 이렇게 작고 작은 지구에서 살다가 죽는 것이 '끝'이 아닐 수도 있고, 또 대자연의 이치가 일부러 불합리하게 만들어 놓은 것일 수도 있지 않은가? 만약 하느님이 운명의 신에게 세상을 통치하라고 허락하지 않았고, 대자연의 이치가 일부러 불합리하게 만든 것이라면? 만약에 하느님이 신명하다면 운명의 신이 인간 세상을 다스리도록 허락할 리 없다.

공자는 천명을 여러 번 언급한다. 한 번 말하고 만 것이 아니다. 그뿐 아니라 군자는 천명을 두려워해야 한다고 말한다. 군자가 두려워해야 하는 세 가지 중에 제일 먼저 천명을 말하며 '천명을 두려워해야 한다. 소인은 천명을 모르니 두려워하지 않는다'라고 했다. 이 말은 경외심을 갖고 하늘이 정한 운명을 받아들이라는 뜻이다.

인생의 끝자락에 서서

제5장 · 만물의 혼

세상은 불합리하다. 하지만 그렇다고 해서 실망할 필요는 없다. 세상이 불합리하든 어쩌든 인간이 만물의 영장이기 때문이다.

인간은 지혜의 동물이기 때문에 동물 중에서 가장 영리하다. 사자가 동물의 왕이라고 하지만, 어디까지나 동물 중에서만 왕이라는 말이다. 사자는 작은 동물을 잡아먹을 때 피 묻은 털까지 먹는다. 오로지 인간만이 음식으로 만들어 먹을 줄 안다. 어릴 적에 교과서를 보면 수인씨가 나무를 문질러 불붙이는 법을 알아내고, 후직이 농사를 가르쳤고, 누구였는지 이름이 생각나지 않지만, 가축을 기르는 법도 가르친 이가 있어 인간은 말, 소, 양을 기르고 돼지, 닭, 개를 기르게 되었다. 인간은 일할 때 동물을 이용하기도 하고 음식으로 만들어 먹기도 한다. 인간은 갖가지 도구를 발명해서 맛있는 국물 요리까지 만들어 먹는다. 서양에는 불을 발견한 수인씨가 없고 신이 천상의 불을 훔쳐다 인류에게 주었다고 한다. 동양이든 서양이든, 아무튼 인간이라면 불을 붙일 줄 알고, 불을 사용할 줄 안다. 인간은 땅을 갈고 씨를 뿌리면 땅 속에서 쌀, 보리, 수수, 콩, 밀이 나온다는 것을 알고 농사를 지어 식량을 만든다. 누조는 양잠을 가르쳐 주었고, 중국에서 비단이 처음으로 발명되었다. 중국에서 유럽으로 전해진 면직물도 마직물이 먼저 발명된 후에 나온 것이다. 인간은 의복을 입는 데에 그치지 않고 더 아름답게 입기 위해서 연구한다. 인류는 동굴이나 들판에서 자지 않으며, 집을 짓고, 다리를 놓고, 길을 만들고, 차를 만들고, 배를 만든다.

창힐은 한자를 만들어서 문화를 보존하고 널리 퍼뜨릴 수 있도록 했다. 인류가 가장 뛰어나기 때문에 영장이 된 것은 당연하다. 인류는 학교를 세워서, 진리를 찾고, 서로 사랑하고, 인의와 도덕을 추구하도록 가르친다. 인류는 물질문명으로부터 정신문명의 세계로 들어왔다.

인류는 본성에 영성의 양심이 있기 때문에 신들이 가르쳐 주기만을 바라지 않는다. 영성의 양심이 이끄는 대로 인간은 모두 물질보다 더 높은, 그 이상의 것을 추구한다. 동서고금을 막

론하고 인류는 참된 것, 선한 것, 공정한 것 등등의 미덕을 추구한다.

인류가 편평한 지구 위에 둥근 하늘이 있고, 지구를 중심으로 천체가 움직인다고 잘못 알고 있었던 것을 생각해 보자. 갈릴레오가 망원경을 발명하여 지구는 태양계 안에 있는 아주 작고 작은 행성이라는 것을 증명했지만 교회의 압박을 받아 화형에 처할 위험에 빠졌고 갈릴레오는 평생 억울함을 삼켜야 했다. 하지만 다음 세대, 또 다음 세대의 과학자들이 명명백백 옳고 그른 것을 똑똑히 가리고, 진리를 견지하고, 오류를 바로잡아 수정하며, 언제 어디서든 보편적으로 꼭 들어맞는 진리를 찾아내지 않았는가? 인류는 참된 진리를 찾을 때까지 이런 노력을 쉬지 않고 계속한다.

내가 어렸을 때 소학교의 수업 시간표에는 표시된 요일이 지금과 달랐다. 그때는 월, 화, 수, 목, 금, 토와 같은 행성의 이름을 따서, 월요일, 화요일, 목요일, 금요일, 토요일, 일요일로 표시했다. 영어와 프랑스어도 행성의 이름을 따서 표시한다. 예를 들어 월요일은 영어와 프랑스에서도 '달月'의 이름을 딴 것이다. 그때까지만 해도 발견된 행성이 6개밖에 안 되었다. 하지만 지금은 발견된 행성이 8개가 되었고 계속 새로운 행성이 발견되고 있다. 불과 100년 동안 벌어진 일이다. 인류의 진리 추구는 멈추지 않고 계속되며 결코 오류에 머물러 있으려 하지 않는다.

정의감도 본성에서 나오는 것이다. 시대마다 정의를 지키기 위해서 폭력투쟁도 마다하지 않는 지사와 의인이 있다. 비록 그들이 권력을 쥐고 세력이 생긴 후에 그것을 이용해서 사익을 취하며 부정부패를 일삼았다 하더라도, 폭군을 몰아낸 후에 그들 스스로 새로운 폭군이 되었다고 해도 말이다. 18세기 프랑스의 로베스피에르가 바로 그런 예이다. 자유, 평등, 박애를 소리 높여 외치며 루이 왕조를 무너뜨렸지만, 권력을 장악한 후에는 수없이 많은 사람을 죽이며 '공포정치'를 했고 결국은 그 자신도 단두대에 서게 되었다. 이처럼 부정부패의 무리는 아무리 깨끗하게 몰아냈다고 해도 어느새 또 한 무리가 생겨난다. 하지만 결국 백성들이 바라고, 우러러보는 나리는 청렴한 '청천青天 나리'이다. 중국의 포증은 청렴한 청천 나리, 바로 '포청천包青天'이 되지 않았는가! 폭정에 항의하고 살신성인하는 이는 어느 시대에도 있었다.

공자는 겸손하고 온화하여 사람들이 가까이하기에 쉬웠다. 그는 '그 자리에 있지 않으면 그 자리에서 행해야 할 일을 꾀하지 말라', '도를 행할 수 없으니 뗏목을 타고 바다로 떠날까……', '관직에 등용되면 도를 행하고, 버림받으면 도를 간직하고 은둔한다' 등등의 말을 거듭했으며, 또 증점을 칭찬하며 '봄옷을 지어입고……, 아이들 몇 명을 데리고 가서 이수이에서 목욕하고 무우

인생의 끝자락에 서서

에 가서 바람을 쐬다 시를 읊조리며 돌아오겠노라'라는 말도 했다. 하지만 말년에 자신을 돌아보며 '아무도 나를 알아주지 않는구나', '도가 행해지지 않음을 알고 있었다', '나는 이제 끝났구나'라고 말했다. 하지만 공자는 뗏목을 타고 바다로 떠나고 싶은 마음도, 봄놀이를 가고 싶은 마음도 없었다. 공자는 68세에 고향으로 돌아와 〈시詩〉와 〈서書〉를 엮어 〈춘추春秋〉를 집필하였다. 〈춘추〉는 좌구명의 전기에다 한두 글자로 간단하게 비난하거나 칭찬하는 평어를 곁들이며, 어떤 이가 무슨 일을 한 것에 대해서 옳았는지, 마땅히 해야만 하는 일이었는지에 대해서 평가하는 것인데, 글자 하나하나가 참으로 천금과도 같아서 '역심을 품은 신하들을 두려움에 떨게' 하였다. 공자는 가르치는 일에만 전념할 뿐 세상일에는 관심을 두지 않았다. 오로지 '춘추필법'으로 정의를 지키고 역심을 품은 신하들과 싸웠을 뿐이다. 누가 자신을 이해하거나, 원망하거나, 상관하지 않고 자신의 영성의 양심에 따라 행한 것이다.

공자는 당시 유행했던 3천 수가 넘는 시와 노래 중에서 305수를 골라 정리하였다. 〈시경〉은 문장과 음운이 아름다운 하나의 예술작품이라고 할 수 있다.

인류의 문명은 6천 년이 넘었고 인류는 다른 동물과 비교할 수 없이 탁월하다. 세계 각국의 박물관, 도서관, 예술관에서 소장

하고 있는 철학, 과학, 문학, 정치, 경제, 역사와 예술 등의 서적과
공예품, 미술품 등의 문물은 모두 인간이 만물의 영장임을 증명
하는 것이 아니겠는가?

제6장 · 인류의 문명

　인류의 지력은 짐승보다 훨씬 뛰어나다. 영성의 양심을 본성으로 가지고 있는 인류는 짐승의 양지양능을 뛰어넘는다. 세상의 만물 중에 가장 뛰어난 인류는 문명을 창조한다. 하지만 짐승은 문명을 창조하지 못할 뿐 아니라 그저 표본이 되어 박물관에 전시될 뿐이다. 만물의 영장, 과연 인류는 만물의 영장이다.

　인류는 문명을 창조함으로써 스스로 만물의 영장임을 증명했다. 하지만 주객이 전도될 수는 없다. 인류가 문명을 창조했기 때문에 인간이 만물의 영장이 된 것은 아니며, 또한 문명을 창조했기 때문에 존엄한 것이 아니다. 인류의 문명은 인류 업적의 일부분이고, 인류 중에는 아직도 미개한 인류가 많기 때문이다. 미개한 인간이 어떻게 문화를 창조할 수 있다는 말인가? 하지만 문화가 없고 미개하다고 해서 인간이 짐승이 되어 버리고 만물의 영장이 아닌 것은 아니다.

1. 인간은 인간이기 때문에 고귀하다

세상의 만물 중에 인간이 만물의 영장이다. 인간의 존엄은 인간 그 자체에 있는 것이지, 창조한 문명에 있는 것이 아니다. 인류의 문명은 당연히 가치 있는 것이지만 그 가치가 아무리 높다고 해도 결코 그것을 위해 인간이 생겨난 것이 아니다. 그 이유는 네 가지가 있다.

하나, 만약 인간이 인류의 문명을 창조하기 위해서 생겨났다면, 인류의 문명은 영원히 사라지지 않아야 한다. 하지만 영원히 사라지지 않는 인류의 문명이 있는가? 이집트 문명, 그리스 문명, 바빌론의 문명, 사라센 문명, 마야 문명 등등은 모두 번성에서 쇠락으로, 쇠락에서 멸망으로 가지 않았는가?

둘, 만약 인간이 인류의 문명을 창조하기 위해서 생겨났다면, 인류의 문명은 마땅히 인류의 발전과 생존에 이로워야 한다. 의학자, 경제학자, 법학자, 사회학자, 농업학자, 건축학자들로부터 문학가, 예술가 등등 사회의 각계각층과 각국의 지도자들이 모두 사람들의 복리를 위해서 열과 성의를 다하고 있는 것은 확실하다. 하지만 문명사회는 경제발전, 생산증대, 소비증대를 위해서 공장을 늘리고 환경을 오염시킨다. 대자연의 생태계가 훼손되었고, 수원이 오염되었으며, 지하수가 점점 고갈되었고, 오존층이 파괴되었다. 북극의 빙하가 빠른 속도로 녹고, 해수면이 상승하고, 육지가 가라앉으며, 많은 생물이 멸종위기에 처했다. 인간의 질병이 증가하고 병균들은 내성이 생겨 더욱더 강해졌다. 하지만 인간은 불장난을 멈추지 않는다. 사방이 화염에 싸여있는데 더 부지런히 연구해서 더 많은 사상자를 낼 수 있는 잔인한 무기를 만들어내고, 냉전이다, 열전이다, 하며 온갖 상술을 부린다. 참으로 대단한 인류의 문명은 우주선을 만들어 우주까지 높이 날아올라 달에 착륙하고 우주에서 걸을 수도 있으며, 주변에 있는 다른 행성 어디에 물이 있는지, 어디에 공기가 있는지 탐사한다. 마치 가까운 행성을 침략해 빼앗으려고 준비하는 듯하다. 우리가 사는 지구가 낡고 망가졌으니 곧 폐기 처분하려고 그러는 것인가!

셋, 만약 인간이 인류의 문명을 창조하기 위해서 생겨났다면, 인간이 이토록 무지하고 무능할 리가 없다. 만물의 영장이라고는 하지만 오히려 못하는 것이 더 많다. 하나를 하면 다른 하나를 하지 못한다. 대부분의 인간은 아무것도 이루지 못하고 한평생을 흐리멍덩하게 살거나, 무엇을 이뤄야 한다는 생각조차 하지 않고 무신경하게 보낸다. 우리는 무한한 시간 속에 있는 광활한 우주를 보고, 자신이 얼마나 작고 보잘것없으며, 한평생이 얼마나 짧은지 깨닫는다. 수천 년 동안, 과연 어떤 철학자가 인간이 추구하는 진리에 대해서 답할 수 있었는가? 인간은 영성의 양심을 가지고 있기에 인생의 참된 의미와 또 어떻게 살아야 하는지 그 원칙을 찾으며 수천 년의 세월을 보냈지만 지금도 여전히 찾고 있다. 평생 지혜를 탐구한 소크라테스도 자신이 아무것도 모른다는 것만 겨우 알았을 뿐이다. 우리에게 모범이 되는 공자도 '아침에 도를 알게 된다면 저녁에 죽어도 좋다'고 말하며 무엇이 '도'인지 빨리 알고 싶어 했다. 하지만 '내가 종일토록 먹지도 않고 밤새도록 자지도 않으며 생각해 보았으나 아무것도 얻지 못하였으니 배우는 것만 못하다'라고 말했으니, 그러면 어떻게 하면 배울 수 있는가? 〈논어〉에서는 그에 대해 이야기하지 않았지만 〈대학大學〉을 보면 증자가 공자의 말을 전하며 어떻게 가르치고 무엇을 배우는지 설명한다. 대학에 나오는 '도는 덕을 분명히 밝히고, 백성들을 새롭게 하고, 최고의 선에 도달하는 데에 있다'라는 말을 송대 성리학자들의 주석을 참고하여 다시 해석해 보았다. '도'는 성년이 된 사람이 그들이 덕을 분명히 밝힐 수 있도록 가르치는 것이다. 여기서 '분명히 밝힌다'라는 것은 명백

인생의 끝자락에 서서

하게 이해한다는 의미이고, '덕'은 하늘의 도리에 맞게 사람으로서 해야 하는 일을 말한다. '백성을 새롭게 한다'라는 것은 백성들로 하여금 낡은 관습을 버리도록 하고, 이로써 새로워진 백성이 자기의 마음으로 미루어 남을 헤아릴 줄 알게 된다는 뜻이다. '최고의 선에 도달하는 것'은 스스로 완전해지고 지극한 선의 경지에 도달하는 것을 의미한다. 자사가 조부인 공자의 말을 전하는 〈중용〉을 보면 첫 부분에 '하늘의 명을 성性이라 하고 성을 따르는 것을 도라고 한다……, 도라고 하는 것은 잠시라도 떨어져 있어서는 안 되는 것이다'라는 말이 나온다. 나는 주석을 참고하여 '인간의 본성은 타고나는 천성을 말한다. 영성의 양심에 따라 행동하는 것이 도를 행하는 것이다……, 모든 순간순간마다 자신의 영성의 양심과 함께해야 한다'라는 뜻으로 해석하였다.

이것은 중국의 '공맹의 도孔孟之道'이다. 서양에서도 각 나라, 각 학파의 철학가들이 말하는 '도'가 있다. 종교에서도 종파마다 그들의 '도'가 있다. 도대체 '도'가 무엇이길래 학술계에서도, 문화계에서도, 아직까지 '도'에 대한 인식을 하나로 통일하지 못하고 있는가? 우리가 읽은 경전은 오랜 시간을 거쳐 고르고 걸러 낸 작품이다. 우리는 이미 수천 년의 시간 동안 축적된 지혜를 물려받았지만 그 지혜에 앞으로 또 얼마나 많은 지혜가 더해질 것인가? 지금도 영성의 양심을 가지고 있는 인간은 수천 년 동안 탐구해온 인생의 진리와 인간이 마땅히 지켜야 할 도리를 여전히 찾고 있다. 수천 년이 지난 지금 세상의 '도'는 어떻게 바뀌었는 가? 더 발전되었는가? '활시위처럼 곧으면 길가에서 죽는다. 갈고 리처럼 휘어야 제후가 된다'라는 속담이 있다. 지금은 얼마나 달 라졌는가? 바다처럼 방대한 현대의 서적은 고대와 비교할 수 없을 정도로 현대의 문화를 널리 퍼뜨린다. 현대인들은 분야별로 세밀하게 전문적인 연구를 하고 고대인들과는 비교할 수 없을 만큼 훌륭한 성과를 낸다. 하지만 진리에 대해서 얼마나 더 잘 알게 되었는가? 현대의 문물, 공예 미술이 고대의 작품을 뛰어넘어 더 훌륭해졌다고 말할 수 있는가?

넷, 만약 인간이 인류의 문명을 창조하기 위해서 생겨났다면, 인류 문명의 역사 속에서 기적이라고 불리는 문명이 이토록 잔인하고 가혹할 수 없다.

진시황은 일찍이 뜻을 세워 13살에 왕의 자리에 올랐다. 26살 이후 천하를 장악하고 중국을 통일하며 스스로 시황제라 불렀다. 시황제로 30년을 지내고 나서 흉노족의 침입을 막기 위해 몽염 장군에게 당시 죄인들(지금으로 말하자면 '우파' 혹은 '5.16 통지'와 관련된 죄인들)을 시켜 만리장성을 쌓으라 명하였다. 전설 속의 맹강녀도 남편이 만리장성 쌓는 일에 끌려가 돌아오지 않자 직접 남편을 찾아 나선다. 맹강녀는 만리장성에 도착해서 비통한 마음에 성벽의 한 부분이 무너질 정도로 울었다. 성벽 밑에 짓눌려 있던 시체 속에서 남편을 발견한 것이다. 당시 민간에서는 '아들 낳아 떠받들어 기를 생각 말고, 딸 낳아 육포 먹여 기를 생각해라. 장성 밑을 보지 않았나? 떠받치고 있는 백골을!'이라는 노래를 불렀다. 남조 양나라의 주흥사가 엮은 〈천자문千字文〉을 보면 장성을 '자줏빛 요새'라고 일컫는다. 손겸익의 설명에 따르면 '자줏빛 요새'는 만리장성을 뜻한다. 진시황이 쌓은 길이가 만리에 이르는 장성이며, 흙빛이 모두 자주색이라서 '자줏빛 요새'라는 이름을 갖게 되었다고 간단명료하게 설명하고 있다. '자줏빛 요새'라는 말이 어디에 처음으로 등장하는지 찾아보았지만, 그저 성벽 밑의 흙이 자줏빛이라는 말이 다였다. 일설에는 성벽 밑에 자줏빛 꽃이 있었다고도 한다. 중국의 토양은 황토, 홍토, 흑토 등 지역마다 다 다르다. 그런데도 장성 밑에 있는 흙이 모두 자줏빛으로 같다니, 대체 무슨 말인가? 장성을 쌓으러 끌려간 백성 중에 살아 돌아온 이는 없다. 하나씩 둘씩 무더기로 성벽 밑에서 죽어 나갔다. 백골이 장성을 떠받치고 있다는 말은 죽은 시체가 전부 성벽 밑에서 썩어 백골만 남았다는 말이 아닌가? 피와 살이 있는 몸이 썩으면서 흙과 섞이면 꼭 자줏빛으로 보인다. 이런 흙에서 자줏빛 피눈물의 꽃이 핀 것이다. 대단한 업적을 쌓고 싶었던 황제들이 백성들을 잡아다가 노역을 시켜 인류 문명의 기적 이루었다. 하지만 오랜 세월 동안 전국 각지에서 끌려와, 고된 노동에 시달리다, 개돼지처럼 죽어 나간, 수없이 많은 불쌍한 백성들이 이룬 인류 문명의 기적이었다. 이집트의 피라미드 역시 왕이 수천만 명씩 백성들을 잡아다가 노예처럼 부려 만든 것이 아닌가? 세계 각지에 있는 역대 문명의 창시자들은 모두 작은 지역의 군주가 주변을 정복해 나가며 자신의 왕조를 세우고 대를 이어 거대한 문명을 건립하였다. 각 세대의 최고의 인재들 또한 왕조의 가치 있는 문명을 만들기 위해서 공헌을 했다. 하지만 그들을 위해서 싸웠던 군사들, 정복지의 백성들, 그들에게 착취당한 사람들은 모두 희생양일 뿐이다.

세상에 인간이 생겨난 이유가 인류 문명을 위해서라고 할 수 있는가? 인류의 문명은 가치 있는 것이지만 위에서 말한 여러 가지 이유를 생각하면, 비록 인류의 문명이 가치 있다고 해도, 그것을 위해서 인간이 생겨났다고는 말할 수 없다.

2. 세상에 인간이 생겨난 이유는 무엇인가

인간은 만물의 영장이다. 세상에 인간이 생겨난 이유는 인간이 만물의 영장이라고 할 만하기 때문이다. 비록 인간이 보잘것없고, 아주 짧은 인생을 산다고 해도, 인간은 배울 수 있고, 수양을 할 수 있고, 지극한 선의 경지에 도달할 수 있다. 인간은 인간이기 때문에 고귀하다. 인간의 고귀함은 바로 자신에게 있다.

제7장·인생의 고통

　물욕이 넘치는 세상에서 한평생 사는 것은 아주 고통스럽다. 남과 다투지 않고 정직하려고 하면 이를 이용하고 업신여긴다. 재덕을 갖추고 용모가 훌륭하면 이를 질투하고 배척한다. 많은 것을 양보하고 뒤로 물러서도 기어이 빼앗고 손해를 입힌다. 그래서 스스로 보호하려면 어쩔 수 없이 시시각각 방어해야 한다. 싸우고 싶지 않으면 바라는 것이 없어야 하고, 실력을 갖추면서 동시에 싸울 준비를 해야 한다. 평화롭게 공존하고 싶다면 떠받들어야 하고, 언제라도 억울함을 삼킬 수 있어야 한다. 내 마음을 알아주는 절친한 친구가 업신여김을 당하고, 손해를 보고, 모욕을 당했을 때, 동정하는 듯 보이지 않으면서 힘껏 도울 수 있는

　　　　　　　　　　인생의 끝자락에 서서

가? 선량한 사람이 손해를 입고 괴롭힘을 당한다고 해도, 무심하게 아무런 동요도 없이 지나갈 수 있는가? 교활한 사람이 회사의 돈을 횡령하는 것을 보고도 눈감을 수 있는가?

오늘날 인간의 본성인 영성의 양심은 짙은 안개 속에서 정신을 잃었다. 두뇌의 지력이 강할수록 자신과 남을 더욱 잘 속인다. 신앙은 미신과 다를 바 없는 것이 되어 버렸다. 총명한 젊은 세대는 오직 소비만 즐기려고 하고, 영성의 양심을 위해 싸웠던 사람은 자신의 무능함에 절망하며, 인생이란 그저 아무것도 남지 않는 공허한 것임을 느낀다. 재물 신은 하느님이 있어야 할 자리를 차지하고 자기 마음대로 권세를 부린다. 세상은 권력과 이익을 다투며 명예와 지위를 빼앗는 '허영의 시장', 아니 '전쟁터'가 되어 버렸다. 싸워서 뺏은 명예와 이익은 꼭 껴안고 절대로 놔주지 않는다, 돼지 껍데기 같은 낯가죽이라고 해도 좋다, 부끄러운 줄 모른다! 즐기자, 돈으로 즐거움을 찾으려 하지만 오히려 돈으로 생고생을 산 꼴이 된다. 자연과 인간으로 인한 재앙은 아무리 해도 막을 수 없다. 인간과 인간, 당파와 당파, 국가와 국가 간의 싸움은 지독한 증오를 낳고 더욱 잔인해진다. 여기에 세상에 있는 여러 가지 오해, 시기, 질투, 예측할 수 없는 일, 성가신 일, 대비할 수 없는 일, 억울한 일까지 더해지면……, 그저 한숨을 내쉬며 '인생은 고달파!' 탄식할 수밖에 없다. 얼마나 많은 사람이 마음 졸이며 걱정하고, 또 괴로워하며 일생을 보내는가? 가난한 사람은 먹고사느라 걱정이고, 결혼하고 가정을 꾸리느라 걱정이고, 자녀를 낳아 키우느라 걱정이다. 부자는 재산과 권세를 지키느라 더욱더 걱정이 많다. 행복하게 보이는 저 사람은 정말 행복한 것인가? 왜 다른 사람들 눈에는 내가 행복해 보이는가? 정작 나는 왜 행복한 줄 모르는가? 다른 사람들은 다 행복해 보이는데 왜 나만 이토록 괴로운가? 왜 '집마다 고달픈 사연이 소설책 한 권이다'라는 말을 하는 것인가? 그것은 어떤 인생이든 가까이 다가가서 보면 인생의 길 곳곳에 괴로움이 있기 때문이다. 왜 '이 세상에는 괴로운 사람이 많다는 것을 알아야 해'라고 말하는 것인가? 그것은 무능하고 보잘것없는 사람의 인생에도 갖가지 고민과 괴로움이 있고, 높은 권세를 가지고 있는 사람의 인생에도 갖가지 고민과 괴로움이 있기 때문이다. 신명한 하느님은 논리정연하게 생각할 수 있는 머리와 영성의 양심을 주어 인간을 창조했다. 왜 그런 것인가? 오로지 인간에게 고통을 주기 위해서란 말인가?

제8장 · 인간은 단련이 필요하다

우리는 이미 대자연이 신명하다는 것을 인정한다. 과학의 법칙 역시 오랜 시간을 거쳐 모두가 인정하게 된 것이다. 뉴턴은 그의 저작 〈프린키피아〉에서 '대자연은 쓸데없는 일을 하지 않는다. 불필요한 것이 바로 쓸데없는 것이다'라고 말했다. 철학가는 자연의 원리로부터 철학을 끌어낸다. 나는 철학을 잘 모르지만, 철학으로부터 나의 물음에 대한 답을 찾고 일상생활에서 발견할 수 있는 이치를 탐구해 보고자 한다.

자연은 쓸데없는 일을 하지 않는다. 그렇다면, 운명의 신이 마음대로 장난치며 나를 억울하게 하고 고통스럽게 하는 일도 쓸데없는 일이 아니라는 말이다. 도대체 왜 이런 고난이 필요한 것인가?

한 가지 분명한 이유는 인간의 고결한 품성 속에 수없이 많은 저열한 근성이 뒤섞여 있기 때문이다. 마치 쓸모없는 쇳덩이를 가져다가 뜨거운 불에서 달구고, 물에 담가 식히고, 다시 달구고, 다시 식히고, 이렇게 천만번 반복하여 천하의 명검을 만들어 내는 이치와 같다. 황금도 뜨거운 불 속에 넣어서 불순물을 걸러 내어야 순수한 금이 된다. 인간도 이와 같다. 걱정과 근심을 하면서 지혜로워진다. 고통을 겪은 후에 미덕이 생겨난다. 맹자는 이렇게 말했다. '하늘이 큰 사명을 내리고자 할 때는 먼저 그 마음을 괴롭게 하고, 지치도록 일하게 하며, 굶주리게 하고, 생활을 궁핍하게 하며, 하는 일마다 어지럽게 한다. 이는 그 마음을 두들겨 참을성을 기르고 능력을 끌어올려 사명을 감당할 수 있도록 하기 위함이다. 큰일을 감당할 수 있도록 단련시키려면 반드시 고통을 주고 힘들게 하고, 어떻게든 그 마음을 흡족하지 않게 해야만 강인해진다는 말이다. 단련의 정도는 각기 다르고 수양의 정도 역시 각기 다르며, 그 결과로 얻는 것도 각기 다르다. 향신료를 더 많이 빻고 더 많이 갈아서 만들면 향이 더 진해지고 더 고와지는 것과 같다. 이것은 우리가 살면서 실제로 경험하며 알게 되는 일이다. '끊임없이 시달려야 좋은 사람이 된다', '사람은 세상 속에서 갈고 닦으며, 칼은 숫돌 위에서 갈고 닦는다', '백 번 다듬어야 모양을 갖추고, 천 번 다듬어야 쓸모가 있다', '가장 힘든 고통을 겪지 않으면 가장 훌륭한 사람이 되기 힘들다' 등등의 속담들이 모두 같은 이치이다.

공자는 차근차근 잘 가르치는 최고의 스승이었다. 〈논어〉를 보면 공자는 사람에 따라서 각기 다른 가르침을 주었으며, 획일적인 교훈을 가르치지 않았다. 하지만 누구에게나 강조한 한 가지 중요한 교훈이 있었다. 공자를 가장 잘 이해했던 제자 증삼은 스승의 교훈이 오랜 시간 후에 사라질까 두려워 〈대학〉에다 스승의 교훈을 205자로 기록해 놓았다. 그중 가장 근간이 되는 가르침은 '천자로부터 백성에 이르기까지 모두 수신修身으로 근본을 삼는다'는 것이다. '수신', 이것은 바로 스스로 단련한다는 말이 아닌가?

'수신'은 자기 몸 하나만을 위한 것이 아니라, 집안을 가지런히 하는 '제가齊家', 나라를 다스리는 '치국治國', 그리고 세상을 만드는 '평천하平天下'를 위한 것이다. 세상을 만드는 '평천하'라는 것은 제국주의적인 정복을 의미하는 것이 아니라, 온 세상을 조화롭고 평화롭게 하는 것이다. 용기를 숭상하는 나라가 있는가 하면 자유·평등·박애를 외치는 나라가 있다. 중국은 예로부터 화목을 중시하였고, '조화로움'을 통해서, '지극히 선한 경지'에 이르고자 하였다.

세상이 화목하려면 먼저 각 나라를 잘 다스려야 한다. 나라를 잘 다스리려면 먼저 집안이 가지런해야 한다. 집안을 가지런히 하려면 먼저 나를 갈고 닦아야 한다. 나를 갈고 닦으려면 먼저 마음을 바르고 진실하게 해야 한다. 나의 마음을 바르고 진실하게 하려면 늘 나의 편에 서서 나만이 옳다고 생각해서도 안 되고 나를 속여서도 안 된다. 나를 속이지 않으려면 나를 확실하게 이해해야 한다. 나를 이해하려면 나를 객관적으로 바라보고 인식해야 하는데 이것이 소위 말하는 '격물치지格物致知'이다.

나를 이해하는 것은 참으로 쉽지 않은 일이다. 두뇌의 지력은 아주 교활해서 이런저런 이유를 찾아서 억지로 자신의 욕심을 정당화한다. 이렇게 자신에게 관대하지 않으려면, 마음속에 아무것도 감추지 말아야 한다. 그 상태에서 마치 범죄의 용의자를 찾는 것처럼 나를 주의 깊게 살피며 마음속 깊은 곳까지 샅샅이 뒤져야 한다(예를 들면 꿈꿀 때나, 술에 취했을 때, 잠이 들 듯 말 듯 하여 이런저런 생각을 두서없이 할 때, 혹은 해낙낙하거나 우쭐할 때, 평소에 인정하기를 원하지 않았거나 혹은 감히 인정할 수 없었던 자신의 욕심을 잡아내는 것이다). 이 경지에 들어서면 정성을 다해 자신의 마음을 들여다보며 나를 속이지 않게 된다. 그리고 문득 '아! 나는 이런 생각을 하지 않는 줄 알았는데, 나를 제대로 보지 못했기 때문이었어!' 하며 깨닫게 된다. 남을 속이는 것처럼 자신도 속은 것을 깨

인생의 끝자락에 서서

닫게 되면 솔직해진다. 무조건 자신을 감싸고 돌지 않는다. 이제 진정한 '수신'을 할 수 있다. '수신'이란 영성의 양심이 이끄는 대로 자신의 감정과 욕구를 통제하며 '소아'에서 벗어나는 것이다. 이렇게 진정한 '수신'이 가능해지면 온 가족이 화목해진다. 온 가족이 화목하면 가정의 모든 일이 잘된다. 집마다 화목하면 나라 전체가 태평하고 백성들이 편안해진다. 그러면 나라와 나라 사이도 화목해지고 서로 공존공영, 호혜상생을 위해 노력하게 된다. 이렇게 화목한 경지에 들어선 인류는 '지극히 선한 경지'를 함께 추구할 수 있다. 이것이 바로 공자가 백성들에게 가르쳤던 도이다. 맹자는 이러한 공자의 이론을 계승하여 더욱 발전시켰다. 위에서 말한 것들은 모두 공자와 맹자의 사상에 속하는 것이다. 이러한 '공맹의 도'는 아름다운 이상이며, 실현 가능성에 상관없이, 제국주의, 민족주의, 자본주의보다 더 높은 경지에 있다.

이상은 숭고하다. 실현하기 어려워 바라만 본다고 해도, 사람들이 추구할 수 있도록 보여 주는 것만으로도 가치가 있다. 만약 이상, 그 자체로 사람들에게 만족을 주지 못한다면 더 이상 이상이라 할 수 없다. 서양의 종교에서 말하는 천당을 예로 들어보자. 하느님이 옥좌에 앉아 있고 성인들이 그 주위를 둘러싸고 있다. 천사가 나팔을 불고, 착한 사람들이 함께 노래를 부르며, 하느님을 찬양하는 일만 한다. 만약 천당이 이런 곳이라면 정말 지루하고 재미없지 않은가? 시인이며 문인들이 지루한 천당이 싫어 종교에 관심이 없다고 말하는 것이 너무도 당연하다. 중국의 도교에서는 철저하게 법술로 단련하여 반신반인이나 속세에 사는 신선이 되고자 한다. 육체의 욕망이 이끄는 대로 거리낌 없이 즐기고 세상에서 괴로워하거나 애태우는 일이 없다. 이것이 바로 역대의 제왕들이 신선이 되고자 한 목적이었다. 하지만 인간 세상에서 이렇게 신선이 될 방법이 없다면 그저 망상일 수밖에 없다.

'수신', 자신을 갈고 닦는 것은 인간으로서 마땅히 해야 하는 근본이다. 세상의 만물은 만물의 영장인 인간을 위해서 생겨났다고 할 만하다. 하지만 인간은 선과 악이 뒤섞여 있으므로 단련을 통해 순수해져야 비로소 가치가 생긴다. 이 괴로운 세상은 쇳덩이를 담금질하는 공장, 운동선수를 단련하는 운동장, 학생들을 가르치는 교실처럼 인간을 단련시키는 장소이다. 그리고 이것이 바로 인생이 고달픈 이유이다.

제9장 · 수신의 도

인간의 몸은 쇠망치로 두드릴 수도 없고, 뜨거운 불에 달구며 담금질을 할 수도 없다. 하지만 영성의 양심은 단련하면 할수록 더욱 강해진다. 공자는 '수신'을 강조하며, '수신'을 위해 어떻게 해야 하는지 알려 주었다.

영성의 양심이 육체를 단련하려면 그에 적합한 방법이 있어야 한다. 육체는 식욕과 성욕을 가지고 있으며 만족하지 못하면 병이 나거나 죽을 수도 있다. 강렬한 감정을 발산하지 못한다면 미쳐버릴 수도 있다. 영성의 양심이 자신을 통제할 때는 훨씬 너그럽게 몸과 마음의 조화를 허락하기 때문에 스스로 할 수 있는 정도로만 자신을 억제한다. 소위 말하는 '예禮'로 다스리고 악樂으로 화목하게 한다'라는 것은 바로 '예'와 '악'으로서 조절하고 억제하며 소통하는 것을 말한다.

공자는 '예'와 '악'을 중시했다. 〈예기禮記〉에서 아주 자세하게 설명하고 있는데 너무 복잡해서 자칫하면 잘 못 전달될 수 있다. 나는 〈예기〉의 중심 사상인 '예의 근본'에 대해서만 이야기하려고 한다. 공자는 '예는 다스리는 것이다 ……, 적합한 것으로써 다스린다'라고 말했다. 여기서 말하는 '예'는 합리적인 것, 적당해서 편안한 것을 가리킨다. 예는 '사람의 감정을 다스리는 것'이다. 기쁘거나, 성내거나, 슬프거나, 무섭거나, 좋아하거나, 싫어하거나, 뭔가를 하고 싶은 인간의 감정은 모두 육체의 욕망에서 나오는 것이다. 그래서 합리적이고 적합한 방식으로 통제해야 한다. '하늘의 뜻을 받들어 사람의 감정을 다스린다……'라는 말은 육체의 기본적인 욕구를 억눌러서는 안 되고 적합한 만족을 주어야 한다는 뜻이다. 적합한 만족이란 적합한 것으로써 다스릴 때 생기는 만족을 말한다. 공자는 음악을 좋아했고, 늘 '예'와 '악'의 두 글자를 아울러 같이 썼다. '악은 세상을 조화롭게 하고, 예는 세상의 질서를 만든다', '예는 다스리는 것이고 악은 조절하는 것이다', '말하고 행하는 것이 예이고, 행하고 즐기는 것이 악이다'. 모두 사람의 감정을 적합한 방법으로 통제하고, 음악으로 발산하며 즐거워할 수 있도록 하는 것이다.

인생의 끝자락에 서서

〈논어〉에서 공자는 안연이 어떻게 하면 '인'의 경지에 도달할 수 있는지 묻자, '나를 다스려 예로 돌아가라'라고 말한다. 안연이 좀 더 자세히 설명해달라고 하자 '예가 아니면 보지도, 듣지도, 말하지도, 행하지도 말라'라고 말한다. 여기서 말하는 '예'란 복잡한 예법이 아니며, 영성의 양심이 가리키는 '마땅히 해야 하는 것'을 추구하면서, 바로 〈예기〉에서 말하고 있는 '적합한 것으로 다스리는 것'을 말한다.

인간은 단련이 필요하다. 그리고 '수신'은 편안하고 즐거운 방법으로 해야 한다.

제10장 · 단련하는 것은 영혼이다

1. 인간은 단련할 수 있다

인간을 단련한다, 혹은, 나를 단련한다고 말할 때, 단련하는 것은 생명이 있는 인간이다. 생명을 가진 인간은 육체와 영혼을 가지고 있는데, 이 둘 중에 무엇을 단련하는가? 육체인가? 아니면 영혼인가?

눈으로 볼 수 있는 것은 육체이고 영혼이 없는 육체는 시체이다. 그래서 조금의 의심도 없이 단련하는 것은 영혼이라고 말할 수 있다. 영혼은 육체에 깃들어 있으니 육체를 통해서만 단련할 수 있다. 육체가 없다면 영혼을 어떻게 단련할 수 있겠는가?

인생의 끝자락에 서서

운동 선수가 훈련을 통해 튼튼한 체력을 만들 때, 그와 동시에 고생을 참고 견디는 인내심, 꾸준하게 끝까지 해내는 의지 등도 같이 기른다. 괴로움을 느끼고 고생하는 것은 육체이지만 괴로움과 고생을 참고 견디고자 하는 의지는 정신이다. 사지가 잘려 나간다고 해서 의지까지 잘려 나가는 것이 아니며 생명과 함께 공존하고 있음은 의심할 여지가 없다.

올림픽은 원래 고대 그리스에서 신에게 바치는 경연대회였는데, 고대 그리스가 멸망한 후에 폐지되었다. 19세기 프랑스의 쿠베르탱 남작이 당시 올림픽 상업화의 폐단을 보고, 고대 그리스 운동 선수들의 승패에 연연하지 않는 공정한 스포츠 정신을 제창하면서 다시 올림픽이 시작되었다. 올림픽의 정신은 남과 겨루어 승리할 수 있도록 자신의 신체적 능력을 최고로 끌어올리는 것이다. 경기가 공정하고 정정당당할 수 있도록 철저하게 어떤 부정행위도 용납하지 않는다. 신체를 단련하는 것도 인간의 정신을 단련하는 것이다. 공자는 '군자는 다투지 않으나, 꼭 하나 있다면 활을 쏘는 것이다. 서로 절을 하고 겸손하게 올라 활을 쏘고 내려와서는 함께 술을 마시니 그 다툼이 군자답다'라고 말했다. '그 다툼이 군자답다'라는 말에서 볼 수 있는 군자의 기풍은 올림픽 정신과 닮은 데가 있다. 각자 승리하겠다는 패기를 가지고 사람들과의 경쟁을 통해서 공정하고 정정당당한 품격을 기를 수 있도록 단련하는 것이다. 현대의 상업화된 사회에서 참으로 필요한 기풍이라고 할 수 있다. 이를 더 넓은 범위로 확대해 본다면, 상업뿐만 아니라 기타 각종 직업의 세계에서 모두 올림픽 정신을 가져야 한다는 말이 된다. 단련된 육체라 하더라도 죽음을 피할 수는 없지만, 도의를 숭상하는 정신은 타오르는 올림픽 성화와 같아서 세상 곳곳을 돌며 영원히 꺼지지 않는다.

이처럼 인간은 육체를 단련하고, 육체의 단련을 통해 정신을 단련한다.

2. 나는 육체와 정신 중 어느 편에 있는가

살아있는 인간은 자신을 '나'라고 부른다. 육체가 '나'인가? 아니면 영혼이 '나'인가? 뇌전문가들의 이론에 따르면 사람의 머리는 정밀한 컴퓨터나 인터넷과 같다고 한다. 자아에 대한 의식은 대뇌의 이마 쪽에서부터 양쪽 귀까지의 구역 안에서 생성되지만 정작 대뇌 안에는 '자아'의 영역이 없다고 한다. 대뇌에 있는 서로 다른 구역의 감각이 서로 전달되면서 비로소 자아에 대한 의식이 생긴다. 그래서 어떤 철학자가 '나는 생각한다. 고로 나는 존재한다'라고 말할 수 있는 것이다.

인간의 뇌는 정밀한 컴퓨터나 복잡한 인터넷과 정말 똑같아서 내가 전원을 켜지 않으면 이 뇌라는 기계는 절대 스스로 작동할 수 없다.

육체는 머리를 쓸 필요가 없는 본능이 아주 많은데, 이런 본능은 내가 어찌할 수 있는 것이 아니다. 식욕, 성욕, 대변, 소변 등등은 내가 어찌할 수 없다고 하더라도 문명사회에서는 스스로 통제해야 하는 본능이다. 한번은 동네에서 3~4살 정도 된 아이가 급하게 집으로 달려가면서 '할머니, 제가 바보같이 바지에다 오줌을 쌌어요'라고 말하는 것을 들었다. 아이는 스스로 통제하지 못했기 때문에 자신을 바보라고 하는 것이다. 말을 할 줄 모르는 아기도 똥오줌을 싸고 나면 스스로 그 사실을 알고 일찌감치 어른에게 알린다. 그래서 먹고, 마시고, 똥오줌을 싸는 것까지, 이런 본능은 모두 머리를 쓸 필요가 없지만, 통제를 받으니 자유롭지 못하다. 육체는 '나'의 통제를 받는 것이므로, 당연히 육체를 '나'라고 부를 수 없다. '나'라고 부르는 것은 영혼이다.

3. 단련의 성과

단련을 할 때 영혼과 육체가 똑같은 정도로 단련되는 것은 아니지만 영혼과 육체는 밀접하게 결합하여 나눌 수 없는 혼연일체가 된다. 영혼과 육체는 감정과 욕구를 함께 추구하며, 충족되는 쾌락도 함께 즐기고, 불만족으로 인한 우울감도 함께, 만족이후의 안정이나 흡족함도 함께 느낀다. 질리거나, 만족했다가 다시 부족함을 느끼고 또다시 충족되기를 원하거나, 혹은 더 큰 만족감을 원하게 되는 것도 영혼과 육체 둘이서 함께 느낀다. 육체와 혼연일체가 된 영혼이 육체를 빌려 육체가 누리는 쾌락을 같이 느끼는 것이다. 예를 들자면 천상의 선녀에게 인간 세상이 그리워 세상에 내려와 살고 싶다는 감정과 욕구가 있다고 해도 육체가 없다면 그 감정과 욕구를 충족할 방법이 없다. 반신반인이나 속세에 사는 신선과 같은 신들도 육체를 빌려야만 그 육체를 통해서 욕망을 충족할 수 있지 않은가?

자신의 감정에 적합하고 합리적인 단련을 한다면 누구나 본연의 '소아'에서 벗어나 영성의 양심이 이끄는 수양을 할 수 있고 도덕을 가진 사람이 될 수 있다. 하지만 인간의 나쁜 근성은 완강하다. 어린 시절에는 놀고 싶고, 청년이 되어서는 사랑에 연연하고, 중년이 되어서는 부와 명성을 좇다가, 말년에는 그만 자신과 남을 속이는 것에 안주해 버린다. 인간의 짧은 인생을 살면서 쓸모없는 쇠붙이를 갈고 닦아 빛나는 금속으로 만들 수 있는 이가 얼마나 되겠는가? 하지만 단련의 정도에 따라 성과는 다르게 나타난다. 제멋대로 아무 절제도 하지 않는다고 해도 절제하지 않은 정도에 따라 고집스럽고 악질적인 정도가 다르게 나타난다. 요순과 같은 성인이 될 수도, 악질적인 무뢰한이 될 수도, 비열한 소인이 될 수도 있다. 단련은 많든 적든 반드시 성과가 있다.

육체와 영혼은 하나로 뭉쳐 있어서 좋은 일도, 나쁜 일도 함께 겪는다. 단련을 하는 것도, 하지 않는 것도 둘이 함께한다. 영혼은 육체를 따라서 고달픈 인생을 평생토록 함께한다. 만약에 육체의 나쁜 근성을 따라서 제멋대로 하고 절제하지 않으면 영혼까지 따라서 나쁘게 변해 버린다. 〈예기〉에서는 '좋고 나쁨을 안에서 조절하지 않으면 지혜가 밖으로부터 유혹당하여 자신을 되돌아보고 벗어날 수 없게 되며 천하의 도리가 사라진다……, 천하의 도리가 사라지면 마음대로 나쁜 짓을 하게 된다'라고 말한다. 만약 영성의 양심이 이끄는 대로 단련한다면 하나의 선량한 영혼이 될 수 있다. 선량한 영혼이라고 해서 반드시 건강한 육체와 아름다운 용모를 가지는 것이 아니다. 또 교활하고 악한 영혼이라고 해서 육체가 반드시 약하거나 용모가 추한 것도 아니다. 영혼의 아름다움은 겉으로 보여지는 육체의 모습으로 나타나지 않는다.

육체와 영혼의 결합은 언젠가 끝난다. 인간은 언젠가 죽기 때문이다. 죽음과 동시에 영혼과 육체는 분리된다. 영혼이 떠나간 육체는 시체가 된다. 시체는 불에 태우거나 땅에 묻는다. 재나 흙으로 남는다. 하지만 육체가 소멸했다고 해서 단련된 영혼이 달라지는 것은 아니다. 육체와 영혼이 함께 단련한 것은 맞지만 육체는 매개일 뿐이고 사실상 단련한 것은 영혼이기 때문이다. 영혼이 육체를 매개로 해서 함께 향유하고, 함께 방자하게 굴고 함께 나쁜 일을 저지른 것이다. 그러니 단련의 성과도 영혼에 남고 나쁜 일을 한 죄업도 영혼에 남는다. 육체는 그저 매개일 뿐이고 단련의 주체는 영혼이며, 단련의 성과도 영혼에 남는다.

영혼은 육체와 결합하여 한평생을 산다. 한평생을 살며 단련의 정도에 따라 선해지거나 악해지거나 한다. 단련하면 품성이 좋아지고, 단련하지 않으면 품성이 나빠진다. 영혼은 처음 육체와 결합했던 때의 상태에서 더 좋아지거나, 더 나빠진다. 영혼의 품질이 변하는 것이다. 세상의 모든 영혼은 단련하여 변하는 정도가 각각 다르고, 선하고 악한 정도가 각각 다르다. 하지만 '나'의 영혼이 비록 변했다고 하더라도 줄곧 '나'의 영혼이었고, 그 영혼이 바로 다른 영혼과는 구별되는 특별한 '나'의 영혼임은 변하지 않는다. 바로 '나'의 영혼이 '나'인 것이다. '나'가 죽은 후에도 '나'의 영혼은 '나'이다. 그래서 '나'가 죽은 후에 육체는 없지만 '나'의 영혼은 여전히 '나'와 함께 있다. 하지만 육체가 없기 때문에, 우리는 그런 영혼을 귀신이라고 부른다.

제11장 · 인생의 가치

인간은 한평생 무엇을 위하여 사는가?

기독교식으로 말하자면 인간은 한평생 시험에 들고 착한 영혼은 죽어서 하늘로 올라간다. 좋지도 나쁘지도 않거나, 좋기도 하고 나쁘기도 한 인간의 영혼은 그에 마땅한 심판을 받거나, 충분히 정화의 과정을 거친다. 예를 들면 연옥에 가서 불에 달궈지든지 해야 하늘로 올라갈 수 있다. 아주 흉악해서 도저히 용서받지 못할 때는 지옥으로 떨어지는데 영원히 불에 달궈진다. 나는 인간이 한평생 치러야 하는 시험이 불공평하다고 생각한다. 인간은 태어날 때도 다르게 태어나고 살아가면서 겪는 일도 모두 다르다. 부유한 집안에서 온순하게 태어나서, 사는 동안에도 내내 운이 좋았다면, 착한 영혼이 되는 것은 이미 정해진 것이나 마찬가지이다. 하지만 빈곤한 집안에서 고집스럽고 비열한 성격을 가지고 태어나고, 사는 동안에도 갖은 고난을 겪는다면, 그 영혼은 타락하기가 비교적 쉽다. 만약 시험이라고 말하고자 한다면, 학교에서 시험을 보는 것처럼, 같은 학력과 같은 문제를 가지고 시험을 치러야 공평할 것이다.

불교에서는 윤회를 말하는데, 이것도 일리가 있다. 시험이 한 번으로는 부족하니 다시 치를 수 있도록 해 주는 것이다. 하지만 윤회에 담긴 인과설은 당혹스럽다. 윤회에는 원인과 결과, 원인과 결과, 그리고 또 원인과 결과가 계속 반복되는데, 그러면 첫 번째 원인이 무엇이란 말인가? 그리고 한평생을 살면서 누군가의 은혜를 받을 수도, 내가 은혜를 베풀 수도 있는데, 이러면 또 새로운 인과가 생긴다. 서로 은혜를 베풀고 받고, 받고 베풀며, 그리고 또 베풀고 받는 일이 끝도 없이 계속된다. 양심이 없는 인간은 누군가의 은혜를 받으면서 전생에 자신이 베푼 은혜에 대한 빚을 받은 것뿐이라고 말하기도 하고, 경솔하게 나쁜 짓을 하고도 다음 생에 죗값을 갚겠다고 말하면서 눈앞의 이익을 좇기도 한다. 칼산에 오르거나 펄펄 끓는 기름 솥에 빠지는 것도 모두 육체에 고통을 주는 형벌이니 이해하기 어렵다. 이렇듯 모든 종교를 이해하는 것은 당연히 어려운 일이고, 나는 모든 종교를 존중하지만 죽은 후의 내세까지 탐구할 능력은 되지 않는다. 나는 우매하고 보잘것없는 인간이기 때문에 그저 인간이 한평생 사는 인생의 가치가 무엇인지, 그것만이라도 알아보고자 한다.

인간은 만물의 영장으로 세상에 태어났다. 자연의 이치는 그 어떤 사물이 아닌 바로 인간을 중시한다. 인류가 창조한 문명이 아닌, 그 문명을 창조한 인간을 중시한다. 오직 인간만이 자신을 수양할 줄 알고 지극한 선의 경지에 이르기를 추구한다면 이것이 바로 인생의 목적이 되어야 하지 않은가!

내 현명한 친구들이 '죽으면 아무것도 남지 않는다'라고 말하는 것은 죽음 뒤에는 영혼조차 남지 않는다고 굳게 믿는 것이지, 결코 인생의 가치까지 부정하는 것이 아니다. 그들도 '이름이나 세상에 드높이 알리고 간다'라고 말하지 않았는가? 이것은 바로 몸은 죽어도 이름은 남길 수 있다고 말하는 것이다. 하지만 남겨진 이름이 실제와 부합하는 것은 아니다. 장군의 명예로운 이름 뒤에는 수많은 병졸의 비참한 죽음이 있다. 세상은 명예로운 이름을 남긴 장군보다 전쟁에 목숨을 바쳤던 무명의 영웅들을 훨씬 더 존경하며 숭배한다. 천안문 광장에 가면 '인민영웅기념비'가 광장의 정중앙에 세워져 있는 것을 볼 수 있지 않은가? 유럽에서도 '영원히 꺼지지 않은 불꽃', 바로 무명의 영웅들을 기념하는 성화를 대성당 정문의 한가운데 놓았다. 사람들은 성화 앞에서 걸음을 멈추고 그들의 희생에 감사하며 경의를 표한다. 명예로운 이름을 남긴 이는 이름을 남기지 못한 수많은 이들의 공로에 힘입어 이 세상에 공헌한 것이다. 그런데 이름을 남기지 못했다고 해서 그들의 한평생이 아무런 가치가 없단 말인가? 개인의 관점에서 보자면 그들 자신은 아무것도 얻은 것이 없다. 하지만 인류사회라는 집단의 관점으로 본다면 그들의 공로는 그 시대의 경험과 지혜를 축적한 것이다. 인류의 문명은 사회집단이 공동으로 만든 것이다. 한 개인이 죽은 뒤에 남는 명성이 무슨 가치가 있겠는가? 명성이 자자했다고 해도 죽고 나면 얼마 지나지 않아 사람들에게서 잊힌다. 차라리 완전히 잊히면 괜찮을 텐데 생전에 서로 알지도 못하고 얼굴도 모르는 사람들의 입에 오르내린다. 심지어 악의적으로 우스갯거리로 만들기도 하니 죽은 이가 이 사실을 알게 된다면 분명히 심기가 불편할 것이다. 살아 있을 때는 드높은 명성이 자신에게 도움이 될 수도 있겠지만 죽은 후에는 남에게 이용당하는 것뿐이다.

총명한 젊은 친구들은 죽으면 아무것도 남지 않고, 잘해야 자신의 이름을 남기는 것뿐이라고 생각한다. 그렇다면 이름을 내세우지 않고 묵묵히 헌신하며 살아온 사람들이나 자신의 이름을 남기지 못하고 죽은 사람들의 한평생은 아무런 가치가 없는 것인가! 이름을 남기는 사람들은 몇 안 되고, 이름을 남기지 못

인생의 끝자락에 서서

하는 사람들이 훨씬 더 많음에도 불구하고! 이렇게 되면 인간은 오로지 자신이 죽고 난 후 남겨질 이름을 위해 한평생을 살아야 한다. 한 세대, 또 한 세대, 계속해서 사람들은 태어나고 죽을 때 까지 온갖 고생을 하며 쉴새 없이 일하지만, 자신의 이름을 알리 지 않거나 혹은 사람들이 알아주지 않는다면 그 사람은 아무 가 치 없는 사람이 되고 만다. 오히려 자신의 이름을 내세우며 사람 들을 속이고 명예를 얻은 사람들의 인생보다 못한 것이 되어 버 린다. 인생에 대한 이러한 가치관은 참으로 부조리한 것이 아닌 가?

평범한 사람도 제각기 지닌 품성이 있다. 누구나 한평생을 살면서 많게 혹은 적게 스스로 수양한다. '영감이 쌓으면 영감의 것이고, 할멈이 쌓으면 할멈의 것이다, 쌓지 않는 이는 얻는 것이 없다'라는 속담이 있다. 여기에서 '얻는 것'이란 바로 공덕을 말한 다. 쌓인 공덕만큼 인생은 가치가 있다. 그리고 공덕은 육체에 쌓 는 것이 아니라 영혼에 쌓는 것이니 영혼이 불멸하는 것을 믿어 야만 영혼에 쌓은 공덕이 가치를 가진다. 영혼의 불멸을 믿게 해 주는 것은 바로 신앙이다. 그래서 신앙이 있어야 인생이 비로소 가치를 갖는다.

사실 신앙은 감성적이고 순수한 것이지 이성적인 추론에서 나오는 것이 아니다. 인간은 본래 자연에 대해 경외심을 가진다.

통치자는 인류가 가지고 있는 자연의 이치에 대한 경외심을 이용해서 정세를 유리하게 이끈다. 종교로써 엄중한 의식을 하고 이를 통해 통치 역량을 유지한다. 독실한 믿음을 가진 종교인이라고 해서 모두 다 우매한 사람들만 있는 것은 아니다. 우매한 사람들보다 위대한 과학자, 철학가, 문학가 등 현명하고 지혜로운 사람들이 더욱 독실한 믿음을 갖는다. 박학다식한 사무엘 존슨 박사 역시 매우 독실한 기독교인이었다. 〈돈키호테〉의 작가 세르반테스는 퇴역하고 돌아오던 중 포로로 잡혔는데, 삼위일체 탁발수녀원에서 세르반테스의 몸값을 치르고 풀려나게 해 주었다. 세르반테스는 세상을 떠난 후에도 삼위일체 탁발수녀원의 묘지에 안장되었다. 삼위일체 탁발수녀원의 묘지는 결코 이교도를 용납하지 않는다. 죽은 후에도 같은 종교를 가진 사람들과 함께 있기를 원하기 때문이다.

예상치 못한 어려움에 처하거나, 견딜 수 없이 힘들고 괴로울 때 신은 마음의 문을 두드린다. 그때 마음의 문을 열고 신을 받아들이면, 마음속에 신이 들어오고 신앙으로 자리를 잡는다. 보통 믿음은 있을 때도 있고 없을 때도 있으며, 있는 것도 같고 없는 것도 같아 잘 모르기도 한다. 혹은 시간이 흘러서 상황이 변하면 바로 희미하게 없어지기도 하며, 계속 답을 구했는데도 답이 없으면 의심하기도 한다. 이것은 모두 보통의 인간들에게서

인생의 끝자락에 서서

흔히 볼 수 있는 태도이다. 신앙심은 계속해서 단련하지 않으면 굳건히 지키기가 어렵다.

인생의 길 위에서 오로지 명예와 이익, 권세와 지위만을 좇으며 살다 보면 다른 것을 살필 여력이 되지 않는다. 죽기 전에 문득 머릿속에 떠오르는 자신의 인생을 되돌아보니 후회와 아쉬움이 스쳐 지나가지만, 그래도 아무런 소용이 없으니 속으로 울음을 삼키며 한스러운 마음으로 죽는다. 하지만 평생 영혼을 단련한다면 나이를 먹을수록 자신의 신념은 더욱 확고해진다.

신앙이 있으면 인생에 대해서 확고한 가치관을 가진다. 인간의 죽음 뒤에 오로지 자신의 명성이나 공헌만 남는다면 너무 불공평하다. 세상을 속여서 명예를 훔친 자들이 오히려 더 크게 명성을 떨치고 있지 않은가? 명성이 남기지 못한 인생은 무엇이며, 빈천하고 온갖 병을 달고 사느라 아무런 공헌도 하지 못한 인생은 또 무엇인가? 모두 가치가 없는 것인가?

영국의 위대한 시인 존 밀턴은 44세에 양쪽 눈을 실명한다. 그는 자신의 실명에 대해서 14행으로 시를 썼는데 그 내용을 간략하게 이야기해 보겠다. 처음에 그는 분노한다. 인생의 반도 지나지 않았는데 실명한 것이다. 칠흑같이 어두운 세상에서는 자신의 재능을 발휘할 수 없었다. 죽은 것과 다름없는 괴로움이었다. 진심으로 신을 섬기고자 하지만 마음같이 되지 않았다. 하지만 그의 '인내하는 마음'은 곧 스스로 반성한다.

> 신은 인간의 업적을 원하지 않고
> 그가 부여한 재능도 필요치 않네
> 그의 온유한 멍에를 잘 짊어지는 자가
> 그를 가장 잘 섬기는 자이니
> 그의 권세는 왕과 같다네
> 그의 말 한마디에 수천의 무리가
> 육지에서 달리며 바다에서 항해하네
> 묵묵히 그 자리에 서서 기다리는 자도
> 그를 가장 잘 섬기는 자이니

이 시를 온갖 질병에 시달리는 인간에게 비추어 보면, 그들이 병을 받아들이고 신의 뜻에 순종하는 것도 업적을 남긴 자들과 똑같이 신을 섬기는 것이다. 왜냐하면 그들도 똑같이 영혼을 단련했고 그 고통 속에서 완전한 선에 도달했기 때문이다.

불교에서는 인생이 허무하게 사라지는 물거품 같다고 말한다. 불교에서는 모든 것이 다 헛되다고 부정하지만 오로지 믿음에 대해서는 긍정한다. 〈금강반야바라밀경金剛般若波羅蜜經〉에서는, '어떤 이가……, 능히 믿음을 내고……, 더 나아가 이 글귀를 듣고 한 생각에 깨끗한 믿음을 내느니……, 한량없는 복덕을 얻는다. 만약 어떤 이가 이 경 가운데에 사구게만이라도 받아 지니고, 남을 위하여 말해 준다면, 그 복이 저 복보다 수승할 것이니라'라고 가르친다. 왜 그런가? 내 안의 부처는 어떤 형상이 없어서 보이지 않을뿐더러 상상할 수도 없다. 부처의 존재를 느껴서 깨달을 수 있으려면 '숙근宿根'과 '숙혜宿慧'가 있어야 한다. 오랜 세월 동안의 단련이 필요하다는 말이다. 만약 이러한 믿음을 다른 사람에게 전하고 다른 사람이 복을 받을 수 있게 도와준다면 그 공덕이 한량없는 것이다.

기독교에서는 믿음, 소망, 사랑의 세 가지 덕목을 찬양한다. 믿음이 있어야만 영원히 죽지 않는 영혼을 믿고 영생을 소망하게 된다. 믿음이 있어야만 마음속에 하나님이 들어올 수 있다. 하나님은 자비로우시며 마음속에 하나님이 있을 때 비로소 다른 모든 이들을 사랑할 수 있다.

소크라테스는 영혼의 불멸과 진, 선, 미, 정의 등 절대적인 도덕에 대한 믿음이 있었다. 그는 자신의 믿음을 굽히지 않았고, 구차하게 사는 대신 독약을 마셨다. 이것은 역사상 믿음을 위해 죽음을 선택한 첫 번째 사건이며 그리스도의 죽음에 버금가는 사건으로 불린다.

소크라테스는 조용한 죽음을 맞이했지만, 예수는 피와 살로 이루어진 육체에 엄청난 고통을 받았다. 예수는 견딜 수 없는 고통에 비명을 지르며 숨이 끊어졌고 죽음에 이르렀다. 나는 성경에서 이 구절을 읽을 때, 예수가 고통으로 비명을 지르면서 자신의 믿음을 저버리지 않을까 하고 생각했다. 비명 소리는 그가 숨이 끊어질 만큼 더 이상 참을 수 없는 최대한의 고통을 견디고 있다는 표시였다. 왜 예수가 구세주인가? 예수가 바닷물로 포도주를 만들어서는 결코 아닐 것이다. 한 조각의 빵으로 무수한 사람들을 먹여서도 아니고, 병든 자를 낫게 하였기 때문은 더더욱 아니다. 예수는 인간이 얼마나 뛰어나고 얼마나 위대한 존재인지 증명했기 때문이다. 예수는 신앙을 위해서 자신의 육체에 가해지는 엄청난 고통을 받았고, 인생의 의미와 가치를 증명했다. 예수 그리스도는 육체를 100퍼센트 극복한 가장 위대한 사람이 되어 즉시 인간에서 신이 되었다.

나는 인생의 끄트머리에 서 있다. 뒤를 돌아보며 인생의 가치를 찾고 싶었다. 누구나 한평생을 살고, 한평생 단련해서, 많든 적든 이루는 것이 있다. 이루는 것이 있다면 결코 이 세상에 태어나 헛되게 산 것이 아니다. 나는 이제 조금만 더 앞으로 가면 바로 이 세상을 떠나게 된다. 영혼이 죽지 않는다면, 영혼이 '나'라고 부르는 나도 영혼과 함께 있을 것이다.

이 세상은 커다란 용광로와도 같다. 한 무더기, 또 한 무더기의 영혼을 집어넣고 뜨겁게 달궈서 처음과는 다른 영혼을 만들어 낸다. 이런 영혼에 대해서 내가 뭘 알겠는가? 그저 밑도끝도 없이 이런저런 생각을 할 뿐이다. 공자는 '삶이 무엇인지도 모르는데 죽음이 무엇인지 알겠느냐'라고 말하였다. '모르는 것은 모른다고 하여라'라고도 말하였다. 그래서 나는 이렇게 자문자답을 마친다.

자문자답을 마치며

나는 구시대를 살아온 '어르신'이다. '어르신'은 '노인네'의 존칭이다. 나는 줄곧 총명한 젊은이들이 이 '어르신'에게 하는 비판을 받아들이기만 했다. 이 글은 처음으로 내 의견을 말하는 파격적인 시도이다. 이 글은 머릿속을 맴돌던 모호하고 흐릿한 생각들을 제대로 정리하고자 자문자답하여 쓴 것으로 어떤 결론을 내리는 글이 아니다. 나는 그저 총명한 독자들이 이 글을 읽고 내 잘못을 가리켜 비판해 주기를 기다릴 뿐이다. 그래서 내가 이 세상을 떠나기 전에 조금이라도 보탬이 되는 일을 할 수 있기를 바란다.

인생의 끝자락에 서서

주석

주석은 앞뒤 순서가 없으며,
길고 짧은 각각의 글을 모은 것이다.

말썽꾸러기 아쥐

첸중수는 상하이에 파묻혀 〈포위된 성〉을 구상했다. 나는 돈을 아끼려고 하녀처럼 부엌일까지 하고 있었다. 〈포위된 성〉을 완성하는 데 꼬박 2년이 걸렸다. 중일전쟁이 끝나기 직전에 미군이 상하이를 융단폭격한다는 소문이 돌았고 중수는 어머니를 안전한 우시로 보내드렸다. 1945년 가을, 일본이 항복했지만 살림살이는 아직 나아지지 않았고, 〈포위된 성〉도 아직 완성되지 않았다. 셋째 언니는 내 초췌한 모습을 보고 집안일을 도울 사람으로 17살의 아쥐를 보내 주었다. 하지만 아쥐는 남의 집 일을 해본 적이 없었고, 아쥐가 들어오자, 내 일은 오히려 더 늘었다. 아쥐는 우리집에 들어온 지 얼마 되지도 않아서 꽤 많은 사고를 쳤다.

나는 평소처럼 저녁밥을 다 만들어 놓고 식탁에 앉아 있었다. 중수와 아위안은 수저와 앞접시 등을 날라 식탁에 놓으며 아쥐를 도와 음식을 내오려던 참이었다. 갑자기 아위안이 부엌에서 뛰쳐나오며 소리쳤다. 엄마! 엄마! 큰일났어요! 빨리요, 빨리, 빨리, 빨리!!! 중수도 아위안과 똑같이 놀란 모습으로 부엌에서 뛰쳐나오며 소리쳤다. 엄마! 빨리, 빨리, 빨리, 빨리, 빨리!!!!! 나는 얼른 몸을 일으켜 부엌으로 달려갔다. 문턱을 넘기도 전에 부엌문 앞으로 세숫대야 만큼 굵은 불기둥이 치솟고 있는 것이 보였다. 타오르는 불꽃이 혓바닥을 널름거리며 천정을 핥으려 하고 있었고, 천정까지는 불과 한 치나 두 치 정도밖에 남지 않았다. 불기둥은 바닥에 놓여 있는 석유곤로에서부터 솟아오르고 있었다. 좁은 부엌은 온통 불붙기 쉬운 물건들 천지였다. 조개탄을 쌓아 놓은 낡은 광주리며, 옆으로 하나씩 세워 놓은 얇은 대오리며, 연탄난로 옆으로 잘게 쪼개 놓은 나무 장작도 있었고, 불쏘시개로 쓰는 번개탄에, 작은 광주리로 하나 가득 숯도 있었고, 아직 쪼개지 않은 장작더미도 산처럼 쌓여 있었다. 낡은 나무 탁자 밑에도 내가 직접 조개탄으로 만들어서 쓰려고 모아둔 순수한 석탄가루가 수북이 쌓여 있었고, 석유통도 한 통 있었다. 작은 불똥이라도 튀면 부엌이 통째로 훨훨 탈 수 있고 만약 석유통이라도 폭발하는 날에는 그야말로 대형 화재가 발생하게 된다.

그때는 생필품이 몹시 부족한 시절이었다. 나는 아버지가 주신 금 1냥을 쌀 1석과 석유 1통으로 바꿔왔다. 금 1냥이 얼마라고 딱 정해져 있는 것이 아니었고 금 1냥의 가치는 쌀 1석과 석유 1통이었다. 쌀 1석은 160근이다. 석유는 등유를 양철통에 담아서 팔았는데 1상자라고도 부르고 1통이라고도 불렀다. 석유통은 가로, 세로가 각각 12치 정도 되고 높이가 20치 정도 되는 네모난 양철통이다. 예전에는 정말 많이 썼지만, 아마 요즘에는 이런 석유통을 봤다는 사람도 드물 것이다. 이 석유통은 비스듬히 잘라서 쓰레받기로 만들어 쓰기도 했고, 그대로 식품을 넣어서 보관하는 용기로 쓰기도 했다. 석유통 윗부분에 잡고 들어 올릴 수 있는 손잡이가 달려 있고, 기름을 따라내는 주입구에는 동그란 뚜껑이 덮여 있다.

　　석유곤로의 밑부분에도 기름통이 달려 있는데 작은 대야 정도의 크기다. 높이가 1치 반 정도 되고 기름을 넣는 주입구에는 뚜껑이 달려 있다. 석유곤로의 주입구는 겨우 5편짜리 동전만 한 크기밖에 되지 않는데, 석유통의 주입구는 유리컵만큼이나 커서 석유통에 있는 기름을 석유곤로의 기름통에 붓는 것이 쉽지 않다. 석유곤로를 낡은 나무 탁자 위에 올리고 주유구에 깔때기를 꽂는다. 그런 다음 힘껏 석유통을 들어 탁자 위에 올리고 양손으로 석유통을 잡은 채로 깔때기에 기름의 양을 조절해 가며 붓는

다. 너무 많은 양을 콸콸 부으면 넘치니 안 되고, 오랫동안 적은 양을 졸졸 부어도 힘이 든다. 석유곤로에 기름을 붓는 일은 내가 전문이다. 학생 때 화학 실험을 할 때에도 뭔가 손으로 조절하는 일은 내가 늘 1등이었다. 대담하고 손동작도 섬세해서 가느다란 시험관에 염산을 부을 때도 적당한 양을 딱 맞춰 부었다.

석유곤로를 아껴 써야 하니, 저녁으로 먹을 걸쭉한 쌀죽은 집에서 만든 보온통에 넣어 두었다. 보온통은 낡은 그물 바구니 속에 헌솜을 채워 넣어서 만든 것이다. 바구니 속에 음식을 넣고 불을 붙이면 음식이 데워진다. 석탄을 아끼려고 일찌감치 불을 뺀 난로는 잔열로 따뜻한 물 한 주전자를 덥히고 있다. 이렇게 부엌데기 하녀는 온갖 궁리를 해서 없는 살림에 조금이라도 보탬이 되려고 애쓰는데 조금이라도 동정해 줄 사람이 있을지는 잘 모르겠다. 저녁밥 준비는 나물 하나를 무치고 점심에 남은 반찬을 석유곤로 위에다 올려 데우기만 하면 되니 할 일이 많지 않았다.

아쥐는 석유곤로의 불이 너무 작다는 생각이 들었다. 예전에 내가 석유곤로에 기름을 넣어 불을 크게 만들었던 것이 떠올랐다. 아쥐는 한 손으로도 기름통을 들 수 있었기 때문에 굳이 탁자 위에 올려서 양손으로 기름을 부을 필요가 없었다. 아쥐는 기름통을 탁자 위에 올리기가 귀찮아서 그대로 바닥에 놓고 석유곤로에 기름을 붓기 시작했다. 만약 아쥐가 기름통을 탁자 위

인생의 끝자락에 서서

에 올렸더라면 불기둥은 그대로 부엌 천정까지 솟아올라 지붕까지 불이 붙었을 것이다. 아쥐가 깔때기를 꽂고 기름을 콸콸 부으니 기름이 흘러넘쳤다. 중간에 석유곤로를 다시 탁자 위로 옮기자니 곤로 위에 올려놓은 솥까지 같이 들어 올리기가 쉽지 않았다. 아쥐는 그대로 성냥개비를 그었고 갑자기 불기둥이 치솟았다. 아쥐는 깜짝 놀라서 정신이 어리벙벙해졌다. 다행히 옆에서 아위안이 바로 소리쳤고, 중수도 '엄마!'를 찾으며 거들었기에 망정이지, 아쥐는 내가 부엌으로 달려갈 때까지 그대로 얼이 빠져서 멍하니 서 있었다.

언제나 침착한 사람은 나였다. 해결 방법을 생각하는 사람도 나였다. 치밍여고 시절, 친구 하나가 진창에 빠진 적이 있었다. 그때도 내가 침착하게, 집중 또 집중해서 방법을 생각하고 모두에게 명령을 내렸다. 모두 겁을 먹고 있을 때 혼자 침착한 내가 모두를 이끄는 대장이 되는 것이다. 나는 불기둥 옆에서 침착하게 말했다. 모두 꼼짝 말고 그대로 있어요. 6개의 절박한 눈동자가 나만 바라보고 있는 가운데 나는 온 힘을 다해 생각에 집중한다. 기름이 타고 있으니 절대로 물을 끼얹어서는 안 된다. 양철 쓰레받기에 반 정도 차 있는 재로 덮으면 맹렬한 불길을 끄지는 못해도 타오르는 기세를 누그러뜨릴 수는 있을 것이다. 두꺼운 이불로 덮으면 물이 스며들지 않으니 역시 안전하지 않다. 불기둥은 천정에 닿을 듯 말 듯 혓바닥을 널름거리고 있다. 금방이라도 천정에 불이 옮겨붙을 듯하다. 상황과 시간, 모두 우리 편이 아니니 잠시도 지체할 시간이 없다. 나는 계속 불이 잘 붙지 않는 물건으로 불기둥을 덮어야 한다고 생각한다. 세숫대야는 너무 크다, 뭔가 밥 먹을 때 쓰는 법랑으로 만든 타구 같은 것으로 덮어야 한다. 부엌문으로 나가면 마당이라고 부르기도 옹색한 공터가 있는데, 그 공터를 지나 뒷문 쪽으로 나가면 공동 화장실이 있다. 그곳에 가면 깨끗하게 씻어서 엎어 놓은 법랑 재질의 요강이 많이 있다. 이 요강은 손잡이가 있으니 타구보다 오히려 쓰기에 좋을 것이다. 신속하게 생각하고 천천히 말한다. 내가 여기서 불을 보고 있을 테니, 적당한 크기의 요강을 가지고 와서 석유곤로 위를 덮어요. 불기둥은 기적처럼 금방 꺼졌다. 미처 요강으로 덮지 못한 틈에는 검푸른 잔불이 7~8군데 뱀처럼 구불구불하게 남아 있다. 이제 재를 가져다 덮자! 내 말이 끝나기가 무섭게 아줘가 재가 반쯤 차 있는 쓰레받기를 가지고 왔다. 모두 손으로 한 움큼, 한 움큼씩 재를 집어서 요강 사이에 있는 잔불 위에 덮었다. 검푸른 화마의 흔적이 모두 사라졌다. 이글이글 맹렬하게 타오르던 불기둥이 금방 꺼졌다. 됐다! 이제 괜찮아!

석유곤로 위에 데우려고 올려놓은 반찬이 보인다. 다시 밥을 차린다. 그냥 되는대로 먹자. 아위안이 히히 웃는다. 중수도 아위안처럼 하하 웃는다. 아쥐는 큰일이 나는 줄 알았다가 괜찮아지니 슬그머니 윗집으로 사라졌다. 할멈들에게 불이 난 이야기를 하고 싶어 도저히 참을 수가 없는 것이다. 예전에 이웃집에서도 부엌에 불이 났는데 불을 끄려고 두꺼운 이불을 덮는 바람에 큰 불로 번졌고 소방차까지 출동해서 불을 껐다고 한다.

　나는 중수와 아위안이 하하 히히 웃는 것을 바라본다. 우리집 큰아이와 작은아이가 즐겁게 웃을 수 있어서 정말 다행이라고 생각한다. 하지만 나도 속으로는 많이 놀라서 죽 한 그릇이 전부 다 명치에 걸린 듯했다. 그날 밤, 밤새 뒤척이다가 겨우 잠들었다.

윈터 교수의 나무 타기

1949년 국공내전이 끝나고 첸중수와 나는 칭화 대학의 초빙을 받아 모교로 돌아갔다. 윈터 교수는 우리 두 사람의 스승이었다. 사람들은 윈터 교수가 감성주의자의 경향을 보이는 사람으로 몇 가지 '진보'해야 할 사상의 짐을 지고 있다고 말했다. 특히 우리 두 사람의 선배가 되는 저우페이위안 교수, 예치쑨 교수 등과 윈터 교수의 오랜 벗인 장시뤄 교수는 우리 두 사람에게 윈터 교수를 자주 찾아가서 도와주라고 당부하였다. 하지만 나는 윈터 교수가 '여자를 가까이하지 않는 인물'이라는 이야기를 들었기 때문에 찾아갈 엄두가 나지 않았다. 중수는 내 이야기를 듣고, 나이를 그렇게 많이 먹고도 말의 뜻도 제대로 모르냐며 하하 웃

인생의 끝자락에 서서

었다. 나는 중수와 함께 자주 윈터 교수를 찾아갔는데, 윈터 교수는 오히려 나하고 더욱 친한 사이가 되었다. 나는 중수에 비해서 말을 잘 듣는 학생이고 윈터 교수가 소개해 주는 책을 늘 고분고분하게 잘 읽었기 때문이다. 윈터 교수도 '소련 전문가'의 월급이 자신보다 세 배나 많은 것이 내심 불만이었지만 우리의 설명을 듣고는 마음의 평정을 되찾았다. 오래지 않아 중수가 〈모택동선집毛澤東選集〉을 번역하기 위해서 시내로 나가 살게 되었고, 윈터 교수를 찾아가서 진보해야 할 사상의 짐을 덜어주는 일은 모두 내 차지가 되었다.

윈터 교수는 무슨 일이 생기면 늘 나를 찾았다. 하루는 윈터 교수가 우리 집으로 나를 찾아왔다. 대나무 사다리를 빌려와야 하는데 내가 같이 들어줄 수 있겠느냐고 물었다. 사랑하는 검은 고양이가 마당에 있는 나무 위로 올라가 버렸는데 좀처럼 내려올 생각을 안 한다는 것이다. 윈터 교수는 사다리를 타고 올라가 고양이를 나무 아래로 쫓을 생각이라고 했다. 만약 고양이가 이대로 집에 돌아오지 않으면 길고양이가 될지도 모른다고도 말했다.

윈터 교수와 함께 사다리를 마당에 가져다 놓고 나무 아래에 사다리를 놓을 자리를 찾아보았다. 나무가 있는 자리는 움푹 파여 있었고 주위는 온통 크고 작은 돌덩이와 흙더미로 덮여 있었다. 나무의 뿌리 쪽에는 잡풀이 무성한데다 부서진 벽돌 조각이 많이 있어서, 아무리 봐도 안정적으로 사다리를 놓을 곳이 없었다. 윈터 교수도 나무 주위를 한 바퀴 돌아보았지만 적당한 곳을 찾지 못했다. 나무 가까운 곳은 사다리를 똑바로 세울 수 없고, 나무에서 좀 떨어진 곳은 사다리가 기댈 곳이 없었다. 한 마디로 사다리는 아무짝에도 쓸모가 없었다. 검은 고양이는 여전히 높은 나뭇가지 위에 앉아 있었다. 윈터 교수가 요리조리 휘파람을 불어도 사랑하는 검은 고양이는 도도하게 앉아서 우리를 거들떠보지도 않았다.

— 어릴 때라면 저 정도 나무는 금방 올라가서 잡을 수 있었을 텐데요.

무심코 한 말이었는데, 윈터 교수는 이 말을 듣자마자 자신의 나이를 잊어버렸다. 아니, 어쩌면 윈터 교수는 나무 타기와 나이는 아무 상관이 없다고 생각하는지도 몰랐다. 하지만 윈터 교수는 이미 60세가 넘는 나이에 몸집도 아주 컸다. 자신이 생각하는 것만큼 힘이 있어 보이지도, 민첩해 보이지도 않았다.

— 자네는 내가 나무에 못 올라간다고 생각하나?

원래 말이란 입 밖을 나가면 사두마차도 따라잡지 못하는 법이다. 하지만 얼른 고쳐서 다시 말해 본다.

— 이 나무가 오르기 어려운 나무라고 말씀드린 겁니다.

사실 가장 낮은 곳에 있는 나뭇가지도 윈터 교수의 키보다 높았고 손에 닿지도 않았다. 그런데 이 말을 한 것이 화근이었다. 윈터 교수는 이 말을 듣자마자 재킷을 벗어서 나에게 던지고는 하얀 와이셔츠만 걸친 채 나무 밑으로 가서 가장 큰 돌덩이에 올라섰다. 그런 다음 바로 제일 높은 흙더미 위로 풀쩍 뛰었다. 다시 풀쩍 솟구쳐서 한 손으로 나뭇가지를 잡은 다음, 다른 한 손도 나뭇가지 위로 옮겨 잡고 공중에 매달렸다. 이쯤에서 그만두지 않을까 생각하고 있을 즈음, 그는 오히려 두 팔을 짚고 몸을 일으켜 세운 다음 나뭇가지에 걸터앉았다. 윈터 교수는 와이셔츠 앞주머니에서 안경집을 꺼내더니 나더러 나무 밑으로 와서 잘 받으라고 했다. 윈터 교수는 쓸데없이 말을 많이 하는 것을 싫어한다. 나는 그가 떨어질까 봐 무섭다는 말은 감히 하지 못하고 재빨리 나무 밑으로 달려가서 그가 내던지는 안경집을 받았다. 윈터교수는 와이셔츠 앞주머니에서 걸리적거렸던 안경집을 넘기고는 한 마리의 뱀처럼 나뭇가지에 붙어서 사랑하는 검은 고양이가 앉아 있는 높은 가지를 향해 기어가기 시작했다. 나는 손에 땀을 쥐고 숨을 죽인 채 바라보았다. 윈터 교수는 천천히 다른 나뭇가지로 옮겨 가며 고양이가 앉아 있는 높은 가지를 향해서 기어간다. 하지만 고양이는 주인이 쫓아오는 것을 보고는 가볍게 더 높은 곳으로 올라가 몸을 감춘다. 윈터 교수가 높이 올라가면 올라갈수록 고양이는 점점 더 높은 곳으로 올라갔다. 높이 올라갈수록 나뭇가지는 가늘어진다. 아주 오래된 나무이니 가늘어 보인다고 해도 쉽게 부러지지 않을 수도 있지만……, 나는 그저 숨을 죽이고 지켜볼 수밖에 없었다. 아무 말도 할 수가 없었다. 만약에 윈터 교수가 높은 곳에서 떨어진다면……, 그런 생각은 하기도 싫었다. 나무 아래는 부드러운 흙으로 덮인 것도 아니고 크고 작은 자갈들이 박혀 있었다. 주위에는 깨진 벽돌 조각이 빙 둘러 박혀 있었다. 다행히도 윈터 교수는 요사스러운 고양이를 붙잡기가 어렵다고 판단하고 깨끗이 패배를 인정한 것 같았다. 윈터 교수는 천천히 다시 나무에서 내려왔다. 나는 계속 숨을 죽이고 아무 말도 하지 못하고 그대로 바라보고 있었다. 윈터 교수는 두 팔로 나뭇가지를 잡고 매달렸다가, 조심조심 흙더미 위로 내려왔고, 다시 큰 돌덩이 위로 풀쩍 뛰어내렸다. 윈터 교수는 득의양양한 표정으로 나를 돌아보며 안경집과 재킷을 달라고 했다. 그리고 우리는 함께 집 안으로 들어갔다.

인생의 끝자락에 서서

나는 아무 말 없이 창가에 놓인 의자에 앉았다. 비로소 몸이 떨리기 시작했다. 마치 말라리아에 걸린 것처럼 이가 덜덜 맞부딪히며 명치까지 아팠다. 나도 모르게 가슴을 부여잡는다. 온 신경이 몸이 떨리는 것에만 집중하고 있었다. 하지만 윈터 교수는 우쭐거릴 준비를 모두 마친 표정으로 자신을 치켜세워 주기를 기대하고 있었다. 하지만 내가 부들부들 떨고만 있으니 의아하게 나를 쳐다보았다. 윈터 교수는 내게 왜 그러냐고 물었다. 웃으면서 보온병 속의 따뜻한 물도 컵에 따라 주었다. 따뜻한 물을 몇 모금 마셨는데도 몸은 여전히 부들부들 떨렸다. 윈터 교수가 화를 낼까 봐 몇 마디 말을 억지로 쥐어짠다.

— 교수님은 윌리엄 제임스의 〈감정이론〉을 기억하세요?

윈터 교수는 핸리 제임스의 소설은 당연히 읽었겠지만, 그의 형인 윌리엄 제임스의 심리학 책은 읽지 않았을 것이다. 나 역시 어쩌다가 읽게 된 책이었다. 윌리엄 제임스의 학설대로라면 감정은 반드시 발산해야 한다. 오랜 시간 억눌렸던 감정이 저절로 없어지지는 않는다. 윈터 교수는 여전히 내가 몸을 떠는 것이 의아한 표정이었다. 나는 가까스로 떠는 것을 멈추고 그를 원망했다.

— 교수님은 제가 얼마나 두려웠는지 아십니까?

비록 사랑하는 고양이를 붙잡지는 못했지만, 윈터교수는 자신이 나무 타기를 했다는 사실이 아주 흡족했다. 나는 몸의 떨림이 진정되자마자 〈감정이론〉에 대한 설명을 마저 하지 않고 윈터 교수의 집을 나왔다. 언젠가 리선즈 선생이 했던 말이 떠올랐다.

— 내가 가장 두려운 것은 '우파'로 몰리는 것입니다. 지금도 마음속에 말로 표출할 수 없는 두려움이 있습니다.

나는 그때 리선즈 선생에게 〈감정이론〉에 대해서 이야기해 주었고 내가 직접 겪은 일들도 말해 주었다. 그리고 내 마음속에도 발산하지 못하고 억누르고 있는 그 두려움이 여전히 남아 있다고 말해 주었다.

인생의 끝자락에 서서

라오 신부님

라오 신부님은 내가 집안 식구들 다음으로 가장 좋아하는 사람이었다. 왜 신부님을 그렇게 따르며 좋아하게 되었는지 잘 모르겠다. 어릴 적에 큰언니는 나와 셋째 언니를 데리고 라오 신부님을 만나러 갔는데, 그때마다 신부님이 선물을 주었기 때문인지도 모른다. 그 시절 내 서양 장난감은 모두 라오 신부님께 받은 것이었다. 하지만 나를 예뻐하는 사람이 라오 신부님만 있었던 것은 아니다. 나는 집에서도 식구들이 오냐오냐 응석을 다 받아주는 딸이었고, 학교에서도 선생님들의 사랑을 독차지하는 학생이었다. 지금에 와서 생각하면 별다른 이유가 있어서 라오 신부님을 좋아한 것은 아니었다. 그저 라오 신부님이 나를 좋아하니까 나도 신부님을 따르며 좋아했던 것 같다.

라오 신부님이 처음으로 내게 준 선물은 서양 장난감이 아니라 편지 봉투 크기의 자수 카드였다. 하얀 비단 위에 여자아이가 의자에 앉아서 부채질하는 모습을 수놓은 것이었는데, 여자아이는 빨간 윗도리와 초록색 바지를 입고 빨간 신발을 신고 있었다. 신부님은 내 자수 카드를 큰언니에게 보내는 종이 카드와 같이 포장해서 주었다. 큰언니의 종이 카드에는 프랑스어로 '다음 학기에 학교에서 열심히 공부하려면 잘 쉬어야 한다'라는 말과 '너의 막내동생에게 보낸다'라는 말이 적혀 있었고 카드 위쪽 귀퉁이에는 십자가 모양의 표식이 있었다. 그리고 신부님의 사인 옆에는 새 그림이 있었다. 신부님은 쓰고 버린 종이에서 깨끗한 부분을 찾아 사각형으로 잘라낸 다음 그 종이로 카드 두 장을 포장했다. 내 자수 카드와 큰언니의 종이 카드를 포개어 놓고 종이를 두 번 접어 감싼 다음 겉에다 한자로 '작을 소小'자를 아주 공들여 써 놓았다. 셋째 언니도 재주넘기를 하는 다섯 남자아이가 있는 자수 카드를 받았고 자수가 내 것보다 훨씬 더 정교한 카드였지만 셋째 언니는 카드를 어디에서 잃어버렸는지도 모른다. 나는 셋째 언니와는 달리 지금까지 자수 카드를 새것처럼 잘 간직하고 있다. 자수 카드를 소중하게 간직하고 있는 것을 보면 나는 라오 신부님을 매우 좋아하는 것이 틀림없다.

처음 만났을 때 라오 신부님은 큰 언니한테는 프랑스어로, 셋째 언니한테는 영어로, 그리고 나한테는 중국어로 이야기하겠다고 말했다. 라오 신부님은 혀 꼬부라진 발음의 상하이 말로 옛 날이야기를 많이 해 주었다. 이야기가 정말 재미있어서 라오 신부님은 바로 내가 가장 좋아하는 친구가 되었다.

라오 신부님에게 받은 서양 장난감은 우리 집에서 결코 찾아볼 수 없는 신기한 물건들이었다. 상자의 뚜껑을 열면 인형이 튀어나오는 '잭-인-더-박스'라든지, 철제 물새와 작은 증기선이 들어있는 장난감 상자 같은 것들이 있었다. 나무로 만든 장난감 상자는 철제 물새와 증기선을 물에 띄우며 노는 것인데, 물을 한 바가지 정도 붓고 U자형 자석을 갖다 대면 철제 물새와 증기선이 내가 지휘하는 대로 이리저리 줄지어 움직였다. 모두 동생들에게 물려 주느라 그대로 집에다 두었는데 지금은 다 어디로 갔는지 하나도 남아 있는 것이 없다.

1921년, 라오 신부님은 여름 방학을 맞아 집으로 돌아가는 내게 10살 생일 선물을 주었다. 내 생일이 여름 방학 기간에 있으니 미리 생일 선물을 주는 것이라며 하얀 종이로 싼 꾸러미를 주었다. 안에는 작은 상자가 들어있는 듯했다. 라오 신부님은 아담과 하와가 낙원에서 쫓겨난 이야기를 아느냐고 물었다. 나는 큰 언니가 내 책상 위에 올려 둔, 중국어로 번역된 〈구약〉을 몰래 읽

은 적이 있었다. 다 읽지는 않았지만 그 이야기는 아주 잘 알고
있었다. 라오 신부님은, 그럼 내가 이야기를 하나 더 들려주마, 하
고는 이야기를 시작했다.

— 옛날에 거지 아이가 성문 앞에 앉아서 아담과 하와를 원망
하고 있었단다. 아담과 하와가 금단의 열매를 먹는 바람에
자신이 이렇게 밥 한 끼 먹는 것이 힘든 처지가 되어 버렸다
고 말이야. 다음날 거지 아이는 또 주린 배를 안고 앉아 있
는데 마침 길을 지나가던 왕자가 거지 아이를 보았단다. 왕
자는 거지 아이의 이야기를 듣고는 아이를 왕궁으로 데려갔
지. 왕궁에서 거지 아이를 씻기고 좋은 옷을 입힌 다음 아
주 잘 꾸며진 방으로 데리고 갔어. 방에는 하얗고 포근한 이
불이 깔린 침대도 있었단다. 왕자가 말했어. 여기가 네 방이
야. 그리고 왕자는 거지 아이를 식당으로 데려갔단다. 식탁
위에는 김이 모락모락 나는 음식들이 가득했고 맛있는 냄새
를 풍기고 있었지. 왕자가 또 말했어. 너의 식사를 준비했단
다. 이제 너는 내 손님이니, 나는 네가 잘 먹고, 잘 입고, 잠
도 편안히 잘 수 있도록 돌봐줄 거야. 하지만 네가 하지 말
아야 될 것이 하나 있어. 만약 네가 그것을 어긴다면 바로
왕궁에서 쫓겨나게 될 거야. 왕자는 손으로 식탁 가운데에

놓인 은색 천을 덮어 놓은 접시를 가리켰어. 왕자가 말했지. 이 접시에 담긴 음식도 먹으면 안 돼. 먹으면 바로 왕궁에서 쫓겨나게 될 거야. 거지 아이는 왕궁에서 좋은 음식을 먹고, 좋은 옷을 입고, 좋은 침대에서 자며 잘 지냈단다. 하루하루가 아주 편안했지. 하지만 은색 천을 덮어 놓은 그 안에 뭐가 들었는지 알고 싶어서 자꾸만 마음이 간질간질한 거야. 이틀이 지났을 때 거지 아이는 정말 참을 수가 없었고 이런 생각을 하게 되었단다. 난 안 먹을 거야, 그냥 열어보고 냄새만 맡아보지 뭐. 그런데 거지 아이가 은색 천을 들어 올리자 생쥐 한 마리가 그 밑에서 풀쩍 뛰어오르더니 그대로 자취도 없이 사라져 버렸어. 접시는 원래 아무것도 없었던 빈 접시였던 거야. 거지 아이는 바로 왕궁에서 쫓겨나게 되었지.

라오 신부님이 이야기를 마치고 내게 물었다.

— 무슨 말인지 알겠니?

나는 고개를 끄덕이며 대답했다.

— 네, 알겠어요.

라오 신부님은 하얀 종이로 싼 꾸러미를 내게 주었다.

― 이것은 내가 너에게 집으로 가지고 가라고 주는 것이야. 하
  지만 기차를 타기 전에는 절대로 풀어 봐서는 안 된다.

나는 또 고개를 끄덕이며 꾸러미를 건네받았다.

　　라오 신부님께 선물을 받아 학교로 돌아오니 큰언니의 동료
교사들(모두 나를 가르친 선생님들이다)은 모두 내가 라오 신부님께
선물을 받은 것을 알고 있었다. 손으로 들어 보고, 흔들어 보고,
냄새도 맡아보면서 모두 한마디씩 했다.

― 안에 들어있는 것은 틀림없이 사탕이야. 그런데 이렇게 더운
  날씨에 꼭꼭 싸 놓았으니 다 녹으면 눅진해서 못 먹겠다.

나는 큰언니한테 몰래 물어보았다.

― 정말 그럴까?

큰언니는 나에게 말했다.

— 라오 신부님이 뭐라고 하셨지?

나는 라오 신부님의 말씀을 명심하고 있었다. 언니들이 아무리
꼬시고 온갖 말로 구슬려도 아랑곳하지 않았다. 하지만 꾸러미
속에 도대체 무엇이 들었는지 정말 궁금했다.

집으로 돌아갈 때는 큰언니의 동료인 쉬 선생님이 우리 세
자매와 함께 우시까지 같이 갔다. 기차에 올라타자마자 나는 더
이상 기다릴 수가 없어서 큰언니에게 꾸러미를 풀어 보자고 했
다. 큰언니가 말했다.

— 이 기차는 작은 기차라서 안 돼(작은 기차는 간이역에서 타는 완
   행열차를 말한다. 그때는 쉬자후이에서 상하이까지 가는 완행열차가 있
   었다. 지금은 그런 기차를 볼 수 없게 된 지 오래다).

나는 어쩔 수 없이 상하이에 도착해서 우시행 열차로 갈아탈 때
까지 참아야 했는데 정말 쉽지 않은 일이었다. 기차에 타자마자
나는 큰언니에게 종이 꾸러미를 뜯어보자고 했다.

큰언니가 드디어 종이 꾸러미를 뜯어서 풀었다. 그런데 안
에서 또 다른 종이 꾸러미가 나왔다. 다시 종이 꾸러미를 뜯어
서 풀었더니 다른 종이 꾸러미가 또 나왔다. 계속 종이 꾸러미를

풀었다. 누런 크라프트지, 신문지, 쓰다 버린 원고지, 두꺼운 종이, 얇은 종이, 질긴 종이, 부드러운 종이, 한 겹, 한 겹, 풀고, 풀고……. 각양각색의 종이를 풀로 단단하게 붙여서 포장한 꾸러미가 끝도 없이 나왔다. 큰언니와 쉬 선생님은 한 겹, 또 한 겹, 종이 포장을 풀 때마다 웃음을 터트렸다. 마침내 17~18겹의 종이 포장을 모두 풀자 아름다운 상자 하나가 모습을 드러냈다. 초콜릿이었다! 큰언니는 초콜릿 상자를 열어 먼저 쉬 선생님에게 하나 건네고, 나한테 하나, 셋째 언니한테도 하나 주었다. 그리고 자신도 하나 입에 넣은 다음 뚜껑을 닫으며 말했다.

— 이제 집으로 가지고 가서 어머니, 아버지와 함께 먹자.

그리고 큰언니는 내게 물었다.

— 네가 받은 선물이지만, 초콜릿은 네가 갖고, 상자만 나한테 줄 수 있니?

나는 고개를 끄덕였다.

초콜릿은 정말 맛있었다. 그렇게 맛있는 초콜릿은 처음 먹어 보는 것 같았다. 집에 도착해서 어머니, 아버지와 함께 초콜릿을 먹는 것도 즐거웠다. 초콜릿이라면 먹어도 먹어도 또 먹고만 싶은 어린아이인데도, 온 식구가 함께 나눠 먹으니 어쩐지 더 맛있는 것 같았다.

1930년 여름 방학을 맞아 상하이에 사는 고등학교 동창이 집으로 나를 초대했다. 나는 상하이에 온 김에 치밍여고에 들러 선생님들과 친구들도 보고 가기로 했다. 그때 큰언니는 치밍여고에서 교편을 잡고 있었다. 내가 긴 복도 동쪽 끝에 있는 국어 교실에 다다르자 나를 기다리고 있던 리무무 교장 수녀님이 보였다. 리무무 교장 수녀님은, 어디 보자, 우리 샤오지캉, 하며 나를 반겼다. 13~14살 정도 되는 여학생들이 '샤오지캉'을 보러 우르르 몰려왔다. 그때 나는 이미 만으로 18살이 되었고 대학 2학년생이었다. 그런데 어린아이처럼 '샤오'를 붙여 부르다니, 이게 무슨 말인가! 리무무 교장 선생님이 학생들을 몰아 교실로 들어가라고 소리치고 있을 때 라오 신부님이 맞은편 복도 끝에서 걸어왔다. 큰언니한테서 내가 치밍여고에 들른다는 이야기를 듣고 일부러 나를 보러 온 것이다. 이미 여든이 다 된 라오 신부님의 수염은 새하얗게 변해 있었다. 라오 신부님은 나를 보고 아주 기뻐하며 대학에서 주로 어떤 수업을 듣냐고 물었다. 나는 논리학 수업도 듣는다고(신부님께는 '로직logic'이라고 영어로 말했다) 말했다. 신부님은 놀라면서 감회 어린 표정으로 말했다.

― 오! 로지크(loguique)! 로지크!

나는 우쭐해져서 천문학도 조금 공부했다고 말하며 북두칠성의 별이 사실은 8개라는 등등의 이야기를 했다. 라오 신부님은 웃으며 말했다

― 네가 우리 천문대에 한 번 들르면 좋겠다. 너에게 밤하늘의 별을 보여 주고 싶구나.
― 사실은 내가 죽을 뻔했단다. 이제 곧 고국으로 돌아가면, 아마 이곳에 다시 오지 못할 거야.

라오 신부님은 가볍게 한숨을 쉬었다. 신부님이 고국으로 돌아간다는 말은 죽을 때가 되었다는 말과 같았다. 라오 신부님은 나를 살포시 안아주며 말했다.

― 이 라오 신부를 잊지 말아 주렴.

내 마음은 슬픔으로 가득 차서 말을 더 잇지 못했다. 그저 고개만 끄덕일 뿐이었다. 그때 라오 신부님은 80살, 나는 18살이었다. 나는 늘 라오 신부님을 그리워한다. 나는 정말 라오 신부님을 좋

인생의 끝자락에 서서

아한다.

중수가 먼저 세상을 떠나고, 내가 90살이 되어 혼자 침대에서 뒤척이던 어느 날 밤, 문득 라오 신부이 해 주었던 이야기와 초콜릿 상자가 생각났다. 갑자기 내가 지금까지 생각지 못했던 깨달음이 머리를 스쳐 지나갔다. 여태까지 나는 쉽게 유혹에 흔들리지 않는 사람이 되라는 뜻인 줄로만 알았다. 그래서 내가 유혹에 흔들리지 않도록 17~18겹의 종이로 포장해서 주신 것에 대해서만 감사했다. 만약에 내가 참지 못하고 세 번째, 네 번째 포장을 풀더라도 다시 돌이킬 수 있는 기회를 준 것이라고 생각했다. 하지만 그것은 라오 신부님의 뜻을 제대로 이해한 것이 아니었다.

나는 90살이 되고 나서야 비로소 9살 때 라오 신부님이 초콜릿을 주며 말한 금기를 이해하게 되었다. 신부님은 오로지 내가 초콜릿을 집으로 무사히 가지고 가서 부모님과 함께 맛보기를 바랐던 것이다. 만약에 내가 큰언니의 친구들 앞에서 포장을 풀어버렸다면 큰언니는 다른 사람들에게 한 조각씩 나눠주지 않을 수 없었을 것이다. 초콜릿을 다 먹어버리고 빈 상자만 남는다면 아무것도 없이 왕궁에서 쫓겨난 거지 아이와 다를 것이 무엇인가! 9살에 들은 이야기의 뜻을 90살이 되어서야 문득 섬광처럼 깨닫다니 나는 참으로 어리석고 또 어리석다!

도를 닦는 노승은 밥도 배불리 먹지 않고 잠도 편안하게 자지 않고 그저 포단 위에서 앉은 채로 잔다는 이야기를 책에서 읽었다. 라오 신부님도 내게 줄 초콜릿을 17~18겹으로 포장하느라 자는 시간을 아껴서 겨우 틈을 내었을 것이다. 하지만 라오 신부님은 어린 내게 먹을 것을 주고, 장난감을 주고, 또 재미있는 이야기를 해 주는 시간이 무척 즐거웠을 것이다. 잠시도 쉬지 않고 일하는 고생스러운 생활 속에서 짧지만 아름답게 빛나는 시간이지 않았겠는가!

이웃집 까치 부부 이야기

나는 6호 건물에 산다. 우리집 안방의 창문 너머에는 측백나무 한 그루가 있는데, 옆에 있는 커다란 버드나무 때문에 햇빛도 제대로 못 받고 땅속의 영양분도 다 뺏겨서 시들시들 말라가고 있다. 다행히 버드나무를 제때에 잘라 주어서 가까스로 말라 죽는 것은 면했는데 그래도 많이 쇠약해졌다. 까치 한 마리가 비집고 들어갈 틈도 없이 무성한 잎과 가지를 자랑하던 장대한 측백나무의 모습은 사라지고 까치는 여윈 나뭇가지 사이에서 둥지를 틀 만한 좋은 자리를 찾아냈다. 2003년, 까치 한 쌍이 병든 측백나무 가지 끝에 둥지를 틀었다. 나는 반갑고 기쁜 마음에 까치부부가 집을 지을 때 쓰면 좋을 만한 나뭇가지를 가져다 베란다에 모아 두었다. 하지만 내가 까치집의 건축 자재에 대해서는 문외한이라서 그랬는지 까치 부부는 하나도 갖다 쓰지 않았다. 며칠 동안 지켜보아도 그대로 남아 있기에 베란다에 모아둔 나뭇가지는 한꺼번에 들어다가 밑으로 던져 버렸다.

까치둥지가 어느 정도 지어져서 그릇처럼 보이기 시작할 때즈음 밤새 비바람이 불었다. 병든 측백나무 가지가 세찬 바람에 흔들리다가 둥지가 그대로 땅에 떨어지고 말았다. 둥지 안에 새 알이 들어있지 않아서 정말 다행이었다. 까치 부부는 바로 맞은편 7호 건물 아래에 있는 오솔길로 가서 호두나무 꼭대기에 다시 집을 짓기 시작했다. 3층에 있는 우리집 창가에서 보면 똑똑히 잘 보였다. 오히려 바깥으로 나가서 나무 아래에서 보려고 하면 무성한 호두나무 가지 속에 깊게 파묻혀 있어 잘 보이지 않았다. 까치집은 급히 만들어 초라했다. 호두나무는 사시사철 푸른 나무가 아니라 겨울이 되면 나뭇잎이 다 떨어진다. 겨울이 되면 벌거숭이 나무 위에 매달려 있는 까치집이 멀리서도 잘 보였다.

2004년 2월 초봄, 호두나무에 아직 새순이 올라오지 않았을 즈음이었다. 2월 20일, 까치 부부가 또 병든 측백나무의 높은 가지 위에 집을 짓고 있는 것이 보였다. 한 번 집을 지어 봐서인지, 나뭇가지를 이쪽에 놓았다가, 저쪽에 놓았다가, 한참 공을 들여 주춧돌이 될 첫 번째 나뭇가지를 놓았다. 그런 다음 호두나무 위로 날아가 헌 집을 뜯어냈다. 까치는 헌집을 허물어 새집으로 옮기고 있었다! 까치 부부는 아침 일찍부터 일을 시작한다. 열흘이 지나고 3월 3일이 되자 호두나무 위의 헌 집은 이제 자취도 없이 사라졌다. 까치 부부는 매일 아침 일찍부터 내 방의 창문 밖에서 집을 짓기 시작한다. 밤새 비바람이 세차게 분 적이 한 번 있었는데, 이번에는 까치집이 떨어지지 않았다. 까치 부부는 매일 일을 열심히 했다. 또 2주일이 지났다. 까치집은 이미 새장보다 더 넓은 집으로 모양새를 갖추었는데 조금 더 높은 가지 위에 지붕까지 꽁꽁 얽매어서 만들어 놓았다. 나는 까치가 나뭇가지를 입에 물고 매달려서 양다리를 힘껏 버둥거리는 것을 보았다. 그래도 나뭇가지가 흔들리지 않고 집이 튼튼하게 되었는지 확인하는 것이다.

까치집에는 문이 두 개가 있다. 동쪽을 향해서 하나, 서쪽을 향해서 하나. 한쪽 문으로 들어가서 다른 쪽 문으로 나간다. 꼬리가 길어서 집 안에서 몸을 돌리기가 불편하니 그런 것이다. 내 창가에서 보이는 쪽은 나뭇가지들을 비교적 엉성하게 쌓아 만들었다. 아마도 우리집이 막아 주고 있으니 굳이 촘촘하게 쌓을 필요가 없었던 것 같다. 아니면 공기를 잘 통하게 하려고 그랬을까? 우리집 가정부 말로는 까치 부부가 새집으로 들어갔으니 곧 알을 낳을 것이라고 한다. 까치 부부는 쉬지 않고 집을 지었다.

풀이나 깃털 같은 것들로 집을 짓는데, 내가 마당을 쓸고 놓아둔 낡은 빗자루 속에서도 부드러운 나무줄기를 물어다가 둥지 바닥에 깔았다. 나도 까치가 집 짓는 일을 도운 셈이 되었다.

4월 3일, 까치집이 다 지어졌다. 몸집이 더 작은 아내 까치는 완공된 집안에 들어앉아 밖으로 자주 나오지 않았다. 가정부는 닭이 알을 품는 기간은 3주 정도 되는데 까치는 닭보다 작으니 3주까지 걸리지는 않을 거라는 얘기를 해 주었다. 남편 까치는 아내 까치가 답답할까 봐 매일 한 번씩 집 밖으로 데리고 나온다. 보통은 남편 까치 혼자 둥지 주위를 돌며 살피고 아내에게 줄 먹이를 구한다. 까치 부부가 하루 종일 둥지를 지키고 있으니 분명 둥지 안에는 알이 있다. 때는 이미 4월 19일이었다. 비가 내린 날, 아내 까치의 깃털이 젖으니 여윈 몸집이 드러난다. 나는 우리집 뒤에 있는 5호 건물의 창가 차양 밑에서 4~5마리 까치가 비를 피하고 있는 것을 발견했다. 1~5호 건물은 우리집이 있는 6호 건물과 그 구조가 달라서, 까치들이 비를 피할 만한 장소가 있다. 하지만 아주 비좁아서 꼬리가 긴 까치는 몸을 옆으로 비끼고 서야 한다. 비를 피하고 있는 까치들은 모두 근처에 사는 남편 까치들인 듯했다. 아내 까치들은 모두 집 안에 있는 것 같다. 우리집 창문 앞에 있는 까치 부부는 번갈아 가며 집안을 들락날락하고 있다. 알을 품고 있는 것이 틀림없다.

　　　　　　　　　　　　인생의 끝자락에 서서

5월 12일, 5~6마리의 까치가(우리집 창문 앞의 남편 까치를 포함해서) 측백나무를 맴돌다가 까치집 근처에 머물며 재자재자, 요란한 소리를 낸다. 나는 까치들이 싸우는 줄 알았는데 싸우는 소리는 아니었다. 한바탕 시끄럽더니 다시 측백나무 주위를 한 바퀴 돌고 나서 또 전부 동시에 나뭇가지에 앉는다. 도대체 무슨 일인지 알 수가 없다.

13일, 가정부가 안방 창문 앞에서, 빨리 와 보세요! 하고 나를 부른다. 달려가 보니 엉성하게 엮은 까치집의 틈새로 반짝반짝하는 붉은 점이 보였다. 자세히 들여다보니 까치 새끼들이 알을 깨고 나와서 머리를 내밀고 까닥까닥하고 있었다. 반짝이는 것은 눈동자였다. 크게 벌린 노란 입 속으로 붉은 점 같은 작은 혀가 보였다. 3마리인지 4마리인지 잘 보이지 않았지만 모두 삑삑, 삑삑 먹이를 기다리며 노란 입을 크게 벌린다.

몹시 기뻤다. 그렇게 힘들게 알을 품더니 마침내 알 속에 있던 어린 새끼들이 모두 세상 밖으로 나왔구나! 어제 까치들이 나무 주위를 맴돌다가 나뭇가지에 앉아서 재자재자 지저귀고, 다시 나무 주위를 한 바퀴 돌고 나서, 또 나뭇가지에 앉아서 재자재자 지저귀고 했던 것은 이 집에 새끼들이 태어난 것을 축하해 주기 위한 것이었다. 모두 몸집이 큰 이웃집 남편들이 축하해 주러 왔고, 이웃집의 아내들은 함께 오지 못했다. 분명 각자의 둥지에서 알을 품고 있으니 남편과 함께 오지 못했을 것이다.

　가정부는 앞으로 7~10일 정도 지나면 까치 새끼 몸에 깃털이 다 자라고 그때부터 비로소 나는 것을 배우기 시작한다고 말해 주었다. 나는 까치 새끼들이 나는 것을 빨리 보는 것보다 그저 노랗고 작은 입을 벌리고 밥 달라고 아우성치는 것을 오랫동안 보고 싶었다. 새끼들이 태어난 후부터 아빠 까치와 엄마 까치는 집 안으로 들어가지 않는다. 혹시라도 새끼들을 눌러 다치게 할까 봐 걱정하는 듯하다.

　그런데 가정부가 얼마 전 단지 내 나무에 모두 살충제를 뿌렸다는 이야기를 전해 준다. 우리 단지뿐만 아니라 베이징시 전체가 약을 쳤다고 한다. 그러면 부모 까치들은 어디로 가서 먹이를 구한단 말인가? 14일, 나는 부모 까치들이 말하는 소리를 듣는다. 엄마 까치가 뭐라 뭐라 한참 지저귀더니 부부가 같이 날아오른다. 그런데 까닥까닥하던 조그만 머리가 둘밖에 보이지 않는다. 날씨가 춥다. 저녁에는 비 예보가 있는데 새끼들은 아직 태어난 지 3일밖에 안 되었고 아무것도 먹지 못했다. 추위와 굶주림 속에서 살 수 있으려나?

　이른 저녁부터 내리기 시작한 비가 밤늦게까지 계속 내렸다. 지붕이 있기는 하지만 까치집도 비에 다 젖는다. 내 손이 닿지 않으니 까치집 위에 우산을 씌워 줄 수도 없고 새끼들 자리에 솜방

석을 깔아 줄 수도 없다. 알을 깨고 나온 새끼들이 다시 알 속으로 들어갈 수도 없고, 내가 걱정을 해 봐야 아무 소용이 없다. 밤새도록 적지 않은 비가 내렸다. 아침에 일어나 보니 까치집에서 아무 소리도 들리지 않는다. 작은 생명들이 사라진 것이다. 아침밥을 먹고 나자 부모 까치들이 보였다. 아빠 까치는 둥지 안을 한 번 들여다보고는 다시 날아갔다. 엄마 까치는 나뭇가지를 이리저리 옮겨 다니다가 또 둥지 안을 한 번 들여다보고는 아빠 까치와 함께 날아가 버렸다.

5월 16일 오전 8시 30분, 까치 두 마리가 이야기하는 소리가 들린다. 얼른 창가로 가니 측백나무 가지에 앉아 있는 엄마 까치가 보인다. 이쪽에서 저쪽으로, 둥지 가까이 다가간다. 고개를 숙여 둥지 안을 들여다본 엄마 까치는 슬픈 곡조로 한 번 울고, 두 번 울고, 세 번, 네 번 통곡하고는 그대로 날아가 버린다. 아빠 까치는 보지 못했지만 아마도 같이 있을 것이다. 측백나무 옆에 있는 호두나무 잎에는 어젯밤의 빗방울이 아직도 맺혀 있다. 부모 까치를 대신해서 눈물을 흘리고 있는 듯하다. 저녁에 까치 부부는 또 날아와서 나무가 아니라 맞은편 7호 건물의 창문 차양 아래에 앉아 있었다.

또 이틀이 지났다. 5월 18일 오전, 6일 전에 까치 새끼들이 태어난 것을 축하해 주러 왔던 4~5마리 남편 까치들이 또 측백나무 가지에 앉아서 한바탕 지저귄다. 그중에 두 마리가 가장 컸는데 까치집을 바라보며 지저귀는 것이, 마치 어린 새끼들의 죽음에 대해서 추도사를 하는 듯하다. 그리고 모두 함께 그 자리를 떠난다. 부모 까치는 우리집 건물의 지붕 위에서 손님들을 맞이하고 있는지 보이지 않았다. 오후 4시, 엄마 까치가 둥지 옆에서 어쩔 줄 모르고 이리저리 날면서 운다. 아빠 까치는 엄마 까치 옆에 있는 듯하다. 마음이 아프다. 하루가 지나면 5월 19일이 된다. 죽은 딸아이의 생일날이다. 오후 3시쯤 되었을까? 엄마 까치가 측백나무 위에서 앉아 둥지를 바라보며 3~4분 정도 운다. 다음날에도 오후 3시쯤 되자 엄마 까치가 날아온다. 둥지를 향해서 울고 이리저리 가지를 옮겨 가며 운다. 고개를 숙여 둥지 안을 들여다보고 울고, 또 하늘을 향해 고개를 들고 운다. 그러다가 아빠 까치가 날아와 엄마 까치를 데리고 그 자리를 떠난다.

5월 27일 새벽 6시, 엄마 까치가 측백나무 옆에 있는 호두나무 가지에 앉아 있다. 아빠 까치도 근처에서 주위를 둘러보고 있다. 둘은 나를 보고는 날아가 버린다. 5월 28일, 까치 새끼들이 죽은 지 보름이 되었다. 까치 새끼들은 5월 12일에 태어나서 13일, 14일에 죽었다. 부모 까치는 둘이 함께 옛집을 바라본다. 엄마 까치는 옛집의 지붕 위에 앉아서 구슬피 울다가 또 아빠 까치와 함께 날아가 버린다. 이때부터 까치 부부는 측백나무의 가지에 앉

인생의 끝자락에 서서

지 않고 주위를 살피기만 한다. 저녁이 되면 까치 부부가 맞은편 건물 창문의 차양 밑에 앉아 까치집을 멀리서 지켜보는 것이 보인다. 한번은 까마귀가 날아와서 까치 둥지 위에 앉은 적이 있었다. 까치 부부가 친구들을 불러 모아서 한바탕 난리가 났다. 까마귀를 쫓아내고 나서야 비로소 조용해졌다. 우리집이 있는 이곳은 까치들의 영역이다. 다른 산까치나 까마귀는 침범할 수 없는 곳이다. 나는 문득 죽은 까치 새끼들이 계속 비를 맞고 햇빛을 받아 안에서 썩어가고 있는 것이 아닐까? 하는 생각이 들었다. 까마귀가 그 냄새를 맡고 나쁜 마음을 품었을지도 모른다.

까치집은 텅 빈 채로(아직도 죽은 까치 새끼들이 남아 있으니 비었다 할 수 없지만) 내 창문 앞에 걸려 있다. 나는 매일 7호 건물 창문의 차양 아래에 앉아 둥지를 지켜보고 있는 까치 부부를 본다. 까치 부부와 함께 슬픔을 나눈다. 겨울에 많은 눈이 내리고 측백나무도 까치집도 모두 눈 속에 파묻혔다. 그래도 까치 부부는 눈 속을 뚫고 둥지를 보러 날아왔다.

눈 깜짝할 사이에 또 일 년이 지나간다. 2005년의 2월 27일, 처음 까치집을 짓기 시작한 때부터 대략 1년이 지났다. 까치 부부는 또 홀연히 측백나무로 날아와서는 둥지 가까이에서 둥지를 바라보며 날고 있다. 죽은 까치 새끼들은 이미 비바람에 젖고, 눈 속에 파묻히고, 바람에 날리고, 햇빛에 녹아들어, 먼지가 되었다.

아무 흔적도 없이 흩어져 버렸다. 까치 부부는 부리로 둥지에 뒤엉켜 있는 솔가지들을 헤치고 있다. 또 이사를 하려고 그러는 것일까? 옛 둥지 위에서 두 발로 있는 힘껏 버티고 서서 잔솔가지를 입으로 뜯어낸다. 작년에 그토록 공들여서 나무 꼭대기에 단단히 묶어 놓았던 옛 둥지는 뜯어내기가 쉽지 않다. 있는 힘껏 두 발로 버티며 하나씩 뜯는다. 엄마 까치는 둥지를 떼어 내는 아빠 까치를 우두커니 바라보고 있다. 결코 풀어지지 않을 것 같던 까치집이 점차 느슨해진다. 튼튼하게 지은 넓은 집이라서 허무는 데 많은 시간이 걸린다. 나는 집을 허무는 것을 계속 지켜보고 싶지 않다. 5월 5일, 까치집이 허물어졌다. 하룻밤 비바람에 흔적도, 자취도 없이 다 씻겨 내려갔다. 5월 6일, 우리집 창문 너머에 있던 까치집이 완전히 사라졌다. 슬픔이, 희망이, 아픔이 꿈처럼 희미하게 사라지며 모두 지난날이 되었다.

인생의 끝자락에 서서

셋째 삼촌의 연애

나는 아버지가 해 주는 셋째 삼촌 이야기가 좋았다. 집안에서 막둥이인 셋째 삼촌은 아버지보다 11살 어리다. 아버지의 셋째 삼촌에 대한 애정은 내 마음속에 있는, 나보다 10살 어린 내 동생, 양비에 대한 애정과 같은 것이었다.

아버지는 셋째 삼촌의 어릴 때 이야기를 자주 해 주었다. 아버지는 막둥이가 잠자리에 누우면 이불을 덮어주고 어른처럼 '호랑이 온다'라고 말하며 막둥이를 재웠다. 막둥이는 호랑이가 온다는 말을 들으면 이불을 박박 긁어서 호랑이 발톱이 문을 할퀴는 소리를 흉내 내다가 그대로 눈을 꼭 감고 얌전하게 잠이 들었다. 셋째 삼촌은 눈치가 빠르고 아주 영리한 아이였다.

삼촌은 상하이의 난양궁쉐대학에 입학했다. 그리고 19살의 나이에 장학생이 되어 미국으로 유학을 떠났다. 아버지도 거의 같은 시기에 미국에서 유학하고 있었기 때문에 두 형제는 미국에서 함께 지내게 되었다. 국비 장학생인 셋째 삼촌은 생활이 여유로웠지만, 아버지는 셋째 삼촌의 돈을 쓰지도 않았고 같은 집에서 살지도 않았다고 한다. 미국 여자들은 셋째 삼촌을 보고 '아름답다'고 말했다. 셋째 삼촌은 키도 크고 잘생긴데다 활발하고 귀여웠다. 셋째 삼촌은 회계학을 전공했는데, 공부를 끝마치고 아버지보다 먼저 귀국했다. 귀국하기 전에 셋째 삼촌은 아버지에게 의대에서 공부하는 린 양을 사랑하게 되었으니 귀국하는 대로 약혼녀와는 파혼하겠다고 말했다. 셋째 삼촌에게는 이미 11살 되던 해에 부모님이 정해 준 약혼녀가 있었다.

셋째 삼촌의 장인 될 사람은 향시에 합격한 교육자였는데 11살이 된 셋째 삼촌을 보고 사윗감으로 점찍었다고 한다. 아버지는 장인 될 사람이 최고의 사윗감을 골랐다고 말했다. 하지만 장인이 사윗감을 잘 고른 것뿐이었다. 사윗감이 아내 될 사람을 고른 것이 아니었고, 사윗감은 장인 될 사람의 딸이 마음에 들지 않았다. 교육자의 다른 두 딸의 사윗감들도 약혼만 하고 외국 유학을 떠났는데, 귀국 후에 모두 파혼했다. 파혼당한 두 딸은 모두 우울증으로 죽었다. 셋째 삼촌이 파혼 이야기를 꺼내자 아버지는 이렇게 말할 수밖에 없었다.

— 파혼하려면 유학을 떠나기 전에 했어야지. 너보다 두 살이나
　많은 남의 집 처녀를 3년이나 더 기다리게 하지 않았느냐?

만약에 파혼한다면 다른 데로 시집갈 수 없을 것이 분명했다. 셋
째 삼촌은 괴로워하며 혼자 고민하다가 린 양과 헤어졌고 결국
부부의 연을 맺지 못했다. 셋째 삼촌은 귀국 후 셋째 숙모와 결
혼했다.

　신혼에는 셋째 삼촌과 셋째 숙모의 사이가 아주 좋았다. 접
대할 일이 많았던 삼촌은 부인을 동반하여 자주 외출했다. 그러
다가 어머니는 셋째 숙모한테서, 자신이 무슨 말을 해서 그런지
는 몰라도, 셋째 삼촌의 얼굴이 두 귀와 목까지 붉어진 적이 한
번 있었고 그 후부터 접대 자리에 자신을 데리고 가지 않는다는
이야기를 들었다. 얼마 지나지 않아 삼촌은 숙모만 우시에 있는
본가로 보내고 자신은 홀로 베이징에 남았다. 그때 삼촌은 회계
감사국장을 하고 있었다.

　셋째 삼촌은 술집에 갔다가 당시 가장 인기가 좋았던 기생
린XX를 알게 되었다. 그리고 기생 린XX는 부잣집에 시집갈 생
각을 하지 않고 가난한 서생인 셋째 삼촌하고 사랑에 빠졌다. 셋

째 삼촌도 그녀를 데려오려고 신접살림을 마련했다. 그런데 갑자기 미국 유학 시절에 치료해서 다 나은 줄 알았던 셋째 삼촌의 폐결핵이 각혈을 일으켰다. 셋째 삼촌에게 시집오려던 기생 린XX와의 일은 없던 일이 되었다. 당시 우시에서 조부모님을 모시고 있던 내 부모님이 베이징으로 올라왔다. 어머니는 셋째 삼촌을 생각해서 숙모를 데리고 베이징으로 왔다. 아무것도 모르는 셋째 숙모는 셋째 삼촌이 직접 데리러 온 것도 아닌데, 왜 형네를 따라와야 하냐며 베이징에 오기 싫어했다고 한다. 셋째 삼촌이 아파서 셋째 숙모를 데리고 온 줄 몰랐기 때문이었다.

셋째 삼촌은 각혈 후 바로 더궈병원(지금 베이징병원의 전신이다)에 입원했다. 기생 린XX는 삼촌을 보러 매일 병원에 왔다. 한번은 셋째 숙모가 삼촌 병실에서 나오는 린XX와 마주쳤다. 셋째 숙모는 들고 있던 양산으로 린XX를 때리기 시작했고 간호사들이 달려와 뜯어말렸다. 셋째 숙모는 집으로 돌아와서도 분이 풀리지 않아 어머니를 붙잡고 하소연했다. 어머니가, 자네는 뭣하러 사람을 때렸는가! 하고 말하자, 셋째 숙모는, 갈보가 사람인가요? 라고 대답했다. 당시에는 본처가 하녀들을 데리고 가서 첩의 살림집을 때려 부수는 일이 아주 흔했지만, 남의 집에 첩으로 들어가지 않은 기생은 신분이 높았다.

그 후로 기생 린XX는 부잣집 공자에게 시집을 갔다. 기생이 시집을 가게 되면 성대한 연회를 열어 예전에 모셨던 '손님'을 초대한다. 이제 기적에서 벗어나니 옛정을 말하며 지난 일을 들추지 말라는 의미이다. 셋째 삼촌은 아픈 몸을 이끌고 그 연회에 주빈으로 참석했다. 그 후로 셋째 삼촌은 일을 못 할 정도로 병이 깊어졌고 셋째 숙모와 아이들을 데리고 고향으로 돌아갔다. 몇 년 후에 셋째 삼촌이 세상을 떠나자 아버지가 셋째 숙모와 사촌 여동생을 부양했고, 사촌 여동생은 부잣집에 시집을 갔지만 셋째 숙모는 치매에 걸려 노년을 편안하게 보내지 못했다.

대학에 다닐 때 고향 집에 가면, 나는 어머니 아버지 곁에서 좀 더 있고 싶어서 밤에도 내 방으로 돌아가려 하지 않았다. 한 번은 늦은 밤에 두 분이 하는 이야기를 들었다. 막둥이가 린 양과 결혼했다면, 그렇게 주색에 빠져서 몸을 망치지는 않았겠지? 아버지의 말을 듣고 어머니는 아무런 대답을 하지 않았다. 아버지는 슬퍼하고 있었다. 어머니도 아버지의 막둥이 동생에 대한 애처로움과 자책을 그대로 느끼고 있었다. 하지만 당시 아버지는 11살이나 많은 형으로서 마땅한 일을 한 것이다. 아버지가 잘못한 것일까? 오랜 번민 끝에, 연인과 헤어지는 고통을 감내한 셋째 삼촌이 잘못한 것일까? 잘못한 사람은 아무도 없었다. 어머니는 아무 말도 하지 않고 아버지의 마음을 그대로 바라보고 있었다. 어머니는 정말 좋은 아내였다. 나는 내 방으로 돌아가서 방안을 서성이며 생각해 보았다. 아버지도 잘못하지 않았고, 셋째 삼촌도 잘못하지 않았다. 사람은 어쩔 수 없이 감정에 휘둘린다. 사람이 애처로울 뿐이다.

공자의 아내

공자는 여인과 소인이 가장 다루기 어렵다고 했다. 이 말은 세상의 절반인 여성을 옹호하는 몇몇 여성들의 분노를 일으킨다. 사실 '주공제예周公制禮'는 여성을 안중에 두지 않은 것이다. 여성이 남성보다 적어서 여성이 귀하고 여성이 권력을 쥐고 있는 부족은 있지만, 역사상 주씨 성을 가진 남성이 아닌, 주씨 성을 가진 여성이 예를 정리한 '주파제예周婆制禮'는 찾아볼 수 없다. 예전에는 여성에 대한 경시가 당연했다. 공자는 말할 것도 없었다.

공자보다 80년 정도 후대에 살았던 소크라테스도 아내와의 사이에서 세 아들과 딸이 있었던 것으로 보인다. 왜냐하면 소크라테스가 사약을 받을 때 세 아들이 감옥으로 와서 아버지를 보고 간 후에 '집안의 여인'도 왔었다고 하기 때문이다. '집안의 여인'이라는 말은 분명 소크라테스의 아내, 한 사람만 가리키는 말이 아니라 딸도 의미하는 것이다. 소크라테스는 아내에게 애정도 없었고 그저 사리판단을 못하는 철부지로 취급하며 밖으로 돌게 했다. 아내를 아끼고 보살피는 정이 조금도 없었다.

공자에 관한 책을 보니 공자는 스스로 실천하는 사람임에 틀림없다. 자신이 할 수 없는 일은 아예 말하지 않았다. 공자는 평생 수신, 제가, 치국, 평천하를 하고자 했으니 공자의 가정은 분명 화목했을 것이다. 그래서 나는 공자의 아내였던 여성이 어떤 사람인지 궁금했고 더 많이 알아보고 싶었다.

열심히 공자 집안의 여인들을 찾아보았지만, 내가 읽은 책이 적어서 그런지 책에 남아 있는 기록을 많이 찾을 수 없었다. 〈사기〉를 보면 공자의 아버지는 9명의 딸을 두었고 아들이 없었다. 64살이 넘은 나이에 안 씨 집안의 막내딸을 아내로 들여 겨우 아들을 낳아 이름을 '구', 자는 '중니'라고 하였다. 구가 태어난지 얼마 되지 않아 아버지는 죽는다. 공자가 3살 때 아버지가 죽었다는 기록이 있다. 홀로 된 공자의 젊은 어머니는 죽기 전까지 당연히 아들과 함께 살았을 것이다. 도대체 공자의 아버지가 몇 살 때 공자를 낳은 것인지, 그렇게 젊어서 홀로 된 어머니는 몇 살에 죽었는지 자세한 기록은 없지만 아마도 오래 살지는 못했을 것이다. 공자가 열몇 살이 되었을 때 부모가 모두 죽었다고 하고, 9명의 누나들 역시 행방이 묘연하다. 공자가 19살 되던 해에 기관씨 성을 가진 여인을 아내로 맞이하였다. 일 년 후에 아들을 낳아 이름을 '리', 자를 '백어'라고 하였다. 백어는 50살 때 아버지인 공자보다 먼저 죽었다. 백어에게는 아들이 하나 있었다. 공자에게는 분명 딸도 있었다. 공야장이 공자의 사위가 아닌가? 공자에게 딸이 몇 명이나 있었는지는 알 도리가 없고, 공자 생전의 기록에 부인이 죽었다는 내용은 없다. 기관씨 부인과 백년해로한 것인가? 공자의 아버지가 죽었을 때, 공자가 3살이었으니 9명의 누나들이 모두 시집가지는 않았을 것이다. 기관씨 부인이 1남 1녀를 끝으로 더 이상 아이를 낳지 않았을 리도 없고, 백어도 50살에 죽었지만 아들 하나만 두고 죽었을 리 없다. 옛날에는 여성들이 출산을 조절할 수 없었고, 그래서 모두 아이를 많이 낳지 않았던가? 고서에는 백어의 아내에 대한 언급도 없고 백어가 몇 명의 딸을 낳았는지도 이야기하지 않는다. 여성들에 대한 기록이 조금도 나오지 않는다. 백어가 50살의 나이로 죽은 것도 사실인지 의심스럽다. 왜냐하면 백어가 안연보다 먼저 죽었는데 단명한 안연은 32세까지 살다가 죽었기 때문이다. 〈논어〉의 책 전체에서 백어는 겨우 2번 언급되고, 공자가 가르침의 대화 속에 등장하는 백어는 아주 젊다. 자로는 공자가 69살 되던 해에 먼저 죽었고, 백어는 안연보다 더 일찍 죽었다.

〈논어〉를 읽어 보면 공자가 어떻게 살았는지 알 수 있다. 먹는 것, 입는 것, 자는 것은 물론이고, 모든 일상생활에서 격식을 따지며 까다로웠다. 하지만 이런 생활 방식을 지키며 사는 것은 공자가 혼자서는 할 수 없는 일이었고 모두 여성의 뒷바라지가 있었기에 가능한 것이었다. 기관씨 부인은 분명 살림을 아주 잘하는 여성이었을 것이고, 남편 옆에서 살뜰히 보살피며 부부 사이가 좋았을 것이다. '여인과 소인'이 다루기 힘들다고 해도 공자에게는 분명 '잘 다루는 방법'이 있었다.

공자는 먹는 것에 대해서 '곡식은 정제될수록 좋고, 회는 얇을수록 좋다'라고 하며 밥이 타거나, 고기나 생선의 맛이 조금만 이상해도 먹지 않았다. 밥이 설익어도 먹지 않았다. 덜 여문 곡식과 과일도 먹지 않았다. 고기는 네모반듯하게 썰어야 했다. 만약에 두껍고, 얇고, 크고, 작고, 혹은 비스듬히 잘라 크기가 일정하지 않게 잘라 놓으면 또 먹지 않았다. 시장에서 사 온 음식도 먹지 않았다. 제사를 지낸 고기도 3일이 지난 것이면 먹지 않았다.

공자는 입는 것에 대해서도 까다로웠다. 붉은색이나 자주색으로는 속옷을 만들어 입지 않았다. 우리도 그렇게 요염한 색보다는 수수하고 연한 색으로 속옷을 만든다. 그렇지 않으면 더러워져도 잘 모르기 때문이다. 여름에는 얇은 비단옷을 입고, 반드

인생의 끝자락에 서서

시 안에다 옷을 하나 더 받쳐 입는다. 겨울옷은 털가죽이 어떤 색인지에 따라 어울리는 옷감으로 옷을 만든다. 예를 들면 검은색 양가죽에는 검은색 옷감을, 흰 노루 가죽에는 수수한 단색의 옷감으로 색을 맞춘다. 집에서 입는 평상복은 오른쪽 소매를 약간 더 짧게 해서 일할 때 편리하게 한다. 잠을 잘 때에는 반드시 잠옷을 입는데 잠옷은 마치 서양의 아기들이 입는 옷처럼 자신의 키보다 반 정도 더 길게 만든다. 이렇게 긴 잠옷을 입고 어떻게 침대에서 내려와 걸을 수 있겠는가? 옆에서 시중드는 사람이 필요했을 것이다. 공자는 또 '밥 먹을 때 말하지 말고 잠잘 때 말하지 말'고 말했다. 천천히 꼭꼭 씹어서 삼키려면 말하기가 어렵고, 자려고 누워서 이야기하다 보면 잠이 오지 않는다. 나도 그런 경험이 있다. '반듯한 자리가 아니면 앉지 말'라는 말은 나도 일상생활에서 실천하고 있는 말이다. 의자나 걸상이 반듯하게 놓여 있지 않으면(일부러 그렇게 해 놓은 것이 아니라면) 반드시 앉기 전에 똑바로 놓고 다시 앉는다. 그리고 자려고 누웠는데 침대 시트가 비뚤게 놓여 있는 것 같으면 다시 일어나서 제대로 깔고 눕는다. 그렇지 않으면 편안하게 잠을 잘 수 없기 때문이다. 하지만 나는 단지 정리 정돈을 좋아하는 천성을 타고난 것뿐이다.

공자는 외출할 때 반드시 마차를 탔다. 과시하기 위한 것이 아니라 품위를 지키기 위한 것이었다. 옛날에 대갓집 규수들이 걷지 않고 가마를 타는 것과 같은 이유이다. 또한 뒷골목에 자리 잡은 집에서 살지 않으며 반드시 바깥의 대청과 안쪽의 방이 구분되어 있는 집이어야 한다. 그래야 '대청에는 올랐으나 방에는 들지 못한 경지'라는 말을 할 수가 있다.

기관씨 부인은 집안일을 빈틈없이 꼼꼼하게 하는 사람이었다. 공자는 기관씨 부인이 옆에서 집안일의 반을 잘 받쳐 주었기 때문에 '제가'를 할 수 있었다. 그래서 공자가 일상생활에서 그토록 까다롭게 구는데도 집안이 화목했다. 물론 공자가 딸들이나 며느리, 손녀, 여자 하인에 이르기까지 온 집안의 여인들을 친근하게 대하면서도 방자하지 않도록 잘 다루었기 때문이기도 할 것이다. '군자의 도는 부부로부터 시작된다'라고 말했던 공자는 틀림없이 기관씨 부인과의 사이가 좋았다. 그리고 공자의 아내인 기관씨 부인은 어질고 재능 있는 사람이 아니라고 해도, 적어도 남편의 뜻을 올바른 도리로 삼아 순종하는 사람이었다. 공자가 바라는 대로 집안의 여인들을 데리고 큰 살림을 아주 잘하는 여인 말이다.

지금 우리 집에 집안일을 할 줄 모르는 새로운 '가정부'가 들어온다면, 잘 다룰 수 있겠는가?

인생의 끝자락에 서서

논어를 읽는 재미

서당에서 공부한 사람, 나는 사서오경을 막힘없이 술술 읽을 수 있는 사람이 참으로 부럽다. 청나라 말기에 태어난 나는 소학교, 중·고등학교, 대학교를 다니면서 교과 과정에 있는 국어 수업을 듣기는 했다. 하지만 학교에서는 국어보다 수학, 과학, 영어를 더 중시했다. 하지만 나는 내가 읽어야 할 경전들이 아주 많다는 것을 알고 있었기 때문에 수업 시간 외에 스스로 경전을 찾아 조금씩 읽었다.

〈논어〉는 사서 중에 내가 제일 좋아하는 책이다. 정말 재미있다. 〈논어〉에 나오는 글귀를 한 구절, 한 구절 읽다 보면 신기하게도 사람이 보인다. 각자 뚜렷한 개성을 가진 공자의 제자들이 책 속에서 한 사람, 한 사람, 생기있게 살아 움직인다. 공자가 가장 중시하는 제자는 안연이고, 가장 편애하는 제자는 자로이다. 첸중수가 '당신도 공자가 자로를 가장 좋아하는 것이 느껴지는가?' 하고 물은 적이 있는데, 정말 그런 것 같다. 자로는 총명하고 재주가 많았다. 자로는 공자의 많은 제자 중에 가장 진솔하고 충성을 다하는 제자로서 늘 공자의 곁에 있었다. 공자는 말끝마다 '안연은 현명하구나'라고 칭찬했다. 하지만 안연은 하루 종일 공자와 이야기해도 어떤 문제든 다시 묻는 법이 없었다(어리석은 사람처럼 묵묵히 듣고만 있었다). 안연이 묵묵히 듣고만 있는 것은 공자의 가르침을 모두 이해했다는 표시이면서, 동시에 그의 훌륭한 자질을 보여 준다. 하지만 공자가 보기에는 아무런 반응이 없으니 '안연은 나를 도와주지 않는구나' 할 수밖에 없었다. 공자는 '나는 안연이 계속 정진하는 것만 보았지, 멈춰 있는 것을 보지 못했구나'라고 한탄했다. 그렇다면 자로는 어떠한가? 공자는 자로 역시 '남보다 앞서려는 사람', '한쪽 말만 듣고도 소송의 판결을 할 수 있는 사람', '하겠다고 승낙한 일을 지체하지 않는 사람' 등등의 말로 자신도 모르게 칭찬하고 있다. 자로는 공자가 칭찬하면 바로 얼굴에 기쁨을 드러내고 좋아해서 공자에게 꾸지람을 들었다. 공자가 '도가 행해지지 않으니 뗏목을 타고 바다를 향해 떠날까 한다, 나를 따라올 자는 아마도 자로일 것이다'라고 말

인생의 끝자락에 서서

했을 때도 자로가 그 말을 듣고 기뻐하니 공자는 바로 '자로야, 너는 나보다 더 용감하지만, 뗏목 만들 나무를 구해올 데가 없구나'라고 말했다. 그리고 또 공자는 자로가 다 해어진 솜 두루마기를 입고 여우 가죽 두루마기를 걸친 사람 옆에 서 있어도 당당할 수 있는 자라며 〈시경〉의 '시기하지 아니하고, 남의 것을 탐내지도 아니하니 어찌 선하다 하지 않겠는가'를 인용하며 칭찬하였다. 하지만 자로가 죽을 때까지 이 시구를 외우고자 하니 공자는 이것은 사람의 도리일 뿐인데, 어찌 시구만 가지고 충분히 아름다울 수 있겠느냐고 말한다. 공자는 안연에게 '관직에 등용되면 도를 행하고, 버림받으면 도를 간직한 채 은둔하는 태도는 오직 나와 너만이 가지고 있을 것이다'라고 속마음을 이야기한다. 자로는 공자에게 칭찬을 듣고 싶어서 '스승님께서 만약 삼군을 통솔하신다면 누구와 함께 하시겠습니까?'라는 질문을 하고 우쭐거린다. 공자는 이 질문에 '맨손으로 호랑이를 잡고, 걸어서 황하를 건너가 죽는 것을 두려워하지 않는 자, 그런 자와는 함께 하지 않을 것이다. 일을 하는 데 있어 반드시 두려움을 갖고, 잘 계획해서 성취하는 자와 함께 할 것이다'라고 매몰차게 가르침을 준다.

공자는 다른 제자들에게는 늘 예의를 갖춰 대했지만, 자로에게 명분에 대한 가르침을 줄 때는 조금도 예의를 차리지 않았다. 공자가 '자로야, 너에게 안다는 것이 무엇인지 말해 주마'라고 하자, 자로는 공자에게 조금도 예의를 차리지 않았다. 그러자 공자는 '반드시 이름값을 하도록 명분부터 바로 잡겠다'라고 말했다. 자로가 이어서 '아 그렇습니까, 그런데 스승님께서는 세상 물정에 어두운데 어떻게 바로잡는다는 말씀이신지요……' 하고 말하자, 공자는 참지 못하고 '자로는 참으로 야만스럽구나!'라고 말하며 가르침을 주었다. 안연은 공부하기를 가장 좋아하고 자로는 공부하는 것을 가장 싫어했다. 자로는 잘못이 있으면 생떼를 써서 감추려고 했다. 자로가 '어찌 책을 읽는 것만 공부가 되는 것입니까?' 하고 묻자, 공자는 이 물음은 묵살하고 자신은 허튼소리를 하는 사람을 싫어한다는 말만 해 주었다. 하지만 공자는 적당한 때를 보아 정확히 급소를 가격하는 도리를 설명해 주며 '앉아서, 내가 하는 말을 잘 듣거라' 하고 주의 깊게 들으라고 당부한다. 공자가 자로에게 내리는 가르침은 모두 자로가 공부하기 싫어하고, 책을 읽기 싫어하는 것에 대한 것이다. 한번은 몇몇 친근한 제자들이 공자 옆에서 시중을 들고 있는데, 민자는 강직한 모습이었고, 자로는 독살스럽게 필사적으로 공자 옆에 바싹 붙으려 하고, 염유와 자공은 환하게 웃으며 상냥하게 스승을 모셨다. 이때 공자가 기뻐하며 우스갯소리로 '자로는 순조로운 죽음을 맞지 못할 것이다'라고 말한다. 만약 자로가 나중에 정말로 순조롭지 못하게 죽을 운명인 것을 알았다면 공자는 차마 이 말을 하지 못했을 것이

인생의 끝자락에 서서

다. 공자는 음악을 좋아했다. 하지만 자로의 연주는 곡조가 맞지 않아 형편없었다. 한번은 자로가 슬瑟을 연주하는데 공자가 듣다 못해 앓는 소리를 내며 '자로는 어찌하여 내 집 문 앞에서 슬을 연주하고 있느냐'라고 한마디 한다. 제자들이 공자의 말을 듣고 자로를 무시하자, 공자는 또 자로를 감싸며 '자로는 대청까지 올 랐으나 아직 안방으로 들어오지 못한 것이다'라고 말해 준다(지금 까지의 설명은 나의 해석을 바탕으로 한 것이다. 〈공자가어孔子家語〉에 보면 자 로의 기질이 용맹하고 타협할 줄 모르는 기질이기 때문에, 슬을 연주하며 변 경 지역을 정벌하는 소리를 내었다고 한다. 하지만 아무리 용맹한 사람이라도 악기를 연주할 때는 통일된 음의 조화를 추구할 수 있을 것이다. 나는 자로가 그저 곡조에 맞지 않게 연주했다고 해석하였다).

자유, 자하도 공자가 좋아하는 제자이다. '내 고향의 젊은 제 자들은 일처리가 꼼꼼하지 않지만, 포부가 크고 문장에 멋이 있 다'라는 말은 아마도 문학에 재능을 보이는 자유와 자하를 가리 키는 말인 것 같다. 자유는 노력파였고, 자하는 겸손하였다. 공자 는 자유에게 농담을 잘했고, 자하에게 격려를 아끼지 않았다.

자공은 자부심이 대단한 사람이었다. 공자는 자공의 자부심 을 꿰뚫어 보고 '군자는 그릇이 되어서는 안 된다'라고 분명히 말 했다. 자공은 공자가 다른 사람을 칭찬하는 소리를 듣고 '저는 어 떤 사람입니까?' 하고 물었다. 그러자 공자는 '너는 그릇이구나'

라고 말했다. 하지만 자공은 보통 그릇이 아니고 아주 진귀한 '그릇', 바로 '제사를 지낼 때 곡식을 담는 옥그릇'이었다. 자공이 스스로 자부심을 느끼며 '저는 다른 이가 저에게 어떠한 강요도 하지 않기를 바랍니다. 또한 저 역시 다른 이에게 어떠한 강요도 하지 않기를 바랍니다'라고 말하자, 공자는 이에 단호하게 말한다. '자공아, 네가 할 수 있는 일이 아니다' 공자는 자공에게 일부러 이런 질문을 한다. '너와 안연 둘 중에 누가 더 낫다고 생각하느냐?' 자공은 자신의 분수를 알고 분별할 줄 알았다. '저를 어찌 안연과 비교할 수 있겠습니까? 안연은 하나를 배우면 열을 아는데, 저는 하나를 배우면 둘을 알 뿐입니다' 공자는 솔직하게 말한다. '안연보다 못한 것이다' 그리고 겸손한 한 마디를 더한다. '나와 너는 안연보다 못하다' 자공은 다른 사람의 단점을 지적하기를 좋아했다. 이에 공자는 자공에게 '자공아, 너는 그렇게 현명한 사람이더냐? 나는 다른 사람을 평가할 겨를이 없구나'라고 말했다. 자공은 주판을 다룰 줄 알고, 계산이 정확했으며, 이재에 밝아 장사를 잘했다. 공자는 '시장을 예측하여 판단하면 늘 적중한다'라고 말하며 자공을 칭찬했다.

공자가 가장 탐탁하게 여기지 않았던 제자는 재여였다. 재여는 잘 알지 못하는 일도 아는 것처럼 말했다. 공자는 틀린 말을 스스럼없이 하는 재여를 보고도 뭐라 하지 않았다. 이미 입 밖으

인생의 끝자락에 서서

로 나온 말을 가지고 꾸짖지 않은 것이다. 재여는 언행이 불일치하고, 듣기 좋은 말만 하면서 실천하지 않았다. 게으르기까지 해서 밥을 먹으면 바로 누워서 낮잠을 잤다. 공자는 '썩은 나무로는 조각을 하지 못한다'라고 말했다. 또한 '나는 사람을 대할 때 먼저 말을 듣고 그의 행동을 보았는데, 지금은 먼저 행동을 보고 그의 말을 생각하게 되었다'라고 말하며 재여의 말과 다른 행동을 보고 바뀌게 되었음을 이야기했다. 재여가 부모의 3년상이 너무 길다고 하자, 공자는 '자식을 낳으면 3년이 지나야 부모 곁에서 떨어진다'라고 말하며, 부모가 죽었는데 3년도 채 되지 않아 잘 먹고, 잘 입고, 편안하게 있을 수 있겠냐고 물었다. 재여가 '편안하다'라고 답하자, '네 마음이 편하다면 굳이 3년상을 치르지 않아도 되겠지'라고 답해 주었다. 공자는 재여가 밖으로 나가자 '재여는 어질지 못하구나……, 재여도 그의 부모에게서 3년 동안 사랑을 받았을 텐데' 하며 개탄하였다. 하지만 재여는 자공처럼 말재간이 좋았다. 둘 다 공자에게 조리 있게 말을 잘한다는 칭찬을 들었다.

〈논어〉를 보면 공자에게 한 마디도 묻지 않는 사람이 딱 한 사람 있다. 바로 진항이다. 진항은 늘 뒤에서 공자에 대해서 캐고 다녔다. 자공에게는 '스승님이 어떤 나라에 가시면 반드시 그 나라의 정치에 대해서 듣고 오는데, 이는 스승님이 물어보시는 겁

니까 아니면 그쪽에서 스승님께 가르침을 청한 것입니까?'라고
물었다. 또 공자의 아들 백어에게 사사로이 묻는다 '스승님께서
어떤 특별한 가르침을 내리셨나요?' 그러자 영리한 백어는 특별
한 가르침은 없었다고 답하며 〈시詩〉를 공부하고, 〈예禮〉를 공부
하라는 가르침이었다고 말한다. 진항이 우쭐해서 '하나를 물어
셋을 알게 되었습니다. 시를 공부해야 함을 알게 되었고, 예를 공
부해야 함을 알게 되었고, 또 군자는 자식을 편애하지 않는다는
것을 알게 되었습니다'라고 말했다. 백어는 공자에게 하나뿐인 아
주 귀한 아들인데 자신의 집안일을 진항에게 그대로 말할 리 없
다. 공자가 어떻게 아들인 백어를 다른 제자들과 똑같이 대할 수
있다는 말인가? 군자가 서로 자식을 바꾸어 가르치는 것은 매를
들고 꾸짖으며 가르치는 어린 나이의 자식일 때 그렇게 하는 것
이다. 백어는 이미 그렇게 가르칠 나이가 아니었다. 진항은 또 자
공에게도 너무 겸손한 것 아니냐고 말한다. '중니가 어떻게 자공
보다 현명하겠습니까?'라고 말하며 공자가 자공보다 못하다고 생
각했다. 사실 자공이 공자보다 현명하다고 말하는 이들이 꽤 많
이 있었다. 하지만 자공은 분수를 지키며 '중니를 함부로 폄하해
서는 안 됩니다', '중니는 해나 달처럼 결코 뛰어넘을 수 없는 존
재입니다', '제가 스승님에게 미칠 수 없는 것은 마치 하늘에 사
다리를 놓고 올라갈 수 없는 것과 같습니다'라고 거듭 말한다. 진

항은 공자의 제자 중에 가장 뻔뻔스러운 제자였다.

　제일 교만한 자는 자장이다. 공자 문하의 제자 중에 자장만이 유독 다른 이들과 어울리지 못했다. 자유는 '내 친구 자장으로 말할 것 같으면 참으로 보기 드문 사람이지만 어진 사람이라고 말할 수는 없다'라고 말했다. 그리고 증자도 '자장은 당당하지만 함께 인을 실천하기는 어렵다'라고 말했다.

　공자의 제자들은 모두 제각각 다른 개성을 가지고 있고, 공자는 그들의 개성에 맞는 가르침을 주었다. 공자의 제자들을 보면 공자에 대해서 조금 더 알게 된다. 공자는 끈기 있게 차근차근 잘 타일러 가르치는 스승이었고, 가르치는 일에 싫증을 내는 법이 없었고, 어떤 정해진 교육의 틀에 맞추려 하지도, 고리타분하지도 않았다. 공자는 음악을 사랑했고, 노래를 부르는 것도 좋아해서 누가 노래를 잘한다고 하면(그 사람에게 노래를 배우려고 그랬는지), 꼭 노래를 청하여 들었다. 하지만 조문을 간 날에는 노래를 부르지 않았다. 이처럼 공자는 사랑과 존경을 받을 만할 인물이었다. 〈논어〉는 정말 재미있는 책이다.

거울 속의 사람

거울 속의 사람은 연인의 눈에 비치는 내 마음속의 사람이다.

나를 사랑하지 않는 사람이 있을까? 나보다 더 내 마음을 잘 알고 있는 사람이 있을까? 나를 살뜰하게 보살피지 않고, 온전히 나를 이해하지 못하는 사람이 있을까? 그래서 거울에 비친 나의 모습은, 굳이 나르시시즘을 불러일으키지 않아도, 종종 연인의 눈에 비치는 모습보다 훨씬 더 내 마음에 든다. 사랑에 빠진 연인은 눈이 멀었다. 나는 그 연인보다 더욱 눈이 멀어서 나를 바라본다. 거울에 비친 내 모습이 나의 진짜 모습일까?

우리집에는 거울이 3개가 있다. 3개 모두 각도가 다르고, 빛의 방향이 다르고, 그래서 비치는 모습이 다 다르다. 예쁜 나를

보여 주며 아첨하는 거울이 있고, 못생긴 나를 보여 주는 잔인한
거울이 있고, 가장 솔직한 거울이 있다. 나는 아첨하는 거울을
바라보며 이야기한다.

— 나를 놀리지 마. '조명 아래 여배우'처럼, 잠시 예쁘게 보일
  수도 있겠지만 그게 진짜 내 모습은 아니니까.

나는 또 잔인한 거울을 바라보며 이야기한다.

— 내가 이 정도로 못생기지는 않았지. 조명이 형편없으니 이렇
  게 못생겨 보이는 거야. 내가 어디 이렇게 생겼다는 거야?

하지만 솔직한 거울 앞에서는 거울 속의 사람이 바로 진짜 나인
듯이 느껴진다. 사실 3개의 거울에 비친 내가 전부 나인데도 말
이다!

　내 얼굴이 조금 비뚤어졌다고 해도 매일매일 거울을 보면
익숙해져서 더 이상 비뚤어 보이지 않는다. 만약 눈이 한 짝이
크고 한 짝이 작은 짝짝이여도 계속 거울을 보다 보면 나중에는
짝짝이로 보이지 않는다. 오래된 친구나 남편 혹은 아내는 내 결
점에 이미 익숙해져서 봐도 잘 보이지 않게 된다. 나는 가끔 나에

게 아첨하는 거울 앞에 서서 스스로 위로한다. 또 나에게 잔인한 거울 앞에 서서 꾸며야 할 부분을 주의 깊게 본다. 사실 내가 정확히 알고 있는 나의 결점은 꽤 많다. 결점이 없는 모습과는 거리가 멀다. 하지만 어떻게 해야 나의 결점이 보일까? 이것은 실제로 예를 들어서 설명해야만 잘 이해할 수 있다.

예전에 우리 집에서 일했던 궈씨 어멈은 정말 못생긴 사람이었다. 중수는 못생긴 사람을 한 번 더 쳐다보는 것은 그 사람에게 너무 잔인한 일이라고 했다. 하지만 나는 궈씨 어멈 같은 사람을 한 번 더 쳐다보는 것은 오히려 나 자신에게 너무 잔인한 일이라고 생각한다. 궈씨 어멈이 처음으로 우리 집에 온 날, 나는 깜짝 놀라서 시선을 피해 버렸다. 정말 못생겨도 너무 무섭게 못생긴 사람이었다. 얼굴은 전체적으로 길쭉한 모양인데 중간이 넓고 위아래는 뾰족해서 마치 쪽 빨아 놓은 대추씨 같았다. 거기에 툭 튀어나온 광대뼈 사이로 작고 낮은 코가 박혀 있고, 눈꺼풀은 퉁퉁 부은 모양을 하고 있었다. 피부색은 누리끼리한 것이 마치 부스럼 딱지가 막 떨어졌을 때의 살색 같았다. 두툼한 입술은 불그레하고 윤기가 도는데, 긴장해서인지, 혓바닥을 반쯤 빼물고 있었다. 국수 가락처럼 길게 늘어진 머리는 번질번질하게 빗질해서 양쪽 뺨에 붙여 놓았는데 물기가 지르르 흘렀다. 마치 방금 물속에서 건져낸 사람 같았다. 궈씨 어멈은 전족을 해서 뒤뚱뒤뚱 걸

인생의 끝자락에 서서

었다. 걸을 때마다 팔꿈치를 발에 맞춰 앞으로 내밀며 걸었다.

예전의 어멈들은 지금의 '가정부'와 다르다. 어멈들에게는 나름대로 규범이 있다. 돈이나 물건을 훔치는 것은 절대로 안 되지만 시장을 볼 때 조금씩 돈을 떼어 이른바 '바구니 입'에 넣어 주는 것은 괜찮았다. 주인집에서 장을 볼 때 물건을 많이 사면 바구니 입에 들어가는 것도 많으니 좋다. 나는 살림을 야무지게 하지 못하는 사람이라 어멈이 고기 반 근을 주면서 한 근을 사 왔다고 해도 그런 줄 안다. 그리고 생선도 죽었는지 살았는지, 그것만 알 뿐이지, 무슨 생선인지는 모른다. 귀씨 어멈의 바구니 입은 아주 흡족했다. 귀씨 어멈의 한 달 월급보다도 더 많은 돈이 그리로 들어갔다. 귀씨 어멈은 처음에 들어오면서 월급을 선불로 받고 싶다고 해서 그렇게 하기로 했다. 하지만 월급 먼저 받고 일한 지 겨우 한두 달이 지났을 뿐인데 귀씨 어멈은 얼굴에 월급을 올려 달라는 말을 쓰기 시작했다. 내가 보고도 무슨 뜻인지 알아채지 못하니 바로 와당탕 와당탕 접시가 깨지고 밥공기가 깨졌다. 우리집 어멈의 월급은 다른 집보다 많았지만 나는 또 월급을 올려 주었다. 절대로 밖에 나가서 월급이 올랐다는 말은 하지 말라고 당부했지만 귀씨 어멈은 말로만 그러겠다고 하고 바로 소문을 냈다. 그래 놓고는 다시 나에게 와서 집마다 전부 월급이 올랐다는 말을 또 전한다. 우리집만 월급이 오른 것이 아니라고 말이다. 궈씨 어멈이 이렇게 밖에 나가서 말하고 다니니, 우리집 어멈의 월급을 올려 주는 것도 이웃집에 폐가 될 수 있었다. 나는 월급을 올려 주지도 못하고 궈씨 어멈의 눈치만 보았다.

궈씨 어멈은 미적 감각이 아주 뛰어났다. 수준이 너무 높아서 보통 사람들이 보기에는, 눈에 모래알이 들어간 것처럼, 쳐다보기가 껄끄러울 정도였다. 한번은 궈씨 어멈이 어느 고위 간부부인의 외모에 관해서 이야기한 적이 있다. 썩어 문드러진 복숭아 같은 눈 두 짝에, 광대뼈는 툭 튀어나오고, 코도 낮고, 전족으로 뒤뚱뒤뚱 걸으면서……, 나는 깜짝 놀라서 그녀를 쳐다보았다. 그건 바로 자네 아닌가?

우리집은 도시의 외곽에 있어서 머리 손질을 할 만한 미용실이 없었다. 내가 커트 정도는 할 줄 알기 때문에 중수와 딸아이의 머리는 내가 직접 잘라 주었다. 하지만 내 머리는 시내까지 나가서 파마머리를 했다. 보통 파마머리를 한 번 하고 오면 일 년 반이 지날 때까지 다시 시내 미용실에 가지 않는다. 그러던 어느 날 국수 가락 같이 축축 늘어졌던 궈씨 어멈의 긴 머리가 나와 똑같은 파마머리로 바뀐 것을 보았다. 나는 깜짝 놀랐다. 그 후에 모임에 갔다가 바이양을 만났다. 우리는 자주 만나는 사이는 아니지만 서로 이야기가 잘 통하는 편이었다. 바이양이 내게 물었다.

― 그런 모양을 내려면 머리를 어떻게 말아야 하나요?

나는 웃으며 말했다.

― 내가 물어보고 싶은 말이에요.
　그런 모양을 내려면 머리를 어떻게 말아야 하나요?

우리는 서로 머리 모양을 내는 방법에 관해서 이야기를 나누었다. 알고 보니 둘 다 방법은 같은데 방향만 다른 것이었다. 바이양은 안쪽으로 말아서 모양을 내고 나는 바깥쪽으로 말아서 모양을 낸 것이다. 다음날 나는 바이양의 방식대로 안쪽으로 말아보았다. 그런데 그 후로 귀씨 어멈도 똑같이 머리를 안쪽으로 말아서 모양을 내고 왔다. 귀씨 어멈은 고데기도 없는데 어떻게 머리 모양을 냈는지 알 수 없었다. 속으로 웃음이 나왔다. '안방마님 행세하는 계집종'이로군. 그런데 다시 생각해 보니 이런 생각이 들었다. 귀씨 어멈이 '안방마님 행세하는 계집종'이라면, 나는……, '여배우 행세하는 안방마님'이 되는 것일까?

　귀씨 어멈은 바느질을 아주 잘했다. 재단도 할 줄 알았지만, 귀씨 어멈의 규범에 따르면 바느질은 그녀가 해야 할 집안일이고 재단은 그녀가 해야 할 집안일에 속하지 않기 때문에, 절대로 재단은 하지 않았다. 귀씨 어멈은 자신이 재봉사로 일하는 것이 아니기 때문에 바느질만 해야 한다고 생각했다. 그래서 옷을 만들 때는 내가 먼저 옷감을 잘라 놓고 귀씨 어멈이 바느질만 해서 옷을 완성했다. 귀씨 어멈은 결코 재봉사의 일까지 한 것이 아니었다. 하지만 나는 오래오래 귀씨 어멈의 바느질 덕을 보았다.

귀씨 어멈이 우리집에 들어온 후, 얼마 되지 않아 중수는 시내로 나가서 주말에만 집으로 돌아왔고, 딸아이도 시내에 있는 학교 기숙사에서 생활했다. 집에는 나 혼자 있었는데 어쩌다 내가 아파서 침대에서 일어나지 못하고 있어도 귀씨 어멈은 어디가 아프냐고 묻거나 내가 괜찮은지 살펴보러 오는 법이 없었다. 그러다가 한번은 귀씨 어멈이 아파서 누워 있기에 죽을 쑤어서 침대 머리맡에 한 그릇 가져다 주었다. 귀씨 어멈은 내가 굉장히 이상한 일을 한 것처럼 깜짝 놀라더니 그 후로 조금씩 나를 대하는 태도가 달라졌다. 자신의 속 이야기를 하기 시작했다.

귀씨 어멈은 안쪽 주머니에서 너덜너덜하게 해어진 편지 한 장을 꺼내어 보여 주었다. 남편이 보낸 이혼서였다. 귀씨 어멈은 사관학교를 졸업한 남편과 결혼하여 아들을 하나 낳았고 그 아들은 지질 탐사대에서 일한다는 이야기를 했다. 우리집에도 몇 번 다녀갔는데 아주 잘생긴 아들이었다. 귀씨 어멈의 친정에서 남편의 사관학교 학비를 대주었는데, 마지막 학기의 학비를 보내고 나서 곧바로 이혼서를 받았다고 한다. 사람이 어쩌면 그렇게도 위선적일 수가 있는지, 나는 편지를 읽으면서 온몸에 소름이 돋았다. 남편은 분명히 귀씨 어멈의 못생겨도 너무 무섭게 못생긴 얼굴을 보고 많이 놀랐을 것이다. 귀씨 어멈과 결혼 후 1~2주 만에 다른 여인을 만났고, 둘 사이에 아들도 하나 낳았다. 귀씨 어멈의 아들은 아버지와 왕래하며 배다른 동생도 1~ 2달에 한 번씩 만난다고 한다. 귀씨 어멈은 매달 아들에게 자신의 한 달 월급의 갑절에 달하는 돈을 부쳐 주었다. 아들이 보내온 편지도 남편의 이혼서 만큼이나 해어져 있었고, 이혼서 만큼이나 소름이 돋았다. 나는 정말 참기 어려웠지만 매월 귀씨 어멈에게 그 소름 돋는 편지를 읽어 주고 답장을 대신 써 주었다. 귀씨 어멈은 내가 죽을 쑤어다 준 것이 고마웠고 나는 귀씨 어멈이 못생겼다는 이유로 남편이 도망가 버린 것이 안타까웠다. 우리 둘 사이에는 아주 옅은 감정이지만 약간의 정이 있었다. 하지만 귀씨 어멈이 나를 얕보고 괴롭히는 것이 최고조에 달했을 때 나는 그녀를 내보냈다. 그동안 귀씨 어멈을 내보내려고 할 때마다 울면서 인정에 호소하는 바람에 모질게 대하지 못한 것뿐이었다. 귀씨 어멈은 우리집에서 11년이나 일했지만, 솔직히 나는 귀씨 어멈을 좋아하지 않았다.

　매일 거울 앞에서 화장을 하는 귀씨 어멈을 보고 있으면 이

상하게 내 눈에도 궈씨 어멈이 보는 '거울 속의 사람'이 보였다. 몸매도 늘씬하고, 발이 조금 작기는 하지만, 어떤 남자들에게는 전족이 예스러워서 아름답게 느껴질 수도 있겠다는 생각이 들었다. 두툼한 눈꺼풀도 부어오른 것 같지 않고, 얼굴도 거칠어 보이지 않고, 두꺼운 입술도 두꺼워 보이지 않고 그 길쭉한 얼굴도 둥글게 보일 수 있을 것 같았다.

궈씨 어멈이 바느질로 옷을 지으면 매번 별도의 보수를 챙겨 주었지만. 입지 않는 헌옷가지들도(새것과 다름없는 코트 같은 것도) 전부 주었다. 그러면 궈씨 어멈은 안감이며 겉감이며 고치고 또 고쳐서 몸에 딱 맞게 만들어 입었다. 11년 후에 우리집이 간멘후통으로 이사했을 때, 그 동네에서 덜떨어진 사람으로 유명한 우체부가 궈씨 어멈을 보고 첫눈에 반해버렸다. 몇 번이나 고개를 들어 우리집이 있는 3층을 바라보더니 '그 집의 가정부는 정말 세련되었어요!'라고 말했다. 궈씨 어멈이 이미 우리집 일을 그만두고 그저 이사만 도와주러 왔으니 망정이지 하마터면 우체부가 상사병이 날 뻔했다. 나는 '거울 속의 사람'과 '내 마음속의 사람'이 같기도 하고 다르기도 하다는 것을 알게 되었다. 나는 궈씨 어멈의 '거울 속의 사람'을 보았고 덜떨어진 우체부의 눈에 비친 궈씨 어멈의 '마음 속의 사람'도 보았다. 나는 궈씨 어멈을 통해서 많은 것을 깨닫게 되었다. 궈씨 어멈이 스스로 아름답다고 생각하는 것은 하나의 극단적인 예이다. 하지만 귀씨 어멈이 나보다 더 못생겼다고 해도, 혹은 더 예쁘다고 해도, 그 차이는 오십보백보일 뿐이다.

이처럼 거울 속에 분명하게 비치는 겉모습도 자기 자신은 그대로 보지 못한다. 사람의 품성(정신의 생김새)은 겉모습보다 훨씬 더 보기가 어렵다. 대부분 스스로 '나는 이러이러한 사람이다'라고 생각하고, 나를 그런 사람으로 믿고, 그런 사람이 하는 행동을 하는 것뿐이다. 이것이 바로 '물을 거울로 삼지 않고, 사람을 거울로 삼는 것'이 아니겠는가! 다른 사람의 눈에 비친 나의 모습은 내가 그 사람에게 보여 주고 싶은 나의 모습이다.

그는 자신도 속인 것인가

1953년 '원계조정'이 끝난 후에 우리 부부는 함께 문학연구소 외국문학팀에서 일하게 되었다. 우리 팀에 고대 그리스·로마 문학의 전문가가 한 명 있었는데, 그는 세계 각국에서 유학하고 소련의 풍운아인 아무개 장군이 귀국할 때 함께 고국으로 돌아왔다고 자신을 소개했다. 그는 소련 문학 전문가이기도 했다. 하지만 얼마 지나지 않아 그의 말이 거짓으로 드러났고, 그가 한 발자국도 국경을 넘은 사실이 없음이 밝혀졌다. 하지만 그는 그리스·로마 문학에 관해서 대단한 실력을 갖추고 있었고 여느 유학파 못지않았다. 더구나 중국어의 기초가 튼튼했고 문장력도 좋았다. 러시아어도 할 줄 알기 때문에 오히려 그리스의 유학파보다 한 수 위였다. 그는 그 일로 실직하지는 않았지만, 연구소 내에서 '사기꾼(정말 웃기는 사기꾼)'으로 불리게 되었다.

우리집은 그와 인연이 있었다. 예전에 우리가 사무실 건물 한 칸에서 살았을 때 그의 집이 바로 우리집 맞은편에 있는 사무실이었다. '사기꾼'의 아내 역시 우리와 같은 연구소에서 일했는데 어떤 일을 했는지는 지금 잊어버렸고 나와 같은 나이였던 것만 기억난다. 그의 아내는 후덕하고 너그러운 사람으로 우리 두 집은 사이좋게 자주 왕래하며 지냈다. 그는 아들이 둘, 딸이 하나 있었다. 아이들도 우리 집에 자주 와서 놀았다. 큰아들은 전자 제품 수리도 할 줄 알고, 종종 작은 발명품을 만들어내기도 하는, 아주 총명한 아이였다.

그의 집에서는 성요한상과 성모마리아상을 모시고 있었다. 기독교는 성모상을 모시지 않으니 천주교도임이 분명했다. 중수와 나는 그가 선교사들에게서 그리스·로마 문학을 착실하게 배운 것이 아닐까 생각했다. 깊은 밤 무엇인가 낭송하는 소리가 들려오면 그는 뭔가 배우는 것을 좋아하는 사람이 아닐까, 그래서 독학이 가능했던 것일까, 러시아어 수준을 보면 독학한 것 같은데……, 하면서 계속 그에 대해서 추측하였다.

우리가 살았던 작은 사무실 건물에는 모두 4가구가 살고 있었다. 화장실 하나를 공동으로 썼는데 집마다 식구들이 적지 않으니 아침에 화장실에 가려면 길게 줄을 서야 했다. 더구나 화장실이 아래층에 있어서, 우리집 식구들은 내려갔다가, 사람이 있으면 다시 올라오고, 잠시 후에 또 내려가기를 반복했다. 그러던 중 맞은편에 사는 그의 큰아들이 화장실에 사람이 있는지 없는지 알려주는 장치를 발명하였다. 그의 집 문 앞에 걸린 작은 전구에 빨간불이 켜지면 화장실에 아무도 없는 것이다. 작은 전구 밑에는 마르크스의 초상화가 걸려 있었는데 빨간불이 켜지면 마르크스 얼굴이 붉게 변했다. 우리는 마르크스가 얼굴을 붉히면 바로 화장실로 내려갔다. 그의 집 아이들은 모두 총명했다. 아버지 역시 총명하리라고 추측하기에 충분했다. 총명한 그가 왜 스스로 세계 각국에서 유학한 사람이라고 소개하는 무모한 짓을 했을까? 정말 이해할 수 없었다. 그의 아내는 그 말이 사실이라고 믿고 있었을까? 그의 아이들도 아빠가 거짓말을 하고 있다는 것을 알았을까?

우리 두 집이 서로 이웃하며 지낸 시간은 그리 길지 않았다. 아마도 1~2년 정도였을 것이다. 이사를 하고 난 이후에도 우리는 그의 집과 계속 왕래했었다. 그들 부부는 이미 오래전에 차례로 세상을 떠났고 '정말 웃기는 사기꾼'도 사람들의 기억 속에서 사라졌다. 그 거짓말만 아니었더라면 그는 모두에게 존경받았을 것이다. 나는 지금도 그의 가족들이 진실을 알고 있었는지 궁금하다.

　사람은 자신의 부족한 부분에 대해서는 스스로 속이려고 한다. 자신이 한 거짓말이라도 같은 말을 3번 반복하면 그 말이 사실이라고 믿게 된다. 이런 예는 주변에서 흔히 찾아볼 수 있다. 내 친구 중에서도 지금 당장 이름을 댈 수 있는 사람이 여럿 있다. '정말 웃기는 사기꾼'의 예는 아주 극단적인 경우이지만 남을 속이고 자신도 속이는 것은 사람이면 누구나 가질 수 있는 보통의 마음이다. 다만 그 정도가 사람에 따라 다를 뿐이다.

가난한 사람들

길에서 얼어 죽고

상하이가 함락된 이후, 거리에는 굶어 죽고, 얼어 죽은 시체가 아무렇게나 널려 있었다. 모두 '화쯔'라고 불리는 사람들의 시체였다. 나는 걸어서 출근했는데, 중간에 황량하고 외진 공터를 지나야 했다. 한번은 밤새 눈이 많이 내려서 질척이는 길을 걷고 있는데, 얼어 죽었는지 굶어 죽었는지 모를 화쯔가 보였다. 누군가 덮어 준 거적 밑으로 맨발이 비죽 솟아 나와 있었다. 지나가는 사람들이 화쯔를 보고 말했다. 아직 숨이 붙어 있어, 두 발이 하늘 위를 향하고 있잖아.

퇴근할 때 보니 하늘 위를 향하고 있던 두 발이 '팔八'자 모

인생의 끝자락에 서서

양으로 늘어져 있었다. 완전히 죽은 것이다. 화쯔의 시체 옆에 지전 뭉치를 놓는 사람은 있지만 지전을 태워주는 사람이 없었다. 꽁꽁 얼어붙은 길 위에서 꼬박 하루를 누워 있던 화쯔는 '보선산장普善山莊' 직원이 엉성한 널빤지 관 속에 넣어서 들고 갔다. 보선산장은 상하이에 있는 자선단체인데, 자선사업으로 돈을 벌기 때문에 그곳에서 일하는 사람들을 '위선자'라고 불렀다.

또 한번은 토지신 사당에서 죽은 사람을 보았다. 중수와 친구를 만나러 나갔다가 다리가 아파 작은 토지신 사당에 들렀다. 높은 사당 문턱에 앉아 쉬려는데 문 안쪽으로 웅크린 채 죽어 있은 시체가 보였다. 이미 딱딱하게 굳은 지 오래된 시체였다. 우리는 그 자리에서 벌떡 일어났다. 언제, 또 누가 거두어 줄지 알 수 없는 시체를 뒤로하고 정신없이 도망쳤다.

자선 죽을 얻어먹고

중일전쟁이 끝났을 때 나는 푸위안에 살고 있었다. 전단여자중·고등학교로 출근하려면 학교 후문 쪽으로 가는 길이 지름길이었다. 학교 후문 앞의 샤페이루 거리에는 보선산장 사람들이 자선 죽을 나눠 주는 장소가 있었다. 나는 출근하면서 자선 죽을 먹고 있는 화쯔들을 자주 보았다.

화쯔들은 빈 깡통이나 찌그러진 밥그릇을 들고 질서정연하게 줄을 서 있었다. 자선 죽은 충분했기 때문에 앞다퉈 줄을 서지 않아도 되었지만, 그렇다고 해서 두 사람의 몫을 받을 수는 없었다. 아주 걸쭉하고 따뜻한 죽이었다. 큰 국자로 두 국자를 퍼 주는데, 깡통에 넘칠 듯이 가득 퍼 준다. 한 번에 먹기에는 많아서 두 끼니를 해결할 수 있다. 아침에는 따뜻하게 한 끼 먹고, 저녁에는 차갑게 또 한 끼를 먹는다. 죽이지만 하루 두 끼를 먹으니 굶어 죽지는 않는다. 자선 죽을 받아 가는 사람은 모두 혼자였고, 다 해어진 얇은 옷을 걸치고 있다. 화쯔들은 햇볕이 드는 자리를 차지하려고 서로 싸우는데, 터줏대감 축에 드는 화쯔는 햇볕이 따뜻하고 바람이 들지 않는 좋은 자리를 골라 앉아서 희희낙락하며 죽을 먹는다. 가끔 품속에서 땅콩 한 줌이나 무말랭이를 꺼내서 죽 위에 얹어 먹는 화쯔가 있지만 대부분 받아 온 죽만 묵묵히 먹는다. 한번은 부자지간으로 보이는 화쯔들을 보았는데 더 이상 해어질 수 없을 정도로 낡은 옷을 입고 있었다. 둘 다 고개를 떨구고 구석에 앉아서 죽을 먹고 있었다. 얼굴에 근심이 가득했다. 아직 구걸까지는 하지 않지만, 집안에 쌀이 떨어지니 하는 수 없이 온 듯했다. 나는 집에 가서 중수에게 화쯔 부자 이야기를 해 주었다. 너무도 안타까웠다. 자선 죽을 먹는 화쯔를 보면 언젠가 길에서 보았던 굶어 죽은 두 구의 시체가 생각났다. 그들은 왜 자선 죽을 먹으러 오지 않았을까? 병들어 움직일 수 없

인생의 끝자락에 서서

었던 것일까?

장님은 배고파 죽네

상하이가 함락되었을 때, 첸중수 일가는 큰길가에 있는 셋
집에 살고 있었다. 매일 집 밖에서 '배고파 죽네! 배고파 죽네! 장
님은 배고파 죽네!' 하는 소리가 들려왔다. 대문을 나서면 어김
없이 이 배고픈 장님이 다가왔고, 길을 건너려면 장님에게 동전
을 하나씩 주어야 했다. 장님은 한 손으로는 지팡이를 짚고 다른
한 손으로는 허공을 더듬고 있었는데 두 눈을 모두 뜨고 있었다.
자동차가 별로 없던 시절이고, 24번 전차와 1인 혹은 2인용 삼륜
자전거만 다니는 길이라서 그렇게 위험한 길이 아니었다.

그때 나는 소학교에 반나절 수업을 하러 다녔다. 아침 일찍
24번 전차를 타고 종점에서 내린 다음, 걸어서 '삼부관三不管'지역
을 지나, 다시 전차를 갈아타고 종점까지 가야 학교에 도착했다.
삼부관 지역은 공동 조계 지역도, 프랑스 조계 지역도 아니고 그
렇다고 중국 괴뢰정부의 관할 구역도 아니어서 깡패들이 어디서
나타날지 모르는 곳이었다. 수업을 마치고 돌아올 때 보면 야시
장이 열려서 시끌벅적 소란했다. 인력거꾼이나 삼륜자전거꾼들
은 하루 종일 일하고 저녁에 노점에 둘러앉아서 죽은 다자셰 게
를 먹는다. '화쯔 죽은 게 먹듯 다 좋다고 한다'라는 속담에 딱

들어맞는 광경으로 그들은 생강과 식초까지 곁들여 제대로 다자세 게를 먹었다. 게는 모두 끈으로 묶여 있었는데 크기가 아주 컸다. 살아있는 신선한 게가 아니어도 정말 맛있어 보였다. 수업을 마치고 돌아갈 때는 나 역시 견딜 수 없게 배가 고플 때라서 그 광경에서 눈을 떼기가 어려웠다. 하지만 내가 조금이라도 걸음이 늦춘다면 어느새 건달들이 등 뒤에서 '다자세 게를 먹으러 왔소?' 하고 물을 것이니, 뒤도 돌아보지 않고 서둘러 그 자리를 떠났다.

그러던 어느 날 다자세 게를 파는 노점 근처에서 '배고파 죽네'라고 외치던 장님을 보았다. 장님은 공터 수돗가 앞의 석판 바닥에 앉아 있었고 옆에는 반쯤 마신 술잔이 놓여 있었다. 장님 주위로 한 패거리가 빙 둘러앉아 있었다. 장님이 패거리의 두목인 것이 분명했다. 손짓 발짓을 해가며 뭐라 장황한 연설을 하고 있었다. 그러다가 장님이 자신을 쳐다보고 있는 나를 발견했다. 순간 그의 눈빛에 살기가 번뜩였고 나는 깜짝 놀라 얼른 그 자리에서 멀리 도망쳤다. 살기가 번뜩이는 눈빛이 계속 나를 쫓아오는 것만 같았다. 그 후로 '장님은 배고파 죽네'라는 소리가 들리면 조심해서 피해 다녔다. 나는 그에게 악의가 없지만 살기가 번뜩이는 그의 눈빛이 너무 무서웠다. 나는 프랑스 책 〈거지시장〉을 읽고 나서, 팔이 잘리거나, 다리가 한 짝이거나, 온몸이 상처로 뒤덮인 거지들이 매일 아침 일찍부터 분장하고 나오는 가짜라는 것을 알고 있었다. 하지만 아무런 분장도 하지 않은 눈 뜬 장님을 의심해 본 적은 없었다. '군자는 기교로 속일 수 있다'라는 말은 참말이었다. 살기가 번뜩이던 가짜 장님의 두 눈을 떠올리면 지금도 오싹해진다.

허튼 생각

허튼 생각 하나

나는 사악하지 않다. 적어도 18층 지옥으로 떨어질 만큼은 아니다. 하지만 평생 살아오면서 쌓아 놓은 죄업이 한 무더기는 될 것이고 작은 실수였지만 결국 큰 죄가 되어 버린 것도 있을 것이다. 어리석고, 이기적이고, 허영에 사로잡혀 나도 모르게 수많은 죄를 지었을 테니 죽은 후의 내 영혼은 아무래도 천당에 있지는 않을 것 같다. 잘못을 뉘우친다고 해도 죄업이 사라지지 않으니 고분고분하게 지옥으로 가서, 영혼을 갈고 닦아 깨끗하게 만들라고 할 것이다. 그런데 그다음에는 어떻게 되는 것일까? 살아생전에 함께했던 내 가족을 만날 수 있을까?

부모님 생각이 난다. 어머니와 아버지는 나를 낳고, 기르고, 가르쳤지만, 정작 부모님이 나를 필요로 할 때 나는 그 곁에 있지 않고 외국에서 즐겁게 지냈다. 집을 간절히 그리워하기는 했지만 그것이 보답이 될 수 있을까? 매월 음력 11일에 뜨는 반달을 보면 내 결혼식 이틀 전, '신부 맞이' 할 때가 생각난다. 부모님은 '신부 맞이'를 준비해 놓고 방으로 들어가서 나오지 않았다. 아마도 두 분 다 방안에서 서운한 마음을 달래느라 그랬을 것이다. 늘 부모님을 저버렸다는 생각이 지워지지 않는다. 이 죄를 어떻게 용서받을 수 있을까?

내 부모님은 모범적인 부부였다. 시집간 딸 셋은 모두 어머니 근처에도 따라가지 못한다. 딸들은 모두 어머니처럼 온화하고 살뜰하게 남편을 돌보지 못한 것을 부끄러워했다. 나 역시 남편에게 그러지 못했다는 자책이 마음에 남아 있다. 적어도 까다롭게 굴거나 제멋대로 하지 말아야 했다.

내 딸을 생각하면……, 나는 오직 하나밖에 없는 딸에게도 엄마로서 책임을 다하지 못했다. 남동생이 아팠을 때 어머니는 아들을 데리고 상하이까지 가서 병원이란 병원은 다 찾아다녔는데도 자신이 어미 노릇을 다 하지 못했다며 자책했다. 그런데 나는 오진만 믿고 있다가 딸아이의 암이 말기에 이를 때까지 어떤 상태인지 제대로 모르고 있었다, 그 고통이 얼마나 심했는지도 딸아이가 세상을 떠나고 나서야 친구에게 보낸 편지를 보고 알았다. 이 부족함을 어떻게 용서받을 수 있을까?

소크라테스는 독약을 마시고 죽음을 기다리며 자신이 생각하는 이상적인 천당과 지옥을 이야기한다.

영혼은 고통의 바다에 몸을 담그고 자신이 생전에 고통을 주었던 사람들에게 용서를 구한다. 그들이 모두 용서해야만 다시 새로운 영혼으로 태어날 수 있다.

부모님은 아주 오래전에 나를 용서했다고 할 것이다. 그리고 고통의 바다에서 허우적대며 용서해 달라고 소리치는 나에게 이렇게 말할 것이다.

— 지캉아, 어서 이리로 올라오너라. 우리는 오랫동안 너를 다시 만나는 날을 기다렸단다.

또 내가 중수와 아위안를 향해 용서해 달라고 소리친다면 그들도 역시 아주 오래전에 나를 용서했다고 하며 이렇게 말할 것이다.

— 엄마, 어서 이리로 올라와요. 우리는 오랫동안 엄마를 다시

만나는 날을 기다렸어요.

하지만 가족이 용서해도 내 죄가 없어지지는 않을 것이다.

늙은이의 앞날은 병과 죽음뿐이다. 나는 한바탕 병으로 고통받고, 죽느라 또 한바탕 고통받고, 다시 지옥으로 가 죄를 씻느라 또 고통받을 것이다. 하느님은 자비롭다. 하지만 살아생전에 묻혀 온 때를 깨끗하게 씻지 않으면 내가 왔던 그곳으로 다시 '돌아가기'는 쉽지 않을 것이다.

허튼 생각 둘

그런데, 만약 천당에 간다면 어떤 옷을 입고 갈까? 여기서 '옷'이란 수의처럼 죽은 몸에 걸치는 '옷'이 아니라 어떤 '모습'을 말한다. 만약에 지금과 같은 이런 모습이라면 중수와 아위안은 알아보겠지만, 어머니와 아버지는 나를 알아보기 어려울 것이다. 내 어머니는 아주 젊을 때, 60살이 되기 두세 달 전에 돌아가셨고 아버지도 겨우 67살에 돌아가셨다. 만약 내가 지캉이라고 말하면 어머니는 깜짝 놀라서, 네가 지캉이냐? 조금도 지캉 같지가 않구나, 하고 말할 것이다. 어머니 곁을 떠나 외국으로 나갈 때 나는 겨우 24살이었다. 어머니는, 네가 나보다 더 늙었구나! 하며 웃을지도 모른다. 아버지와 헤어졌을 때는 33살이었다. 아버지는 고개를 갸웃거리며 이렇게 말할지도 모르겠다. 지캉이 늙으니 할머니 모습과 똑같구나, 내가 어머니라고 불러도 되겠다.

나는 15~16살 때의 모습이 가장 아름다운 것 같다. 만약 천당에 간다면 청초한 아가씨였던 나, 그때의 '옷'을 입고 가고 싶다. 하지만 15~16살의 내 모습이라면 어머니 아버지는 당연히 좋아하겠지만, 중수와 아위안은 나를 못 알아볼 것이다. 나라고 설명해도 믿기 어려울 것이다. 중수는 이렇게 청초한 아가씨를 아내로 대할 수 없을 것이고 아위안도 나를 어린 손녀 보듯이 쳐다볼 것이다.

사람이 죽은 후에도 그 영혼이 살아생전의 모습으로 남는다면 아름다운 사람은 괜찮겠지만 못생긴 사람은 어쩌란 말인가? 계속 그렇게 영원히 못생긴 모습으로 남아야 한다면 스스로 견딜 수 없을 테니, 〈요재지이 聊齋志異〉에 나오는 화피 요정처럼 매일 밤 예쁜 모습이 그려진 가죽을 뒤집어쓰고 아름다운 모습으로 변할 수 있다면 좋을 것이다. 하지만 아무리 아름다운 모습이라도 가족이 알아보지 못한다면 외롭고 쓸쓸한 영혼이 될 수밖에 없다.

가족이 막 세상을 떠났을 때는 꿈에서라도 보고 싶지만 꿈에 나타나지 않는다. 아주 오랜 시간이 지나야 비로소 꿈에서 만날 수 있다. 나는 홀로 된 지 10년이 다 되어가니 꿈에서 자주 가

인생의 끝자락에 서서

족을 만난다. 하지만 꿈속에서는 그저 내가 그 사람이라고 느끼는 것뿐이다. 구체적인 모습이나 옷차림이 생각나지 않는다. 그렇다면 영혼은 육체를 벗어나도 서로 알아볼 수 있고, 영원히 변하지 않는 것일까? 마치 꿈에서 만난 것처럼 아주 잘 알아볼 수 있는 것일까?

슈슈의 이야기

이 이야기는 너무 길어서 주석으로 넣지 않으려고 했다. 하지만 지어낸 이야기가 아닌 실제 인물이 겪은 실화이기 때문에 주석으로 넣는다. 어머니에게 전해 들은 그녀의 증조부 이야기는 제외하였다. 뒷부분에 장황하게 늘어지는 이야기도 일부 삭제하였고, 모두 가명을 써서 옮긴다. 사람이 살다 보면 소설보다도 더 기이한 일들이 실제로 일어난다. 다음은 그녀가 직접 구술한 것을 그대로 옮긴 것이다.

*

아마 할머니는 상상도 못할 거예요. 내가 어릴 적에 얼마나

인생의 끝자락에 서서

가난했고, 얼마나 고생했는지 말이에요. 한겨울에 바지도 못 입고 다녔다니까요! 맨다리를 드러내 놓고 다니니 얼마나 추웠겠어요! 둘째 할머니가 안 입는 덧바지가 있어서 그걸 가져다가 두 다리에 한 짝씩 꿰고 나면 좀 따뜻해졌어요. 그런데 가랑이 두 짝으로 된 덧바지로는 양쪽 허벅지까지만 가릴 수 있잖아요. 재봉사인 외삼촌한테서 자투리 천을 얻어다가 가랑이 두 짝을 이어 붙이고 그 위에 천을 다시 덧대서 바지 비슷한 모양을 만들어 입었어요. 그때 내가 고작 몇 살이었는지 아세요!

할머니, 내가 처음부터 다 이야기할 테니 들어보세요. 엄마한테 들은 이야기를 보태지도, 빼지도 않고 사실 그대로 이야기할 거예요. 우리 엄마는 착실하고 솔직한 사람이라 잘 모르고 하는 이야기는 있을 수 있어도, 일부러 꾸며낸 이야기는 하나도 없을 거예요.

우리 고향은 안후이예요. 고향 마을은 '우씨촌'이라고 부르는 곳인데 성씨가 우씨인 사람이 대부분이지요. 우리집은 덩씨성이니 성씨만 봐도 토박이가 아닌 걸 알 수 있지요. 우리 증조할아버지는 부뚜막을 쌓는 미장공이었어요. 한쪽 어깨에는 이불을 걸치고 다른 쪽 어깨에는 두 개 주머니가 달린 천을 앞뒤로 걸치는데 한쪽 주머니에는 밥그릇하고 젓가락, 다른 한쪽에는 일할 때 쓰는 나무흙손이나 쇠로 만든 흙칼을 넣고 다녀요. 증조할아버지는 골목마다 다니면서 부뚜막을 고쳐 주고 밤이 되면 남의 집 처마 밑에서 이불을 둘둘 말고 잤대요.

어느 해인가 유난스레 겨울이 추웠다고 해요. 섣달그믐에 밤이고 낮이고 눈이 막 퍼부었는데, 글쎄, 눈이 얼마나 많이 왔는지 집 앞에 쌓인 눈 때문에 대문이 안 열렸대요.

눈이 와서 잠잘 곳이 없었던 증조할아버지는 큰 빗자루를 하나 사서 눈을 치우기 시작했어요. 증조할아버지가 집마다 대문 앞까지 눈을 쓸어서 길을 내니까 대문이 열리고 사람들이 밖으로 나와서 돈을 주었지요. 증조할아버지는 밤까지 계속 눈을 치웠어요. 강 위에 쌓인 눈을 치워서 강 건너까지 길을 냈어요. 우리 마을에 있는 강은 화이허강으로 이어져 흐르기는 하지만, 화이허강에서 아주 멀리 떨어져 있어서 유난히 추웠던 그해 겨울에는 강 밑바닥까지 꽁꽁 얼어붙어 있었지요. 증조할아버지는 새해 첫날 눈을 쓸면서 우씨촌으로 들어갔어요. 마을 사람들이 눈 때문에 문도 못 열고 갇혀 있었어요. 증조할아버지가 골목골목 다니면서 집 앞의 눈을 치워주면 사람들이 문을 열고 돈을 주니, 그야말로 정초부터 문이 열리고 복이 들어오는, '개문대길開門大吉'이지 뭐예요! 증조할아버지한테 옷이라고는 사계절 내내 입는 홑옷 한 벌밖에 없었어요. 홑옷 위에 조끼를 입고, 조끼 위에 솜저고리를 입고, 솜저고리 위에 겹저고리를 또 덧입어서 따뜻한 솜

인생의 끝자락에 서서

저고리의 온기가 밖으로 나가지 못하게 했어요. 할아버지가 입고 있는 옷은 모두 주머니가 두 개씩 달려 있었는데, 껴입은 옷의 주머니마다 돈이 가득 찼어요. 어깨에 걸친 천 주머니에도 돈이 가득 차고, 입고 있던 바짓가랑이 속에도 돈이 가득 찼어요. 할아버지 바지는 안감을 대고 만들었는데, 발목이 조이는 바지여서 안감과 겉감 사이에도 돈을 넣을 수 있었어요. 증조할아버지는 바짓가랑이까지 돈으로 가득 차서 제대로 걷지도 못했대요.

그때 마을에 시집 못 간 부잣집 노처녀가 있었어요. 그 집에서 부지런하고 성실한 우리 증조할아버지를 눈여겨본 거예요. 키도 크고 튼실하고 인물도 아주 좋거든요. 그래서 노처녀를 증조할아버지에게 시집보내기로 했어요. 정식으로 혼담을 넣었고 신부는 혼수를 많이 해서 증조할아버지에게 시집을 왔지요. 증조할아버지는 그렇게 결혼하고 우씨촌에 집을 지었어요. 밭을 빌려서 농사를 짓다가, 농한기가 되면 남의 집 부뚜막도 고치러 다니고, 그러면서 우씨촌에 자리 잡은 거지요.

증조할아버지는 아들 셋을 두었어요. 모두 장가보내서 며느리도 셋을 얻었고요. 딸은 있었는지 없었는지 모르겠어요. 아들 셋 중에 큰아들이 바로 우리 할아버지예요. 우리 할머니는 온갖 병을 달고 사는 사람이었고 전족을 해서 발이 아주 작았어요. 혼인 후 처음으로 낳은 아이가 아들, 바로 나를 낳은 아버지예요.

할머니는 아버지 밑으로 다시는 아이를 갖지 못했어요. 아버지는 1916년생으로 용띠예요. 엄마는 그보다 한 살 적은 '작은 용' 띠이고요. 둘째 할아버지는 딸만 낳았어요. 둘째 할머니는 마을에서 산파였는데, 남의 집에 애기를 받으러 가서 딸이 나오면 애기를 안아다가 뒷간으로 가서 똥통에 던져 버렸대요. 그래도 애기가 안 죽으면 애기 위로 무거운 벽돌을 던져서 가라앉게 하고요. 이렇게 많은 죄를 짓고 악업을 쌓았으니 원귀들이 다 달려들었죠. 둘째 할머니는 계속해서 딸만 낳았는데 애기들이 태어나자마자 다 죽고, 겨우 하나만 살아서, 딸 하나를 키웠어요. 셋째 할아버지는 아들 하나, 딸 둘을 낳았어요. 우리 마을에도 일본군이 쳐들어왔어요. 사람들이 총에 맞아서 많이 죽고 집도 다 불타버렸는데 우리집도 그때 불타버렸어요. 나중에 집터만 남은 자리에 다시 집을 지었지요. 우리 할아버지 집을 제일 앞에다 짓고, 거기에서 서쪽으로 조금 떨어진 곳에 둘째 할아버지 집을 지었어요. 우리 할아버지 집에서 사람 하나 겨우 지나다닐 수 있을 만큼 간격을 두고 집 동쪽에다가 드나들 수 있는 작은 문을 냈고요. 셋째 할아버지는 일찍 죽었어요. 둘째 할아버지는 집안을 엄하게 다스리는 사람이었는데 셋째 할머니 집은 둘째 할아버지 집의 뒤쪽이었어요. 집 밖으로 나가거나 들어올 때 우리집 대문을 거쳐야만 했지요.

인생의 끝자락에 서서

우리 엄마는 자기가 애를 몇이나 낳았는지 기억을 못해요. 얼마 키우지도 못하고 죽은 애기도 있고, 남의 집으로 보낸 아이도 있어요. 우리 언니는 나보다 5살 많은데 이름이 '자오디'예요. 언니 이름을 '남자 동생을 부른다'라는 뜻으로 지어서 그랬는지 엄마는 정말 언니 밑으로 남동생을 낳았대요. 하지만 언니가 불러서 낳은 남동생은 남의 집으로 보냈어요. 그때 아버지는 집을 나가서 유격대가 되었고 우리 할아버지는 몸이 약해서 농사를 짓지 못하니 할아버지 밭을 둘째 할아버지한테 줘 버렸어요. 둘째 할아버지는 죽은 셋째 할아버지의 땅도 농사를 지었어요. 셋째 할아버지의 아들이 농사를 짓기에 아직 어린 나이였거든요. 매년 둘째 할아버지는 우리 할아버지와 할머니에게 수확한 곡식을 보내고, 셋째 할머니 집에도 곡식을 보냈어요. 셋째 할머니 집은 충분히 먹을 만한 양이었지만 우리 집은 늘 모자랐어요. 유격대에 들어간 아버지가 해어진 옷을 꿰매 달라고 자주 집에 들렀는데, 집에 올 때마다 같은 유격대 사람들을 데리고 와서 밥을 먹었기 때문이에요. 엄마는 우리에게 제대로 지은 밥 한 번, 멀건 죽 한 번, 이렇게 번갈아 해 줬어요. 이렇게 곡식을 아껴야 아버지가 왔을 때 밥을 해 줄 수 있으니까요.

후이저우 사람들은 외지에 나가 장사를 많이 했어요. 장사하는 사람들은 다 돈 많은 부자인데 그런 사람이 우리 엄마한테 자오디 언니 밑으로 난 아들을 달라고 한 거예요. 엄마는 생각했지요. 우리집에서는 제대로 먹이지도 못하는데 저 집은 돈이 있지 않은가! 시내에 있는 집에 살면서 잘 먹고, 잘 입고, 이다음에 크면 학교도 갈 수 있고……, 엄마는 그만 아들을 그 집으로 보내 버렸어요. 아버지는 집안을 전혀 돌보지 않았어요. 밤늦게 허물어진 담장 쪽으로 넘어 들어와서는 같이 온 사람들에게 대문을 열어 주고 같이 밥만 먹고 가는 사람이었지요. 집에 데리고 온 유격대 중에 팔각모를 쓴 여자 군인도 있었는데 우리 엄마는 처음에 그 사람이 여자인지도 몰랐다고 해요. 그 여자가 바로, 둘째 할머니 말로 하면, 꼬리를 살살 치는 구미호였는데 말이지요. 그 여자는 몇 번이나 우리 집에 왔어요. 둘째 할머니가 엄마한테 조심하라고 했지만, 우리 엄마는 그 말을 믿지 않았어요. 그 여자는 딩씨였는데 우리 엄마보다는 11살 어렸고 아버지보다는 12살 어렸지요.

아버지는 유격대에서 대장이었어요. 아버지는 토치카를 잘 찾았대요. 토치카가 뭔지 모르지만, 아무튼 토치카 하나를 찾아내면 적군의 총기와 탄약을 많이 가져올 수 있는 거라는데 아주 아주 위험한 일이래요. 한번은 아버지가 국민당 놈들한테 붙잡힌 적이 있어요. 놈들은 아버지를 대들보에 묶어 놓고는 술과 고기를 먹으면서 큰 공을 세웠다고 잔치를 벌이고 있었어요. 아버지는 양 손목이 묶인 채로 기둥에 매달려 있었는데, 팔꿈치로 기둥을 밀어내면서 몸에 묶인 밧줄을 기둥에다 비벼서 조금씩 갈았대요. 몸부림치며 팔꿈치로 기둥을 밀어내면서 왔다 갔다 하니까 밧줄이 점점 닳아서 가늘어졌지요. 놈들은 아버지가 그냥 매달려 있는 줄만 알고 아버지가 조금씩 밧줄을 갈고 있는 것은 몰랐던 거예요. 놈들이 술에 취해서 여기저기 널브러져 잠들어 있을 때 마침내 밧줄 하나가 끊어졌고, 아버지는 손을 빼낸 다음 밧줄을 풀고 대들보에서 살그머니 내려왔어요. 하지만 하루 종일 매달려 있었으니 배도 고프고, 목도 마르고, 온몸이 욱신거리고 기운이 없었지요. 아버지는 겨우겨우 기어서 놈들의 소굴 밖으로 나왔어요. 바깥을 지키고 있던 개가 왕왕 짖었지만, 다행히 고랑 밑으로 굴러떨어지는 바람에 살았다고 해요.

놈들은 걸핏하면 우리집을 수색했어요. 하지만 그때마다 아버지는 집에 없었어요. 우리 할아버지는 성실하기는 하지만 겁이 많고 배짱이 없지요. 우리 할아버지도, 우리 엄마도, 그저 분수에 맞게 사는 사람들이라 바깥에서 아버지가 뭘 하고 다니는지 몰랐어요. 우리 마을 사람들은 전부 우리 엄마 보고 '나무토막 할망구'가 뭘 알겠어! 라고 말해요. 우리 엄마는 미련하고 고집이 센, 나무토막 할망구로 유명했어요. 하지만 우리 엄마가 살림을 얼마나 잘한다고요, 깔끔하고, 부지런하고요.

나는 1949년 1월에 태어났어요. 입춘이 지나지 않은 정월 말에 태어나서 소띠고요. 나이는, 촌에서는 다 음력을 쓰잖아요, 세는나이로 해요. 국공내전이 끝나자 아버지는 출세한 사람이 되어서, 그야말로 북 치고 꽹과리 치며 마을로 돌아왔어요. 그리고 마을의 촌장이 되었지요. 거기에다가 마을의 소학교 교장까지 되었어요. 그때 우리 엄마 뱃속에는 내 동생이 들어앉아 있었고요. 우리 할아버지와 할머니는 원래 본채에 있는, 엄마 방 맞은편 방에서 주무셨는데, 할아버지는 아버지에게 그 방을 내주었어요. 솔직히 말하자면 할아버지는 아들이 무서웠던 거예요. 아버지는 집에 올 때마다 사람들을 많이 데리고 왔어요. 할아버지는 아버지를 찾아오는 손님이 많은데, 집에 응접실이 없으니 할아버지 방을 손님을 맞이할 때 쓰라고 말했지요. 그리고 우리 할아버지와 할머니는 서쪽 아래채에 있는 방으로 옮겨 갔어요. 본채 가운데에는 밥 먹는 공간이 있었어요. 우리 엄마 방은 본채 동쪽에 있고 엄마 방 앞쪽에 있는 동쪽 아래채에 부뚜막이 있었고요. 아버지는 예전에 집에 올 때마다 담을 넘어서 다녔지만 이제 촌장이 되었으니 촌장 체면에 그럴 수는 없었지요. 아버지는 낮에는 밖에서 밥을 먹고 저녁에는 동료들과 함께 집으로 와서 밥을 먹었어요. 동료들이 밥을 다 먹고 돌아가면 아버지는 살그머니 밖으로 나갔어요. 우리 엄마는, 어디인지는 모르지만, 아버지

인생의 끝자락에 서서

가 그 딩씨 성을 가진 여자를 찾아간다는 걸 나중에야 알게 되었지요. 언니는 밤에 아버지가 나가고 나면 대문 빗장을 걸어 잠그고, 아침 일찍 아버지가 돌아올 때 다시 열어 주거나, 아예 밤새 열어 두면서 아버지 비위를 맞추었고요.

아버지는 밖으로 나가지 않는 밤이면 대문 빗장으로 우리 엄마를 때렸어요. 엄마는 그저 커다란 배만 감싸 안고 있었고요. 나는 그때 쪼끄만 애기였지만 아버지가 우리 엄마를 때리면, 엄마를 보호하려고 커다란 배 위로 납작 엎드렸는데 그러다가 날아드는 대문 빗장을 대신 맞기도 했지요. 얼마나 아팠는지 몰라요. 나는 다 크고 나서야 그때 딩 씨가 아버지한테 이혼 서류에 우리 엄마 지장을 찍어 오라고 시킨 걸 알았지요. 엄마가 맞아 죽어도 안 하겠다고 버틴 거예요. 엄마가 나중에 말해 주더라고요. 나 한 입이야 친정으로 가면, 어떻게든 먹고 살 수는 있었겠지, 하지만 어떻게 아들입네, 딸입네 하고 혹까지 달고 갈 수 있어! 그때 너희들을 버리고 갔다면, 한 번 쥐면 톡하고 부러질 것 같은 팔다리를 달고 있는 너, 왕잠자리 같은 큰 두 눈만 끔벅이던 너하고, 어린 네 동생, 너희 둘의 목숨줄이 지금까지 붙어 있겠니?

나는 태어나자마자 기침병을 앓았어요. 기침을 눈가에서 피가 날 정도로 심하게 했대요. 그래도 애기가 엄마 젖을 먹고 토실토실하게 살이 올랐는데, 4개월이 되었을 때 아버지 전우 중에 아이를 못 낳는 부부가 나를 달라고 했대요. 아버지는 그러마고 대답했고요. 그분들은 읍내까지 찾아가서 글 꽤나 읽었다는 사람한테서 '슈주'라는 이름을 지어왔어요. 엄마는 이름에 '구슬 주' 자가 들어간다고 싫어했어요. 아이들 이름은 천한 것이 좋잖아요. 그래서 우리 엄마는 나를 그저 '슈슈'라고 불렀지요. 부부는 새로 지은 옷을 입혀서 나를 안고 갔어요.

우리 엄마는 얼이 빠져서 가만히 앉아만 있었대요. 그걸 보고 둘째 할머니가 말했지요. 또 남의 집에 보냈구나, 한번 보내면 평생 다시는 못 볼 텐데……. 엄마는 자오디 언니 밑으로 낳은 아들을 남의 집으로 보내고 나서 늘 그 아들 생각이 떠나지 않았는가 봐요. 둘째 할머니 말을 듣고 정신이 번쩍 났어요. 엄마는, 그렇게 안 할 거예요, 라고 한마디 하고는 바로 몸을 일으켜 부두로 달려갔어요. 그 부부는 집으로 가는 배에 올라타고 있었는데 남자는 이미 배에 올라탔고 여자는 나를 안고 막 배에 오르려던 참이었지요. 우리 엄마는 여자 품 안에 있던 나를 빼앗아서 뒤도 안 돌아보고 단숨에 집으로 달려왔어요. 그렇게 남의 집으로 가는 걸 다시 빼앗아 집으로 데리고 온 애기가 바로 나예요.

우리 엄마 방의 창문은 바깥이 황무지라서 동쪽으로 내지 않았어요. 그래도 방에 창문이 하나는 있어야 하니 북쪽으로 창을 냈지요. 북쪽에는 둘째 할아버지 집이 있어요. 아버지가 엄마를 때리면 둘째 할아버지 집에서 다 들여다보여요. 둘째 할아버지는 그걸 그냥 두고 보지 않았어요. 우리 할아버지는 몸이 약한 탓에 응석받이로 자라서 제구실을 못한다고 해도 어떻게 건장한 사내인 아버지까지 구미호한테 홀려서 제구실을 못하냐며 불같이 화를 냈어요. 둘째 할아버지는 우리 외삼촌들을 찾아가서 이 일을 어쩌면 좋을지 의논했어요. 하지만 외삼촌들도 모두 촌장인 아버지를 무서워해서 그저 엄마가 애기를 낳고 나면 바로 큰삼촌 집으로 보내라는 말만 할 뿐이었어요. 하지만 애기 젖도 먹여야 하는데 어떻게 엄마가 애기를 떼놓고 바로 갈 수 있겠어요. 하지만 촌장인 아버지가, 사람들이 보는 눈도 있는데, 아내를 둘씩 거느리고 살 수는 없었어요. 우리 엄마는 이를 악물었지요. 다른 집으로 또 시집가지 않겠다, 친정에 가서 살지도 않겠다, 우리 엄마는 혼자서 살기로 결심했어요. 둘째 할아버지가 우리집을 돌보고, 엄마가 쓰던 동쪽 아래채 방 두 칸하고 그 옆에 딸린 헛간까지를 우리집으로 정했어요. 동쪽 아래채 문하고 헛간 문은 마당으로 나 있는데 이 문으로 나가면 본채로 갈 수 있어요. 둘째 할아버지는 아버지에게 본체와 동쪽 아래채에서 마당으로 통하는 문을 막고 동쪽 아래채에 출입문을 하나 더 내자고 말했어요. 헛간 문은 엄마가 닫아 버리면 그만이니까 그대로 두고요. 서로 이렇게 합의를 끝내고 엄마는 바로 이혼 서류에 지장을 찍었지요. 문 두 개를 막고 작은 문 하나를 새로 내는 것은 힘든 일이 아니었고 이사도 집 바깥으로 나가는 것이 아니라 방만 옮기는 것이니 금방 끝났어요. 우리 언니는 대문 바로 옆에 있는 서쪽 아래채 끝방에서 우리 할아버지 할머니와 함께 아버지 집에서 살았어요.

딩 씨가 시집오던 날, 딩 씨는 늦은 저녁에 집으로 들어왔대요. 온 집안이 떠들썩하고 흥겨웠다고 해요. 남동생은 아직 엄마 배 속에 있었고, 나는 막 걷기 시작했을 때였어요. 우리 엄마는 헛간 문틈으로 시끌벅적한 바깥을 내다보았대요. 아버지가 나와 비슷한 나이의 남자아이를 안아서 목말을 태우고, 딩 씨가 샤오차오전이라고 부르는 여자아이를 품에 안고 있는 것이 보였어요. 잔칫상이 차려져 있는지 사람들이 왁자지껄했고요. 하지만 우리 할아버지, 할머니는 방안으로 들어가서는 문을 닫고 나오지 않았어요.

우리 집 동쪽 문밖에는 넓은 들판이 있어요. 아무것도 없는 황무지인데 들판 끝에 있는 산비탈로 올라가면 큰외삼촌 집이 나와요. 집에서 멀지 않았어요. 엄마가 내 남동생을 낳았을 때 큰외숙모가 자주 와서 돌봐 주었어요. 둘째 할아버지는 매달

인생의 끝자락에 서서

우리 집에 쌀하고 장작을 보내 주었어요. 우리 남동생이 젖을 때자마자 엄마는 밭에 나가서 일하고 산에 올라가 나무를 해 왔어요. 엄마는 우리에게 먹이려고 없는 돈을 모아서 돼지기름을 사왔어요. 돼지기름은 한 번 끓인 다음 깡통에 넣어 두고 먹어요. 매일 일하러 가기 전에 걸쭉한 죽을 한 솥 끓여 놓고 나와 남동생한테 한 그릇씩 주면 우리가 젓가락으로 돼지기름을 조금 떼어낸 다음 죽 속에 넣어서 녹여 먹어요. 죽이 그렇게 뜨겁지 않아서 돼지기름을 많이 넣으면 잘 안 녹아요. 그러니까 저절로 돼지기름을 아껴 먹게 되지요.

내가 4살 때, 봄이었을 거예요. 무슨 병에 걸렸는지 내가 아파서 곧 죽을 것 같으니까 강물에 던지려고 했대요. 하마터면 물고기 밥이 될 뻔했어요. 우리 고향에서는 아이들이 죽으면 그냥 거적으로 둘둘 말아서 묶은 다음 강에 던져 버려요. 거적이 다시 강물 위로 떠 오르면 물고기들이 다닥다닥 붙어 있어요. 거적 안에 있는 고기를 먹느라고 그러는 거예요.

우리 엄마는 거적을 가져다가 가로로 깔고, 그 위에 세로로 한 겹 더 깐 다음 나를 눕혔어요. 헛간 문을 열면 마당이 나오는데 마당 너머로 우리집 서쪽으로 흐르는 강이 보여요. 이제 두겹으로 싼 거적을 줄로 둘둘 묶어서 강에 던져 버리기만 하면 되는데, 우리 엄마 말이, 아무래도 숨이 붙어 있는 것만 같더래요.

마당에다 놓고 햇볕을 쬐면서 살아나는지 보자 했지요. 낮에는 햇볕을 쬐고 밤이 되면 그대로 처마 밑에 끌어다 놓았어요. 그러기를 3일째, 내가 눈을 뜬 거예요. 다시 가느다란 목숨 줄을 잡은 거지요.

한번은 아버지가 생선을 먹다가, 웬일로 우리 생각이 났는지, 나와 남동생보고 와서 먹고 가라는 거예요. 누가 또 선물이라면서 생선을 엄청 많이 갖다 바쳤나 봐요. 나는 5살, 우리 남동생은 3살이었어요. 우리는 각자 제 밥그릇을 들고 갔지요. 딩 씨가 (나는 한 번도 딩 씨 앞에서 딩 씨를 뭐라고 부르지 않았어요. 뒤에서 말할 때는 '딩 씨'라고 하고요) 생선을 집어서 남동생 밥그릇 위로 올려주는 척하더니 젓가락으로 밥그릇을 내리찍었어요. 작은 나무 밥그릇이 바닥에 나동그라졌지요. 그러자 딩 씨는 바로 주먹손으로 우리 남동생을 쥐어박았어요. 나는 얼른 밥그릇을 주워서 남동생 손을 잡아끌고 그대로 집을 향해 뛰었어요. 아버지는 사람을 보내서 우리를 다시 데려가려고 했지만 나는 집에 들어오자마자 문에 빗장을 걸어 잠갔어요. 문에다 대고 소리쳤지요. 우리는 더러운 생선 안 먹어! 안 먹어! 퉤! 퉤!

우리 마을에서는 낮에 대문을 잠그지 않아요. 나는 아침 일찍 집에서 나와서 내가 아는 집을 죽 돌아보면서 동네를 어슬렁거렸어요. 누굴 만나도 알은체를 안 하고, 누가 뭘 물어도 대답하

인생의 끝자락에 서서

는 법이 없고요. 누가 무서운 눈으로 쳐다보기라도 하면 얼른 도망가요. 그래서 마을 사람들은 나를 바보라고 불렀어요. 우리 엄마는 점점 몸이 약해져서 집에만 있게 되었어요. 하루는 둘째 할아버지 집에 갔더니 식구들이 밥을 먹고 있더라고요. 내 입에도 고기 한 점을 넣어 줬어요. 나는 그대로 그 고기를 물고 집으로 달렸어요. 그리고 입에 물고 있던 고기를 뱉어서 우리 엄마 입에 넣어 줬어요. 엄마가 고기를 쭉 빨아먹은 다음 이빨로 반쪽을 뜯어서 남동생 입에 넣어 주고 나머지 반쪽을 내 입에 다시 넣어 주었어요. 처음으로 우리 세 식구가 고기라는 것을 먹어 본 거예요. 하지만 고기 맛이 어떤 것인지 도대체 뭐가 맛있다는 건지 당최 알 수가 없더라고요.

마을 촌장인 아버지 집에는 맛있는 것들이 아주 많았어요. 마당에는 새끼 줄로 엮어서 말리고 있는 생선, 닭고기, 돼지고기……, 고기가 그득그득했어요. 딩 씨는 시집오던 날, 방에서 나오지 않았다고 우리 할아버지와 할머니께 인사를 드리지 않았고, 할아버지와 할머니도 계속 딩 씨를 무시하고 상대하지 않았어요. 딩 씨는 밥을 차려 놓고 할아버지, 할머니를 부르는 법이 없었어요. 자기들이 먼저 밥을 먹고 우리 할아버지, 할머니는 남은 것을 먹으라고 남은 밥과 반찬을 상 위에 그대로 두었지요. 할머니는 아무 일도 상관하지 않았어요. 그냥 있는 대로 먹었지요.

할아버지는 성질이 좋은 사람이 아닌데 몸이 약한 사람이라 화를 잘 내지 못했어요. 늘 혼자 속으로만 화를 삭였지요. 하루는 할아버지가 일부러 우리집에 와서는 우리 엄마한테 생선이든 고기든 뭐든 훔쳐다가 밥 한 끼만 해 달라고 했어요. 딩 씨가 매일 출근하니 우리 엄마는 딩 씨가 집 밖으로 나가기를 기다렸다가 큰 가위를 들고 가서 닭 날개를 싹둑, 닭 다리도 싹둑, 말린 고기도 싹둑싹둑 자르고 생선까지 몇 마리 가지고 와서 할아버지 앞에 푸짐하게 한 상을 차렸지요. 할머니는 평소처럼 딩 씨가 남겨 놓은 밥과 반찬을 먹고 밖에서 마을 여자들과 이야기를 나누고 있었고요. 할아버지는 혼자 밥을 다 먹고 새끼줄을 들고 걸상 위로 올라갔어요. 대들보에 새끼줄을 묶고 그 속에다 목을 집어넣더니 발로 차서 걸상을 넘어뜨리더라고요. 그러고 나서 할아버지는 허공에 발을 딛고 계속 서 있었어요.

너무 이상해 보였어요. 바로 밖으로 나가서 우리 할머니를 불렀지요. 우리 할아버지가 새끼줄 속에다 목을 넣고, 걸상을 발로 차고, 그러고 나서 계속 서 있다고 말했어요. 몇 번을 말했는지 몰라요. 그러자 할머니 옆에 있던 아주머니가, 아니, 자네 집 바보가 뭐라고 계속 빽빽거리는데, 도대체 무슨 말인지, 한번 가서 보고 옵시다, 라고 말했지요. 와서 보니, 우리 할아버지가 서쪽 아래채에서 목을 맨 채로 있네요. 다들 난리가 나서 사람을

인생의 끝자락에 서서

부르고 할아버지를 풀어서 내렸어요. 둘째 할아버지도 달려왔지만, 우리 할아버지는 이미 죽어 있었지요. 할아버지가 방금 먹고 남긴 밥상을 아직 치우지도 않았는데요. 나는 목을 맨 할아버지를 보고 또 봤어요. 어떻게 걸상도 아닌 허공을 딛고 서 있을 수 있나, 정말 이상했거든요.

우리 할머니는 병으로 쓰러졌어요. 언니가 절대 할머니 옆에서 자지 않겠다고 하니 엄마는 나보고 할머니와 같이 자라고 했지요. 할머니는, 우리 착한 손주야, 할미 발 좀 녹여 주렴, 하면서 나를 불렀어요. 할머니 발은 늘 얼음장처럼 차가웠어요. 우리 동생은 이제 혼자 놀 수 있을 만큼 커서 내가 할머니 밥시중, 물시중을 들었어요. 한번은 할머니한테 주려고 딩 씨가 안 보는 틈을 타 밥상 위에서 먹을 걸 한 움큼 집어 온 적도 있어요. 할머니는 그걸 받아서 얼른 머리맡에 있던 베주머니 속에 넣었지요. 할머니는 베주머니 속에서 먹을 것을 꺼내서 조금 떼어 입에 넣고 나머지는 베갯머리에 놓아요. 그러고는 새우로구나, 맛있네, 하면서 한참을 우물거렸어요.

우리 할머니 다리는 갈수록 퉁퉁 부어올랐어요. 얼마나 부었는지 전족을 한 두 발이 보이지도 않을 정도였어요. 할머니는 침대에 누워만 있었고, 침대 밑으로 내려올 수 없었어요. 오줌을 누러 갈 수도 없었지요. 그래서 할머니 방안에다 큰 오줌통을 가져다 놓았는데 오줌통이 너무 커서 나는 들어 옮길 수가 없었어요. 나는 오줌통을 질질 끌어서 할머니 침대 옆으로 옮기는 동안 할머니가 침대 끝으로 굼실굼실 기어와요. 내가 두 손으로 다리를 한 짝씩 안아서 내 어깨에다가 올리고 조금씩 앞으로 끌면 할머니도 조금씩 앞으로 움직여서 오줌통 위에 앉을 수 있어요. 할머니는, 우리 착한 손주, 아주 좋은 방법이구나, 라고 말했어요. 하지만 오줌통을 침대 머리맡에 두면 뚜껑을 덮어 놓아도 냄새가 나고 할머니가 냄새 때문에 토할 것 같다고 하니, 할머니가 오줌을 다 누면 다시 힘껏 밀어서 멀찍이 옮겨 둬요. 오줌통은 오랫동안 비우지 않아서 아주 무거웠는데 그 덕분에 내가 끌고 당기고 해도 엎어지지 않았지요.

그날도 할머니가 힘없이, 우리 착한 손주야, 할미 발 좀 녹여주렴, 하고 부르기에 할머니 발을 안아줬어요. 그런데 그날은 할머니 발이 좀처럼 따뜻해지지 않더라고요. 나는 발을 안은 채로 잠이 들었다가 다시 깼는데 할머니 발이 평소보다도 훨씬 더 차가운 거예요. 게다가 뻣뻣하기까지 하고요. 뻣뻣한 발을 밀었더니 몸 전체가 같이 뒤로 밀렸어요. 나는 벌떡 일어나서, 할머니, 할머니, 하고 불러봤어요. 하지만 할머니는 눈을 반쯤 뜨고, 입도 반쯤 벌리고 있으면서 내가 아무리 불러도 대답을 안 하는 거예요. 나는 놀라서 밖으로 뛰쳐나가 사람들을 불렀지요. 우리 할머니는 그렇게 죽었어요.

아버지는 원래 하루 종일 밖으로 돌다가 늦은 밤이나 되어야 집으로 돌아오는 사람이에요. 딩 씨, 그쪽도 사는 게 쉽지만은 않았어요. 딩 씨가 시집오던 날, 아버지 목말을 타고 있던 남자아이 있잖아요? 그, 왜, 나랑 동갑인 아이 말이에요. 그 애가 천연두를 앓았어요. 딩 씨는 사람을 시켜서 아이를 낡은 거적에 둘둘 감아 산밑에다가 산 채로 묻어 버렸어요. 천연두는 낫기도 어렵고 다른 사람한테도 옮긴다고 하면서요. 아이를 묻은 사람이 혹시나 하는 마음에 3일이 지난 후에 한번, 5일이 지난 후에 다시 한번, 아이 묻은 자리를 파보았어요. 나는 보러 가지 않았는데 사람들 말로는 아이가 마치 살아있는 것처럼 생생하게 보였대요. 다들 아이가 요괴가 되었을 수도 있다고 말했지만, 요괴라고 해도 죽은 것이지 살아있는 것은 아니니까 불에 태워 화장했지요.

나보다 한 살 어린 샤오차오전도, 무슨 병인지 모르지만, 많이 아팠어요. 이것도 안 먹겠다, 저것도 안 먹겠다, 떼를 쓰면서 그저 신선한 과일만 내놓으라고 하니 딩 씨가 화가 나서 뺨을 한 대 후려쳤는데 그만 아이가 숨을 안 쉬는 거예요. 딩 씨는 아이들이 관 속에서 자는 것을 싫어할 거라고 하면서 낡은 궤짝을 관 대신 가져다가 아이를 넣었어요. 궤짝 뚜껑에 못을 박은 다음, 사람을 시켜 들판에다 들어다 놓았어요. 들판에는 한꺼번에 땅에 묻으려고 관을 모아 두는 자리가 있었어요. 샤오차오전의 낡은 궤짝도 다른 관들을 매장할 때 땅을 파면 같이 넣어서 묻어 버리려고 했지요. 낡은 궤짝을 들고 대문을 나설 때 마침 내가 대문의 문턱에 앉아 있었어요. 나는 그대로 문턱에 앉은 채로 몸만 비켜 주었지요. 그런데 순간 궤짝 속에서 샤오차오전이 움직이는 것 같은 느낌을 받았어요. 딩 씨한테 맞을까 봐 말하지는 못했지만요. 그 후로 얼마나 시간이 지났을까, 마을에 샤오차오전의 궤짝이 들썩인다는 말이 돌았어요. 누군가 궤짝 뚜껑을 열어보자고 해서 낡은 궤짝 뚜껑을 다시 열었지요. 나도 보러 갔어요. 낡은 궤짝 안에 들어 있던 샤오차오전은 두 발을 올려 웅크린 모습이었어요. 손에는 쥐어뜯은 머리카락이 한 줌 들려 있었고요. 궤짝 안에다 넣을 때 샤오차오전은 살아 있었던 거예요. 딩 씨가 또 산 채로 땅에 묻은 것이지요. 우리 엄마는 한숨을 쉬며 말했어요. 딩 씨가 사람이더냐? 무슨 쇳덩이로 만든 사람인지, 어떻게 자기 배 속으로 낳은 자식들을……, 너희 둘도 딩 씨 손에 맡겼다면 지금까지 목숨이 붙어 있겠니? 하지만 그때 딩 씨는 또 아이를 가져서 배가 터질 듯이 부풀어 있었어요.

1957년 가을이었어요. 저는 9살이었고요. 우리 마을의 강둑이 무너져서 물난리가 났어요. 우리집은 방안까지 물이 들어왔어요. 산비탈에 있는 큰외삼촌 집에도 물이 들어왔고요. 우리

인생의 끝자락에 서서

집 3식구는 큰외삼촌과 마을 사람들을 따라서 깔고, 덮을 이불하고 먹을 것을 챙겨서 산으로 올라갔어요. 하지만 산속에는 승냥이가 있었어요. 밤새 승냥이가 어떤 집 애기를 잡아먹고는, 글쎄, 호랑이 모양의 애기 신발이 그대로 신겨져 있는 한쪽 발만 남겨 놓았지 뭐예요. 사람들은 사방으로 뿔뿔이 흩어져 달아났고, 큰외삼촌은 우리 엄마한테 다시 마을로 돌아가라고 했어요. 아버지가 교장으로 있는 소학교는 마을 북쪽 밖으로 2리 정도 떨어져 있고, 땅이 높아서 물이 들어오지 않았대요. 큰외삼촌이 아버지한테 말해 주어서 우리 3식구는 학교 식당 한쪽에 있는 잡다한 물건들이 쌓여 있는 작은 창고로 들어가 밥을 지어 먹으며 지냈어요. 원래 식당 밥은 돈을 주고 사 먹어야 하지만 우리는 돈을 내지 않고 식당 밥을 먹었어요. 다른 사람들이 먹고 남긴 밥과 반찬을 가져다 먹었으니까요.

교실에 앉아 있는 학생들을 보면 정말 부러웠어요. 딩 씨를 엄마라고 부르는 언니는 계속 학교에 다녔어요. 나는 언니한테 낯짝도 두껍다고 말했어요. 우리 엄마 젖을 먹고 자랐으면서 어떻게 딩 씨를 엄마로 인정할 수 있냐고요! 하지만 언니는 소학교를 졸업했어요. 나는 주구장창 교실에 앉아 있는 내 모습만 상상했고요. 한번은 엄마한테 이런 말을 했어요. 엄마가 그때 아빠 전우 집으로 나를 보냈으면, 나도 도시에 살면서 학교도 다녔을 거야! 그러니까 엄마가 말하더라고요, 슈슈야, 잘 들어라, 여자들이 타고나는 복은 겨자씨만큼 작다는데, 네가 도시에 있었으면 진즉에 죽었지, 그 목숨줄이 지금까지 붙어 있을 성싶으냐? 하고요.

아버지는 내 사촌 오빠인 뉴자이쯔를 좋아했어요. 뉴자이쯔 오빠는 아버지 비위를 정말 잘 맞췄거든요. 뉴자이쯔 오빠는 학교에서 일하면서 우리집에도 자주 와서 일을 도와줬어요. 한번은 식당에서 호빵을 쪘는데 나는 호빵이란 걸 그때 처음 봤어요. 뉴자이쯔 오빠가 찜통 앞에서 호빵을 먹고 있는 걸 본 거예요. 나는 벽에 붙어서 한 걸음 한 걸음 다가갔어요. 뭔지 한번 보기나 하려고요. 입으로 먹을 수는 없으니 눈으로라도 먹어야 배가 덜 고플 것 같았거든요.

그런데 이 못된 뉴자이쯔 오빠가 내 눈 앞에 호빵을 흔들어 보이면서 히히 웃는 거예요. 그러더니, 너도 먹고 싶지? 흥, 하고는 호빵을 한입에 널름 먹어 치웠어요. 나는 화가 나서 뒤돌아서 막 뛰어갔어요. 그런데 우리 엄마가 그러더라고요. 그때 네가 서서 기다렸으면 아버지가 너한테도 호빵을 줬을지 모르지, 하고요. 그 말을 듣고 나는 이렇게 말했어요. 엄마, 나는 여태까지 아버지를 제대로 한번 쳐다본 적도 없어요, 길을 가다가 아버지가 보이면 얼른 길모퉁이를 돌아서 숨었고, 모퉁이가 없으면 그대로 몸을 돌려서 오던 길로 다시 뛰어갔어요, 하고요. 나는 정말이지 아버지가 미워요. 크고 나서 엄마한테 아버지를 미워하느냐, 미워하지 않느냐 물어본 적이 있어요. 엄마는 한숨을 쉬면서, 어찌 됐든 네 아버지가 아니냐, 라고 말했어요. 우리 엄마는 아버지를 미워하지 않았어요.

사람들이 굶어 죽던 시절에 나는 10살이었어요. 한번은 날이 캄캄하게 저물었는데 사람들이 남의 밭에 들어가서 곡식을 훔치는 걸 봤어요. 그 후로 나도 베갯잇을 들고 가서 그 사람들 뒤를 살금살금 따라가면서 곡식을 훔쳤어요. 나는 몸집이 작아서 밭에 들어가면 잘 안 보여요. 곡식을 훔치러 밭에 들어간 사람들에게도 들키지 않았지요. 어떤 간부는 긴팔 옷소매를 꿰매서 만든 자루를 들고 왔는데 옷소매 자루에 곡식이 빵빵하게 들어 있더라고요. 나는 사람들 눈을 피해서 몰래몰래 옷소매 자루 속의 곡식을 한 움큼, 한 움큼씩 다시 훔쳐서 내 베갯잇 자루를 채웠지요. 무거워서 내가 들고 갈 수 없을 정도로 베갯잇 자루를 한가득 채우면 질질 끌고 집으로 돌아와요. 집에 와서 편평한 돌 위에다 곡식을 한 움큼씩 올려놓고 작은 돌멩이로 빻아요. 이렇게 껍질을 벗겨 놓으면 엄마가 물을 많이 붓고 뜨겁게 죽을 끓여 줬어요. 그때는 끼니때가 되어도 밥 짓는 연기가 올라오지 않는 집이 많았던 시절이지요. 우리집 굴뚝은 황무지 쪽으로 향해 있고 그다지 높지도 않아서 저녁에 불을 땔 때도 다른 사람한테 들킬 염려가 없었어요. 아버지도 우리를 돌보기는 했어요. 매일 구운 호떡을 한두 개씩 언니 손에 들려 보냈으니까요. 하지만 언니는 훔친 곡식을 뺏어 갔어요. 곡식을 내놓지 않으면 호떡을 안 줄 거라고 하면서요. 하지만 하루라도 훔친 곡식이 없으면 우리 집 식구들은 먹을 죽이 없어요. 엄마가 멀건 죽을 쑤어서, 죽 위에 뜬 부연 물은 엄마 그릇과 내 그릇에 따르고, 밑에 그나마 걸쭉하게 남은 죽은 남동생 그릇에 담아 주었어요. 한번은 곡식을 훔치다가 들킬 뻔한 적도 있어요. 베갯잇 자루를 끌고 오다가 순찰대를 만났지 뭐예요. 나는 베갯잇 자루 위에 엎어져서 마치 길 위에 쓰러진 것처럼 가만히 있었어요. 순찰대는 나한테 눈길 한 번 주지 않고 지나쳤어요. 굶어 죽은 아이려니 하고요. 발로 차거나 밟거나 하지도 않았고요. 우리 둘째 외삼촌은 굶어 죽었어요. 둘째 외삼촌 집에는 잡아먹을 수 있는 닭도 한 마리 있었는데요. 둘째 외삼촌은 닭국물 한 모금이라도 먹고 싶어 했지만 둘째 외숙모는 아까워서 차마 그 닭을 잡지 못했어요. 둘째 외삼촌은 결국 굶어 죽었지요.

나도 노동점수를 받아 돈을 벌었어요. 하지만 언니가 노상 나를 괴롭혔지요. 밭에 물을 대려고 수차를 옮길 때도 자기는 가벼운 쪽을 들고 나더러 무거운 쪽을 들라고 했어요. 내가 13살, 내 남동생이 11살일 때는 남의 집 소도 몰았어요, 1년에 노동점

수 80점씩 받으면서요. 집안에 노동할 사람이 없으니 언니 신랑 감으로 이발사에게 혼담을 넣었어요. 이발사가 돈을 잘 벌었거 든요. 우리 마을 사람은 아니었지만 아주 잘생긴 이발사였지요. 언니는 시집을 가겠다고 했어요. 그 잘생긴 이발사는 예물도 받 지 않고 우리집 데릴사위가 되어 집안일을 도왔어요. 하지만 우 리 집에서 겨우 1년을 살고는 언니를 데리고 둘이서 도망쳐 버렸 어요. 내가 14살이 되었을 때, 우리 엄마는 47살이었는데 부황이 들어서 일을 할 수 없었어요. 나는 나이가 어려서 노동점수 8.5 점을 받는 제일 낮은 등급의 일밖에 할 수 없었고요. 하지만 닭 똥도 치우고, 닭도 기르고, 계란도 팔고 하면서, 노동점수를 받아 서 돈을 벌었어요. 우리 집 대문 앞에 치자나무가 한 그루 있었 는데, 꽃이 송이도 크고 향기도 진했어요. 매일 아침 일찍 치자꽃 도 꺾어서 장에 내다 팔았어요. 돈을 좀 적게 받더라도 빨리 팔 아버리고 집에 오고 싶어서 한 송이에 1편씩 받았지요. 그리고 얼른 집으로 와서 노동점수 받는 일을 했어요.

우리 마을의 강둑 서쪽으로 가면 마름이 있는 저수지가 있 어요. 누가 기른 것이 아니고 저절로 자란 것인데 열매가 아주 많 아요. 저수지가 크지는 않지만 몇 군데 깊은 곳이 있어서 얕은 물기슭에는 마름이 없어요. 사람들이 일찌감치 다 따 가 버리거 든요. 나는, 남들 모르게, 혼자서 마름을 따러 갔어요. 그래야 조금이라도 많이 딸 수 있고, 그게 다 돈이 되니까요. 나는 목욕통으로 쓰는 나무 대야를 머리에 이고 저수지에 들어가요. 그리 크지 않아서 키가 작은 내가 쓰기에 딱 좋거든요. 그날은 마름을 아주 많이 땄어요. 한 손으로 물을 저어 가며 마름을 따서 나무 대야 속에다 채워 넣어요. 가을이었는데 늦더위가 있어서 날씨가 후덥지근했어요. 바람이 부는가 싶더니, 아니, 갑자기, 비바람이 몰아치기 시작하는 거예요. 세찬 바람이 얼굴을 사정없이 때리고 비가 줄기차게 쏟아졌어요. 빗방울이 얼마나 굵은지 나무 대야 안에 물이 금세 흥건했어요. 물기슭 쪽으로 조금씩 다가가다가 갑자기 또 바람이 불어닥쳐서 물속에 얼굴을 처박고 말았죠. 나무 대야도 엎어졌고요. 다행히 나무 대야가 엎어지면서 바닥의 물 빼는 구멍이 물 위로 올라가는 바람에 나무 대야가 가라앉지는 않았어요. 나는 한 손으로는 나무 대야를 붙들고, 또 다른 한 손으로는 물 위에 떠 있는 마름 잎을 잡고서 가까스로 물기슭에 닿았어요. 만약에 내가 물속으로 가라앉았더라면 물 밑에 엉켜 있던 마름 줄기에 휘감겨서 물 위로 올라오지 못했을 거예요. 2년 전에 내 친구 샤오우가 이 마름 저수지에 빠져서 죽었어요. 샤오우가 와서 나를 살렸구나 싶었죠. 물속에 빠지지도 않았고 마침 바람도 물기슭쪽으로 불어서 금방 물기슭에 닿을 수 있었으니까요. 나는 물귀신처럼 물속에서 기어 나왔어요. 물이 뚝뚝 떨어지

인생의 끝자락에 서서

는 빈 나무 대야를 머리에 이고 집으로 돌아왔어요. 우리 엄마는 집안에서 멍하니 앉아 있더라고요. 우리 엄마는 내가 마름 따러 간 걸 알고 있었어요. 나를 보자마자 한다는 말이, 에구, 에구, 왔구나, 나는 네가 어떻게 된 줄 알고……, 에구, 에구, 하는 거예요. 우리 엄마가 이런 사람이에요. 이러니까 사람들이 나무토막 할매라고 하는 거라고요. 밖으로 나와서 나를 찾아보든가, 뭐라도 해 볼 생각은 안 하고 그냥 집안에 앉아서 멍하니 기다릴 줄만 알지요.

나는 어른들을 따라서 공출미 나르는 일도 했어요. 내가 보니까, 사람들이 모두 짚신을 신고 있더라고요. 그래서 나도 짚신 삼는 법을 배웠지요. 먼저 신발코를 만들고, 코부터 신발 바닥을 엮어요. 그리고 끈을 엮어서 달면 끝이에요. 짚신을 신으면 얼마나 가볍고 좋은지 몰라요. 나는 멜대까지 만들어서 공출미 나르는 일을 열심히 했어요. 하지만 연말이 되어서 노동점수를 계산해 보니까 턱없이 부족하더라고요. 빚이 더 많았어요. 겨우 14살밖에 안 된 아이가 혼자 벌어서 어떻게 3식구 입을 감당하겠어요! 인민공사 문 앞에서 서서 꺽꺽 울었어요. 사람들이 울고 있는 저를 차마 보고 지나칠 수 없었는지, 언니의 노동점수를 나한테 할당해야 한다고 말해 줬어요. 인민공사는 그렇게 해 줬고요. 하지만 두서넛 해가 지나고 나서 내가 돼지를 길러서 돈을 버니까, 언니는 빌린 돈을 갚으라면서 1편짜리 동전 한 닢까지 빠짐없이 세어서 받아 갔어요.

인민공사에 있는 문화예술공작단文化藝術工作團에 들어가서 황매희黃梅戲를 불러도 노동점수를 받을 수 있었어요. 난 뭐든 빨리 배워요. 전통극도 금방 배우고 글자도 금방 배웠지요. 나는 목청도 좋고, 분장을 해도 예쁘고, 몸매도 좋으니까 최고의 주연 배우가 됐지요. 처음 무대에 올랐을 때, 눈앞에 새까맣게 앉아 있는 사람들을 보니까 가슴이 쿵쾅쿵쾅 막 뛰더라고요. 그런데 무대 아래쪽에서 떠나갈 듯이 쏟아져 나오는 박수 소리를 들으니 떨리지 않고 용기가 생겼어요. 그 뒤로는 무대에 오르면 먼저 무대 아래쪽을 눈으로 한 번 죽 훑어보고, 박수 소리를 듣고 나서 노래를 시작해요. 그러면 노래를 정말 잘 부를 수 있어요. 그렇게 공연이 성공적으로 끝나고 나면, 저 애가 덩씨 집 그 바보가 맞아요? 세상에, 굶어 죽을 줄 알았더니! 정말 여자애는 자라면서 열두 번 변한다는 말이 맞네요! 하는 소리가 들려와요. 내 커다란 눈이 아버지를 닮았대요. 아버지가 눈이 이렇게 크고, 잘생겼거든요. 하지만 나는 아버지를 닮은 게 정말 싫었어요. 우리 엄마는 단 한 번도 내 공연을 보러 오지 않았지만, 노래 공연은 노동점수가 정말 높은 일이라서 이때가 바로 우리 식구들이 아주 편안하게 살던 시절이었어요.

그 뒤로 바로 1966년, 문화대혁명이 시작됐어요. 아버지는 흑방黑幇으로 분류되었어요. 아버지의 오른팔이었던 뉴자이쯔 오빠는 아버지와 선을 확실히 그으려고 아무 말이나 막 하고 다녔고요. 딩 씨는 원래 정해진 혼처가 있었는데, 집으로 혼례 가마가 들어올 때 집을 나와서 유격대가 된 거래요. 유격대가 된 이후에 아버지를 만났으니 이것도 꼼짝없이 아버지가 저지른 큰 죄가 되었지요. 아버지는 성난 사람들에게 맞아 죽었어요. 그때 딩 씨도 규탄당하긴 했는데, 애기를(딸이었어요) 낳은 지 얼마 되지 않아서 그저 규탄당하는 걸로 끝났어요.

우리는 이제 황매희를 부르지 않고 양판희樣板戲를 부르게 되었지만 나는 여전히 주연 배우였어요. 아는 글자도 많아졌고 노래 가사를 베끼면서 글자도 쓸 줄 알게 되었고요. 하지만 우리 엄마는 맨날 걱정만 했어요. 네 아버지가 죽어서 네 아버지 걱정을 안 하나 했더니, 이제 네가 걱정이다, 노래하던 사람은 죽어서 떠돌이 귀신이 된다고 하는데……, 라고 하면서요. 떠돌이 귀신이 뭔지 몰랐지만 나는 엄마를 안심시켰어요. 나는 그저 돈을 벌어서 우리 식구들 먹여 살리려고 하는 것이니, 노동점수만 많이 모아 놓고 바로 그만둘 거라고요. 그러니까 엄마는 또 이렇게 말했어요. 네가 좋은 사람을 만나서 시집을 가야 마음이 놓이지, 라고요. 그래서 나는 또 이렇게 대답했지요. 좋아요, 내가 좋은 사람을 만나서 시집가게 되면, 바로 노래 부르는 것을 그만둘게요, 라고요.

그해 겨울이었어요. 점심시간에 같이 일하는 친구하고 밥그릇을 들고 밖으로 나갔어요. 햇볕이 따뜻한 자리에 앉아서 이야기도 하고 밥도 먹으려고요. 그런데 갑자기 폭죽 터지는 소리가 들렸어요. 누가 결혼식을 하나 보다, 빨리 가서 보자! 하는 소리도 들리고요. 가서 보니 다른 집도 아니고 바로 우리 집에서 나는 소리였지 뭐예요. 집으로 들어가니 큰외삼촌이 손님하고 막 집을 나서고 있었어요. 알고 보니 엄마가 내 신랑감을 정했더라고요. 큰외삼촌이 같은 동네에 사는 리씨 성을 가진 남자를 소개했는데, 집이 좀 가난하기는 해도 시아버지도, 시어머니도 없이 혈혈단신으로 남의 집 일을 하면서 사는 남자라고 해요. 듬직하고, 키도 아주아주 크고요, 튼튼하고 서글서글하게 생겨서 우리 엄마가 한 번 보고 아주 마음에 들어 했어요. 가지고 온 예물이라고는 몇 가지 되지도 않아서 탁자 위에 다 올려놓고 나니 더 올릴 것도 없었지요.

우리 큰외숙모도 굶어 죽었어요. 편하게 재봉 일을 하던 큰외삼촌은 굶어 죽지는 않았지만 눈이 잘 안 보이는 병을 얻어서 재봉 일을 더 이상 할 수 없게 되었어요. 그래도 장부 정도는 적을 줄 아니 다른 장사꾼들 밑에서 일하면서 그럭저럭 먹고살 만

인생의 끝자락에 서서

했지요. 큰외삼촌은 마누라가 죽고 없으니 보쌈을 했어요. 우리 마을에서는 보쌈이 나쁜 일이 아니에요. 큰외삼촌 친구가, 아주 덩치가 좋은 친구였다는데, 남편이 죽은 지 얼마 안 되는, 일도 잘하고 예쁘게 생긴 과부가 있다는 것을 알고, 그 과부가 무덤가에 지전을 태우러 올 때를 기다렸다가 보쌈을 해서 큰외삼촌 집에다 넣어줬지요. 과부는 사흘 낮 사흘 밤을 울다가 욕 하다가 하더니, 제풀에 지치고 배도 고프니까 그냥 큰 외삼촌 집에 눌러 앉아 버렸어요. 우리 마을 여자들은 모두 부모님이 정해주는 집으로 시집을 가요. 하지만 처음 시집갈 때 그렇게 하는 것이지 다시 재가하는 것은 제 마음대로 하지요. 이게 보쌈을 해도 되는 이유인 거예요. 나는 새로 온 큰외숙모가 따발총처럼 욕을 쏘아대는 걸 보고 깜짝 놀랐어요. 우리는 새로 온 큰외숙모를 '따발총'이라고 불렀어요. 큰외숙모는 욕만 잘하는 것이 아니라 다른 일도 다 잘했지만 우리집 일은 나 몰라라 했어요.

결혼 전에 우리는 한 번 만나서 얼굴을 보았어요. 서로 '리 오빠', '슈슈'라고 불렀지요. 리 오빠는 우리와 인연이 닿는 큰외삼촌 집에다 방 한 칸을 빌렸고 나는 그야말로 이웃집에 놀러 가듯이 시집을 갔어요. 따발총이 그걸 싫어하는지 정말 모르고요. 날마다 욕으로 따발총을 갈기는데, 정말이지, 참을 수가 없더라고요. 그래서 한 달도 못 살고, 우리는 엄마 집으로 들어갔어요.

나는 엄마한테 이렇게 말했지요. 엄마, 엄마 집에 방이 두 칸 있잖아요, 북쪽의 작은 방은 엄마 혼자 쓰시고요, 막둥이는 이미 언니 있는 데로 갔으니 리 오빠한테 헛간 옆에 있는 큰 방을 세 놓으세요, 계약서도 쓰고 달마다 방세도 드릴게요, 가까이 살면 엄마도 돌볼 수 있으니 내 마음도 편하고요.

그러니까 우리 엄마는, 그게 무슨 소리냐? 너희들이 들어와 서 살면 얼마나 좋겠니! 무슨 방세 낸다는 소리를 해! 어서 집으로 오너라! 어서! 라고 말했어요. 우리 엄마는 하지 말라고 했지만, 리 오빠는 계약서를 썼고, 그렇게 해서 엄마와 함께 살기 시작했지요. 살림살이라고 해 봐야 몇 개 되지도 않으니 엄마 집으로 가자는 말이 나오자마자 바로 엄마 집으로 들어갔어요. 좁은 집에서 복닥거리면서 살았지만, 내 평생에 그때처럼 행복하고, 그때처럼 재미나게 살았던 때는 없었던 것 같아요. 그때에 비하면 요즘 내가 사는 꼬락서니는⋯⋯, 한숨이 나와요.

리 오빠, 아니, 라오리는 우리 엄마한테 효도하는 사위였어 요. 라오리는 붙임성이 좋아서 우리 둘째 할아버지, 할머니도 아 주 좋아했고요. 놀기 좋아하는 우리 남동생도 자기 명의로 된 땅 을 라오리보고 쓰라고 내주었어요. 아버지가 죽은 후에도 다른 집으로 시집가지 않은 딩 씨까지 라오리를 칭찬했어요. 셋째 할머니도 라오리를 좋아했지요. 아들은 해방군이 되어서 집을 떠났고, 딸들도 모두 군인에게 시집을 가서 혼자 사는데 라오리가 와서 도와주니까요.

　나는 아들 하나 딸 하나를 연년생으로 낳았어요. 큰애는 '다바오', 작은애는 '샤오메이'라고 불렀죠. 샤오메이 밑으로는 더 이상 아이를 낳지 않으려고 묶어 버렸고요. 우리는 아이를 낳고도 계속 방 두 칸짜리 아래채 집에서 살았어요. 비좁은 집에서 사는 건 그렇다 쳐도 그 많은 입을 어떻게 먹여요? 맨밥만 먹고 살 수는 없으니 텃밭에 채소도 심고, 돼지도 기르고, 닭도 기르고 했지만, 기름이며, 소금이며, 간장, 식초, 잎차, 모두 돈으로 사야 하는 것들이 있잖아요. 배만 채운다고 살 수 있나요? 또 입어야 하지요. 신발만 해도 어른, 아이 할 것 없이 밑창을 드러내 보이니 우리 엄마는 신발 꿰매는 일만으로도 바빴어요. 5식구의 옷이며 이불에다가, 또 아이들은 하루가 다르게 크니까 신발, 양말, 겉옷, 속옷을 계속해서 바꿔줘야 하지요. 솜옷하고 솜바지는 겉감에, 안감에, 솜까지 죄다 돈이 들어가요. 어른이야 낡은 옷으로 버틴다고 해도 아이들을 맨몸으로 홀딱 벗겨서 키울 수는 없는 노릇이고요. 한겨울에 맨다리를 다 드러내 놓고 바지도 못 입고 살았던 사람은 저 하나로 족해요. 저야 천덕꾸러기였지만 우리 샤오메이는 누구나 애지중지하는 아이, 다바오보다 더 사랑받는 아이라고요. 하지만 어디, 돈 나올 데가 있나요? 우리는 하루 종일 어떻게 하면 돈을 벌 수 있나, 그 궁리만 했어요.

라오리는 주님을 믿었어요. 라오리가 믿는 것이 구교라고 하는데, 내가 구교가 뭔지 신교가 뭔지 어떻게 알겠어요? 그냥 라오리가 뭔 주님을 믿는다고 하니 나도 따라서 믿었던 거지요. 주님을 믿는 친구들도 몇 사람 사귀게 되었어요. 우 언니는 베이징을 왔다 갔다 하는 사람이었는데, 우 언니 말로는 베이징이 돈벌이가 쉬운 곳이래요. 남자들보다 여자들이 일자리를 구하기 쉽고 한 달에 20위안은 받을 수 있다고요. 하지만 베이징은 아주아주 먼 곳인데 어떻게 그렇게 먼 곳까지 가서 일하겠어요?

1972년이었어요. 우 언니가 베이징에서 일하는 자신의 수양어머니가 가정부를 몇 사람 구해달라고 했다면서 저보고 하겠냐고 물어봤어요. 왕 언니는 벌써 하기로 약속했대요. 매일 돈 벌 궁리만 하던 터라 나도 우 언니를 따라 베이징에 가서 돈을 벌자고 마음먹었지요. 그때 저는 22살이었어요. 샤오메이는 막 젖을 떼었고요. 나는 언니한테 돈을 빌려서, 추석 명절을 쇠고 난 다음, 그러니까, 음력 8월 18일 날짜로, 셋이 나란히 타고 가는 기차표를 샀어요. 라오리가 사계절 옷을 다 챙겨 넣은 내 옷 보따리를 들고 기차역까지 배웅을 했어요. 라오리는 입장권을 사서 우리 세 사람이 기차에 오르는 것을 보고 기차가 출발할 때까지 계속 서 있었어요. 기차가 움직이기 시작하는데 라오리가 손을 흔들었어요. 점점 멀어지는 기차를 향해, 그 자리에, 그대로 서서, 라오리는 계속 손을 흔들고 있었지요. 나는 그렇게 라오리와 헤어졌어요.

가슴이 아팠어요. 너무 아프더라고요. 당장 기차에서 내려 라오리와 함께 집으로 돌아가고 싶었어요. 나는 심장병 환자도 아니고, 이게 심장병이 아니라는 것도 분명하지만 진짜로 심장이 아픈 것이 느껴졌어요. 지독하게 쓰리고 아팠어요. 베이징에 도착하니 꼭두새벽이었어요. 집에서 기차역까지 하루 밤낮을 걸었고, 이른 아침에 기차를 타서 또 하루 밤낮을 달려왔어요. 나와 왕 언니는 우 언니가 수양어머니에게 주려고 챙긴 보따리를 나눠 들고 기차역에서 나왔어요. 전차를 타고 시쓰 역에서 내린 다음 조금 걸었더니 둥셰졔 거리가 나왔어요.

우 언니의 수양어머니는 아침을 먹고 있었어요. 왕 언니가 수양어머니에게 인사를 하며 곶감 한 봉지하고 귤 정과 한 봉지를 선물했어요. 다행히 나도 옷 보따리 속에 밤늦게까지 수를 놓아서 만든 신발창이 있었어요. 나는 신발창 두 장을 얼른 수양어머니에게 내밀었지요. 제 작은 성의입니다, 라고 말하면서요. 수양어머니는 신발창을 몹시 마음에 들어 했어요. 이리저리 뒤집어가며 수 놓은 걸 자세히 보더니 손재주가 좋다고 칭찬도 해 주었어요. 그리고 아랫방에 아침을 차려 놓았으니 먹으라고 했어요. 수양어머니는 이 집의 모든 살림을 책임지는 사람이었어요. 우 언니가 수양어머니하고 이야기할 때 보니 '마 총장님'이라는 이름이 자주 들렸어요. 그 사람이 가정부를 구하는 사람인 것 같았어요. 수양어머니는 우 언니와 잠깐 이야기를 나누고는 우리만 남겨두고 일하러 가버렸고 우 언니가 우리를 보고 말했어요. 어머니가 조금 있다가 마 총장님하고 전화해서 약속할 테니, 밥 먹고 가서 가정부 구하는 집을 몇 군데 들러야 해, 그 사람들이 너희를 보고 고를 수 있게 직접 가서 얼굴을 보여 주는 거야, 마 총장님은 바쁜 분이니까 약속 시간에 1분이라도 늦으면 안 돼, 마 총장님은 둥청 지역에 있으니까, 아침 일찍 둥청으로 미리 가서 기다리자, 너희들은 시골에서 본 신부님밖에 모르겠지만 내가 둥쟈오민샹 골목에 있는 성당에도 데리고 갈 테니, 가서 쉬 신부님도 뵙고 성당 구경도 하자꾸나, 어머니가 너희들한테 밥도 사주라고 하셨으니, 성당에 들렀다가 근처에서 밥을 먹자, 마 총장님이 있는 곳에서도 멀지 않은 곳이야, 그리고 어머니가 너희들 짐을 잊지 말고 꼭 가지고 가라고 당부하셨어.

쉬 신부님은 이미 미사를 마치고 성당 앞 계단에 서 있었어요. 아주 온화한 분이었어요. 신부님은 우리에게 세례를 받았는지 물어보고, 우리가 모두 세례를 받지 않았다고 하니까 성당 안으로 들어오라고 했어요. 신부님이 하는 대로 성수를 찍어서 아래위로 십자를 그린 다음 무릎을 꿇었지요. 그리고 신부님을 따라서 뒤쪽에 있는 작은 방으로 들어갔어요. 신부님은 우리 조상들이 죄를 지었기 때문에, 그 죄를 씻기 위해서 우리가 한평생 고통을 받아야 한다는 '도리'를 이야기해 주었어요. 저는 신부님 목에 걸려 있던 십자가와 똑같은 십자가를 하나 받았어요. 얇은 책자도 하나 받았는데 윗부분에 〈천주경〉, 〈성모경〉, 〈신경〉이라고 제목이 쓰여 있었어요, 그리고 〈모세 십계명〉도 있었고요. 왕 언니는 글자를 모르니까 십자가만 받았어요. 쉬 신부님은, 너희들은 남의 집 일을 하니까 안식일을 지킬 수는 없겠지만, 주님은 마음으로 믿는 것이니 매일 잊지 말고 기도를 드려라, 너희가 기도할 때 주님은 바로 너희들 곁에 계시다, 주일날 힘들게 미사에 나오려고 애쓰지 말고, 미사에 나오지 않더라도 평소처럼 일하면서 기도하면 된다, 하고 말하면서 한 사람, 한 사람, 축복해 주었어요. 축복을 받으니 라오리가 생각났어요. 라오리는 나와 한 몸이니까 내가 받은 축복에는 라오리의 몫도 있었겠지요. 축복을 받으니 마음이 따뜻해졌어요. 가슴이 아픈 것도 모르겠더라고요.

우리는 약속 시간에 맞춰 마 총장님을 만나러 갔어요. 마 총장님은 위세가 대단한 사람이었지만 우리를 정중하게 대해 줬어요. 아무 말 없이 바로 자동차의 뒷자리 문을 열어 주고는 자신은 운전사 옆자리에 가서 앉았어요. 우 언니는 나와 왕 언니에게, 올해는 예전하고 비교할 수도 없어, 어느 집에서 가정부 구한다는 소리를 할 수 있겠어? 간부학교로 가라 하면 간부학교로 가고, 촌으로 가라 하면 촌으로 가서 있어야 하는데 말이야, 가정부를 구하는 집은 아주아주 높은 간부들 집이지, 그런데, 그 사람들이 왜 이렇게 먼 안후이까지 와서 사람을 구하는가 하면, 가정부가 밖에서 이러쿵저러쿵 집안일을 떠벌리고 다니는 게 싫어서 그런 거야, 너희들, 꼭 명심해, 주인집 일을 절대로 밖에서 말하고 다니면 안 돼, 그리고 무슨 일이든 알려고 하지도 말고, 그냥 내 일만 열심히 하는 거야, 일은 그렇게 힘들지 않을 거고, 월급도 절대 적게 주지는 않을 테니까, 라고 말했어요.

제일 먼저 간 집은 자오 씨 댁이었어요. 자오 씨 댁 사람들은 나를 골랐어요. 월급은 한 달에 25위안이라고 말했고 매년 반 달씩 쉴 수 있게 해 준대요. 해야 할 일은 7식구 사는 집을 청소하는 것이고요. 마 총장님은 나한테 하겠냐고 물었어요. 월급이 25위안이라니, 정말이지, 깜짝 놀랐어요. 나는 얼른 고개를 끄덕였어요. 하고 싶다고요. 마 총장님에게도 바로 감사하다고 인사를 했고요. 마 총장님은 나를 그 집에 놔두고 다른 사람들만 데리고 가 버렸어요.

나를 뽑아 준 사람은 할머니와 사모님이었어요. 할머니 시중

드는 허 아주머니도 내가 좋다고 했대요. 허 아주머니는 나를 아주 쪼끄마한 자기 방으로 데리고 가서 내가 해야 하는 일을 설명해 줬어요. 집안 식구들도 알려 주고요. 이 집의 할머니는 아주 아주 높은 집안의 딸인데 성이 자오가 아니래요. 사위, 그러니까 사모님의 남편이 자오 성씨를 가지고 있는 거라고 하더라고요. 딸과 사위는 둘 다 일을 하는데, 사모님은 병가 중이라 반나절만 일하고 돌아온대요. 집안일은 모두 다 사모님 소관이고, 첫째인 언니, 둘째인 오빠, 셋째인 여동생, 그리고 넷째인 막내 여동생은 모두 학교에 다니니까 저녁 먹을 때 나를 데려가서 인사를 시키겠다고 했어요. 그리고 집에서 일하는 사람들 방을 보여 줬는데 문 옆에 운전기사와 식모의 방이 하나씩 있었어요. 내가 해야 할 일은 빨래와 집 청소였어요. 세탁기가 있었지만 큰 옷들만 세탁기에 넣고, 작은 옷들은 대야에 담아서 꼭 따로 빨라고 했어요. 남자 옷, 여자 옷, 겉옷, 내복, 속옷, 양말, 손수건을 다 따로따로 빨아야 해요. 대야에 한꺼번에 담가 버리면 절대 안 되고요. 전부 손으로 하나씩 빨아야 한대요. 셔츠는 꼭 다려 놓아야 하고요. 허 아주머니는 나를 데리고 다니면서 내가 청소해야 할 방들을 알려 주었어요. 식당을 보여 줄 때는 식구들이 점심 저녁을 몇 시에 먹는지 알려주면서, 식당도 내가 청소해야 하는 곳이지만 설거지는 내 일이 아니라고 했어요. 할머니가 쓰는 방은 세 칸 모두 허 아주머니가 한대요. 할머니 방에서 나를 부를 일도 없겠지만 내가 들어가서도 안 된다고 했어요. 할머니 방에 손님이 와 있는 것 같으면 방문 앞에 가까이 가서도 안 되고요. 또 옷을 빠는 곳과 옷을 널어서 말리는 곳도 보여 주었어요. 비단옷은 햇볕에 말리면 안 된다고 주의하라고 했고요. 그리고 내가 지낼 방으로 데리고 갔어요. 허 아주머니는 내 옷 보따리를 방 아무 데나 넣어 놓으라고 말하고는 침대 옆에 있던 걸상을 끌어다가 앉았어요. 나보고도 이리 와서 앉으라고 했어요. 허 아주머니는 한숨을 한 번 쉬고는, 리 아줌마, 하고 나를 부르더니, 나는 리 아줌마가 마음에 들어, 여기서 오래 일해 줬으면 좋겠어, 라고 말했어요. 나도 못 알아듣는 척 말했지요, 내가 오래 일할 수 없을 거라는 말인가요? 하고요. 허 아주머니는 웃으면서 말했어요. 사람마다 성질이 다 다르지 않은가, 앞으로 조금씩 알게 되겠지, 이 집 넷째는 셋째와 같은 해, 같은 달에 태어났는데 사모님 아이가 아니야, 넷째는 엄마가 없지, 넷째는 할머니 가슴에 맺혀 있는 멍울이라 할머니가 애지중지하신다네, 넷째가 울면 사모님은 리 아줌마 잘못이라고 트집을 잡을 거야, 무슨 말인지 알아듣겠나? 허 아주머니는 좀 쉬었다가 저녁밥 먹기 전까지 쌓여 있는 빨랫감을 얼른 빨아 놓으라고 했어요. 이틀 동안 일할 사람이 없어서 빨래가 밀렸다고요. 이전에 일했던 가정부가 그만둔 지 이틀이 되었다는 말이었지요.

내 방은 작지는 않았지만 어두웠어요. 방 앞에 커다란 나무가 가로막고 있어서 볕이 전혀 들지 않았거든요. 좀 무서운 생각이 들어서 쉬 신부님이 주신 십자가를 꺼내어 침대 머리맡에 걸고 무서운 생각을 떨쳐 버렸죠. 그리고 라오리가 우표까지 붙여서 준 편지 봉투 속에서 새 편지지를 꺼내서 서둘러 라오리에게 편지 먼저 썼어요. 저녁 먹기 전에 허 아주머니가 다른 언니들도 전부 일자리를 찾았다는 소식을 전해 줬어요. 모두 월급을 22위안씩 받기로 했으니 나쁘지 않은 자리를 찾았다고요. 우 언니가 내게 자기 전화번호를 전해 달라고 했대요.

드디어 기다리고 기다리던 첫 월급을 받은 날, 집으로 20위안을 부치고 5위안은 내가 필요한 것을 사려고 남겨 두었어요. 일을 시작한 첫해는 너무 길었어요. 집에 가는 꿈을 자주 꿨어요. 꿈속에서도 꿈인가 싶어서 팔을 꼬집어 보다가 잠에서 깬 적도 있어요. 괜히 팔을 꼬집었다고 후회하지만 그렇다고 같은 꿈을 마음대로 또 꿀 수는 없잖아요. 하지만 라오리가 편지에다가, 아무 걱정하지 마라, 기차표 살 때 빌린 돈은 다 갚았다, 겨울에 다바오와 샤오메이 모두 새 솜옷과 솜바지가 생겼다, 이런 이야기를 적어 보내니 다행이었지요.

한 달, 또 한 달, 기다리던 월급을 받아서 집에 돈을 부치고

나면 며칠은 마음이 편해요. 하지만 첫해 1년은 정말 버티기가
힘들었어요. 사모님이 내 십자가를 보더니 시청에도 성당이 있으
니 일요일에 미사를 드리러 가고 싶으면 가도 괜찮다고 했어요.
하지만 그곳 신부님이 말하는 '도리'는 도무지 알아들을 수가 없
어서 두 번 가고 말았지요. 일한 지 2년째 되니 추석 명절 후에
보름 동안 쉴 수 있는 휴가를 받았어요. 우 언니는 휴가가 없어
서 나 혼자 집에 갔지요. 라오리가 마중을 나왔어요. 좀 늙었더라
고요. 살도 빠지고요, 몸이 술에 절어서 하는 말이, 잠을 못 자서
그렇대요. 술을 마셔야 그나마 잠이 온대요. 라오리는 몸에 나쁜
싸구려 술만 마셔요. 나는 라오리가 너무 안타까워서 집을 떠나
고 싶지 않았지만, 매달 25위안이라는 돈이 없으면 살 수가 없어
요. 지난 1년 동안 그 돈으로 겨우 숨 돌리면서 살았는걸요.

그래도 처음 휴가를 받아 집에 왔을 때는 정말 즐거웠어요.
말하자니 화가 나는 일도 있기는 했지만요. 내가 남동생을 위해
서 혼담을 넣었던 좋은 혼처를 언니가 바로 퇴짜를 놓았지 뭐예
요. 우리 남동생은 키가 크고 말랐는데 신붓감이 키가 작아서
안 된다면서요. 언니는 어디서 요란하게 화장한 여자를 하나 데
리고 왔어요. 겉모습만 보면 술집 여자인 줄 알 거예요. 내가 집
에 없으니까 엄마는 언니 말만 듣고, 둘이서 그렇게 결혼 준비를
하고 있었더라고요. 신방은 언니가 예전에 쓰던 방에다 차려 줬

어요. 딩 씨가 딸 둘을 데리고 도망가 버려서 본채도 비어 있었지만 아직 치우지 못했거든요.

2년째 되는 해에도 추석 후 휴가를 받아서 집에 갔어요. 라오리는 여전히 좋아 보이지 않았어요. 다리를 절뚝절뚝 절며 걸었어요. 술을 먹고 몸에 찬바람 드는 줄 모르고 자서 그렇다는데 무슨 병인지도 모르더라고요. 우연히 만난 문화예술공작단 친구에게서 같이 일하자는 말도 들었지만, 노래하면 떠돌이 귀신이 된다고 엄마가 걱정하는 것도 그렇고, 마을에서 노래 부르던 사람들을 보면 확실히 평판이 좋지 않았어요. 나는 집에 남아서 라오리와 함께 있을 수가 없었어요. 한 달 월급이 자그마치 25위안이나 되잖아요! 더구나 2년째 되던 해부터는 명절에 떡값까지 주었어요. 나는 라오리한테 당부했어요. 술을 마시고 싶으면 좀 좋은 술을 사서 마시고 아프면 의사한테도 가 보라고요.

우리 남동생은 어려서부터 놀기를 좋아했어요. 커서는 노름을 잘해서 열 번 하면 여덟 번은 돈을 따 왔어요. 장가를 가고 나서는, 달랑 두 식구인데도 그렇게 싸우더니, 결국 술집 여자 같던 여편네도 도망가 버렸지 뭐예요. 다시는 돌아오지 않았죠. 남동생은 그대로 노름꾼이 되어 버렸고요. 내가 남동생한테 말했어요. 이 누나가 너를 키우려고 10살 때부터 곡식을 훔쳤다, 14살 때는, 너도 소를 몰았지마는, 내 노동점수 하나로 엄마와 너를 먹여 살리지 않았느냐, 노름판에서 돈을 딸 수도 잃을 수도 있는데, 돈을 땄을 때 딱 끊어야 한다, 하고요. 하지만 돈을 따고 막 신이 나 있는 참에 이런 말이 귀에 들어올 리 없지요. 베이징으로 다시 돌아오는데 마음이 얼마나 아팠는지 몰라요. 그해는 지난 2년보다 훨씬 더 긴 것 같은 1년을 보냈어요. 여름 즈음에 라오리에게서 편지가 왔어요. 집에 큰일이 났다는 거예요. 이발사 형부가 또 도망을 갔대요. 언니하고 아들 셋만 남겨 두고, 집세도 두 달치나 안 내고요, 글쎄, 가구까지 전부 들고 갔는데 들고 가기 불편한 이발소 의자 하나만 달랑 남겨 놓았더래요. 그래도 우리 언니가 수완이 좋아서, 이발소를 다른 이발사에게 넘기고 밀린 집세를 해결한 다음에 세 아들을 데리고 엄마 집으로 들어왔어요. 언니도 베이징으로 와서 일자리를 찾을 생각이고, 아들 셋은 집에 남아서 밭일을 돕기로 하고요. 원래 이발사 형부는 데릴사위였으니 아들들 성씨도 우리 집안을 따라서 덩씨로 바꿨는데, 엄마가 좋아하면서, 이제 친손자가 생겼구나, 라고 했대요.

3년째 휴가를 받았을 때는 추석 전에 집에 가서 명절을 지내고 올 수 있게 되었어요. 특별히 라오리한테 주려고 좋은 술도 한 병 사 놓았지요. 그런데 라오리가 술을 끊었고 병도 없이 몸이 더 건강해졌다고 편지를 보내왔어요. 그러면 술은 둘째 할아버지께 드려야지, 하고 생각했지요. 자오 씨 댁에서 떡값도 챙겨 주었고 추석 이틀 전에 집에 갈 수 있게 휴가도 넉넉히 내주었어요. 라오리한테 미리 편지로 알릴 수가 없으니 그냥 가서 깜짝 놀래 줘야지 생각했지요. 나도 집으로 가는 길을 잘 알고 있으니 라오리가 꼭 마중을 나올 필요도 없었고요.

나는 신이 나서 쏜살같이 집으로 갔어요. 그런데 샛문에 빗장이 걸려 있더라고요. 샛문은 낮에 잠그지 않는데, 이제 집에 돈이 생기니까 라오리가 조심하느라 그랬구나, 하고 생각했지요. 나는 대문으로 들어가서 살금살금 헛간으로 들어갔어요. 그리고 헛간으로 나 있는 방문을 열었어요. 그런데 라오리가 어떤 여자를 안고 한 이불 속에 누워 있는 거예요! 라오리와 눈이 마주쳤어요. 나는 들고 있던 물건들을 탁자 위에 두고 돌아서 그대로 다시 헛간으로 나왔어요. 맞은편에 있는 우리 엄마 방으로 들어갔지요. 엄마 침대 앞에 서서 두 손으로 가슴을 움켜쥐고 소리 없이 울었어요. 흐르는 눈물을 꾹꾹 눌러 삼켰어요. 엄마는 자고 있더라고요. 내가 한참을 옆에 서 있었는데도 모르고 계속 달게 잠만 자고 있었어요. 샛문이 열리고 사람이 나가는 소리가 들렸어요. 눈물을 뚝뚝 흘리면서 내다보니 라오리가 문 앞에 무릎을 꿇고 있는 것이 보였어요. 라오리도 눈물을 뚝뚝 흘리고 있었지요. 나는 엄마가 깰까 봐 손짓으로 라오리에게 일어나라고 했어요. 그리고 나도 탁자에 몸을 기대며 의자에 앉았어요. 라오리는 얼이 빠져서 그대로 서 있다가 내가 엄마 침대를 가리키니까 그제야 의자에 앉았어요. 라오리는 술 냄새도 안 나고 얼굴색도 좋은 것이 아주 건강해 보이더라고요. 한숨만 나왔어요. 아무 말도 할 수가 없었지요. 엄마가 깰까 봐 무서웠는지 라오리가 소리 죽여 가만가만 이야기를 시작했어요. 슈슈, 당신은 정말 좋은 여자야, 하지만 남자를 너무 몰라. 나는 우는 소리도 못 내고 눈물만 뚝뚝 흘렸어요. 내가 눈물을 삼키며, 리 오빠, 당신한테 정말 미안해요, 하고 말했지요. 라오리는 두 손을 모아 빌면서 작은 소리로 말했어요. 슈슈, 미안한 건 나야, 내가 당신에게 죄를 지었어. 라오리는 나를 안으려고 다가왔어요. 나는 얼른 뒤로 물러섰지요. 나도 라오리를 부둥켜안고 통곡하고 싶었어요. 하지만 내가 다른 것은 몰라도 깔끔한 성격은 엄마를 닮았지요. 나는 라오리가 더러워서 싫었어요. 라오리의 손길이 닿는 것조차 싫었어요. 내가 물었지요. 그 여자는 누구예요? 하고요. 라오리는, 그 여자 남편이 반신불수야, 어머니한테 돈을 빌리러 자주 왔는데, 그 여자가 날 유혹한 거야, 그래서, 내가, 죄를 지었어, 라고 말했어요. 그 여자 남편은 광부였는데, 일하다가 허리를 크게 다쳤대요. 죽지 않고 살아났지만 반신불수가 된 거지요. 자리에 누워서 2년이나 있었다고 해요. 그제야 알겠더라고요. 나는 라오리에게 말했어요. 당신 잘못도, 그 여자 잘못도 아니에요, 하지만 이제부

인생의 끝자락에 서서

터……. 나는 오른손을 앞으로 내밀고 칼로 자르듯이 왼손으로 오른손을 몇 번 내리치는 시늉을 해 보였어요. 우리는 이제부터 영원히 갈라선다는 뜻으로요. 라오리가, 슈슈, 용서해줄 수는 없을까? 하고 말했어요. 나는 이렇게 말했어요. 나는 용서해 줄 수 있어요, 하지만……. 나는 또 한 번 칼로 자르는 시늉을 해 보였지요. 라오리는 눈물을 머금고 말했어요. 슈슈, 우리는 서로 사랑하는 부부인데, 서로 얼굴을 붉힌 적도, 말다툼을 한 적도 없었는데, 이번 한 번만 용서해 줄 수 없을까? 라고요. 나는 고개를 저으며 말했어요. 이번 한 번이 아니라 앞으로 또 이런 일이 있으면요? 그래서 나는……. 또 눈물이 흘렀어요. 라오리는 무릎을 꿇고 매달렸어요. 나는 문을 박차고 밖으로 뛰쳐나갔어요. 라오리가 문밖으로 쫓아와서는 말했어요. 슈슈, 정말 결심한 거야? 내가 말했어요. 리 오빠, 내 마음이 온통 붉은 살덩이로 되어 있는데 어떻게 당신을 탓하겠어요. 당신이 우리 엄마를 지극정성으로 모시고, 우리 다바오하고 샤오메이를 잘 돌본 것이 모두 붉은 살덩이가 되어 내 마음에 붙어 있으니 절대 잊지 않아요. 우리는 여전히 부부지요. 앞으로도 변함없이 한 달에 20위안씩 부칠거예요. 한 가지만 물어볼게요. 당신이 그 여자 집까지 돌봐야 하나요? 라오리가 말했어요. 그 여자 집은 반신불수가 된 남편 하나밖에 없어, 그리고 연금이 나와, 그 여자는 돈 때문에 그런 것이 아니야, 그냥 돈을 빌린다는 구실로 나를 유혹하려고 그랬던 거지. 내가 그 유혹을 참지 못해서 죄를 지은 것이고, 슈슈, 내 죄를 누가 알게 될까 봐 신부님한테도 말을 못 하겠어. 마음이 아무리 불편해도 내 죄를 용서해 달라고 기도조차 할 수 없다고. 나는 아주 냉정하고 온화하기까지 한 얼굴로 말했어요. 라오리, 당신은 착한 사람이에요, 내가 베이징에 가면 당신을 대신해서 신부님한테 죄를 용서해 달라고 할게요. 당신도 매일매일 기도하세요. 우리는 이렇게 화해했지만, 심장이 갈라지는 것 같이 여전히 아팠어요. 나는 얼굴을 씻고 엄마를 깨웠어요. 라오리에게 돈을 건네주고 가지고 온 선물도 꺼내서 누구에게 어떤 선물을 보내야 하는지 하나하나 설명해 주었어요. 좋은 술은 둘째 할아버지께 보내는 선물이라고 말했지요. 그때 샤오메이는 4살, 다바오는 6살이었어요. 남동생하고 놀고 있던 아이들을 불러서 입을 맞추고, 꼭 껴안아 주고, 가지고 온 과자와 장난감을 줬어요. 그리고 주인집에 급한 일이 생겨서 돌아간다는 핑계를 대고 그날 밤 베이징으로 가는 기차표를 샀지요. 추석에 고향으로 내려가는 기차표는 구하기 어려워도 고향에서 베이징으로 올라가는 기차표는 쉽게 살 수 있어요. 특급열차를 타고 추석 오후에 베이징에 도착했어요.

다시 자오씨 댁으로 들어갈 수는 없었어요. 너무 창피했거

인생의 끝자락에 서서

든요. 추석은 모두 집에서 식구들하고 지내는 날인데 이런 날 집 밖에서 헤매고 다니는 사람이 어디 있나요! 하지만 추석에도 가정부를 구하는 집은 분명히 있을 거예요. 나는 일자리를 소개해 주는 여자를 찾아갔어요. 추석이라 아주 바쁘더라고요. 그 여자가 말했어요. 있기는 있는데, 리 씨가 그 집에서 일하기는 힘들 거예요, 하기야 리 씨 말고 다른 누구라도 힘들 테지만, 으리으리하게 잘사는 화교 집에서 아이를 보는 일이에요, 월급은 나쁘지 않게 주겠지만, 외모도 괜찮아야 하고, 애도 잘 봐야 하고, 따지는 것도 많은 데다 아무래도 아이를 보는 일이니까 일단 시작하면 적어도 3년은 밤낮으로 애한테 붙어 있어야 해요, 월급도 정해진 것이 아니라 먼저 일할 사람을 보고 얘기하자고 하는데, 그러면 나는 괜히 발품만 팔고 좋을 게 없잖아요, 임시로 사람을 구하는 다른 집들은 추석 동안에만 일할 사람을 찾는 것이고. 나는 라오리가 명절 선물로 담아 준 월병 과자를 그 여자한테 내밀면서 그 화교 집 주소를 알려 달라고 했어요. 내가 혼자 가보겠다고요. 여자는 나한테 차 한잔도 대접할 시간이 없이 바빴으니까요.

혼자 그 화교 집을 찾아갔어요. 정말 크고 으리으리한 집이었어요! 문 앞에서 내가 누구 소개로 왔는지, 보증인이 있는지 물었어요. 보증인은 당연히 있고 면접을 보러 왔다고 했더니 나를 그 집의 사모님 앞으로 데려갔어요. 사모님은 나를 죽 훑어보더니 아이는 아직 병원에 있고, 사람을 자주 바꾸는 것이 싫으니 정말 오랫동안 일해 줄 사람을 찾는다고 말했어요. 아이가 3살이 되어서 유치원에 갈 때까지 일하는 조건이고, 밤에도 아이를 돌봐야 한대요. 나는 월급이 얼마냐고 물었어요. 그러니까 사모님이, 먼저 병원에 가서 신체검사하고 아이가 잘 따르는지 봐야 하지 않겠어요? 라고 말하더라고요. 그래서, 둥청에 있는 신부님을 만나러 갈 때 반나절만 휴가를 내주면 그 뒤로는 아무 일이 없어요, 딸린 식구도 없고요, 적어도 25위안을 주셔야 해요, 보증인은 확실히 있고요, 라고 말했지요.

병원에 가서 신체검사하려면 빈속이어야 하는데 그때 나는 물 한 모금도 먹지 못하고 온 터라 완전히 텅 비어 있었지요. 사모님은 내게 갈아입을 옷을 주고 얼굴도 씻으라고 한 다음에 나를 병원으로 데려갔어요. 검사 결과는 아주 건강하다! 아무 문제가 없다! 이렇게 나왔어요. 간호사가 애기를 안고 왔는데 여자아이였어요. 애기 얼굴을 보고 웃어 주었어요. 그러니까 아직 웃을 줄도 모르는 애기가 작은 손으로 나를 꼭 잡더라고요. 잘 지내보자고 말하는 것 같았어요. 사모님은 나를 집으로 데리고 갔어요. 이름도 물어보고 집안 사정은 어떤지, 또 보증인은 누군지, 아이 보는 일을 해본 적이 있는지 이것저것 물어봤어요. 애기는 모유

인생의 끝자락에 서서

를 먹지만 밤에 잠을 잘 때는 보모가 데리고 자야 한대요. 월급은 한 달에 30위안을 주는데, 앞으로 천천히 더 올려주겠다고요. 나는 반나절 휴가만 주면 아무 문제 없다고 말했어요.

새로 일을 시작한 집에서도 추석 떡값을 받았어요. 자오씨 댁에서 이미 30위안을 받았으니 그 해 추석은 두 군데서 명절 떡값을 받은 거예요. 새로운 주인집에서는 일하기 시작한 첫날에 60위안을 주고, 새것과 다름없는 옷도 많이 줬어요. 나는 바로 라오리에게 편지를 썼어요. 라오리를 대신해서 쉬 신부님께 죄를 고백하러 갈 것이고, 명절 떡값으로 받은 돈으로 좋은 털실을 사서 라오리가 입고 싶어 하던 꽃무늬가 있는 윗도리를 떠 준다고요. 바뀐 주소도 알려 주었어요. 예전처럼 달마다 20위안씩 부쳐 줄 것이고 우리가 부부인 것은 변함없다고 말해 줬어요. 나는 라오리에게 편지를 쓰고 난 후 자오씨 댁에도 전화를 걸어서 일을 그만둔다고 말했어요.

나는 우 언니의 수양어머니를 통해서 쉬 신부님과 약속하고 반나절 휴가를 받았어요. 신부님은 내 이야기를 모두 듣고 난 후에 나를 한참 동안 이상하다는 표정으로 쳐다봤어요. 내가 보통 여자들하고는 다르대요. 신부님도 라오리를 위해 기도하겠다고 하면서 주님은 자비로우시니 라오리에게도 매일매일 꼭 기도하라는 말을 전하라고 했어요. 그리고 우리 두 사람을 축복해 주었어요. 나는 라오리에게 편지를 부치고 나서 화교 집으로 들어갔어요. 그 뒤로 죽어라 하고 3년 동안 일만 했지요. 화교 집에서는 아이가 유치원에 들어가자마자 바로 나를 내보냈고요.

이번에 고향 집에 가 보니까 반가워하는 사람은 라오리 하나뿐이고 아이들도 서먹하기만 하더라고요. 엄마는 친손자라고 언니 아들 셋만 챙기는데, 라오리 말을 들어보면, 언니는 돈을 벌어도 집에 보태는 법이 없대요. 그래도 우리 엄마는 맛있는 것이 생기면 항상 튼튼한 친손자한테 먼저 주지요. 우리 다바오와 샤오메이는 뒷전이고요. 그래도 우리 다바오와 샤오메이는 같이 놀고, 먹고, 오빠가 동생을 돌볼 줄도 알고, 사이가 좋대요. 언니 자식들은 뭐든지 서로 가지려고 하고 싸움질하기 일쑤인데 말이지요. 나는 아이들이 모두 커서 방이 비좁다는 핑계로 엄마 방에서 이틀 밤을 자고 다시 베이징으로 일하러 왔어요. 나는 우리 집에서 그저 밖에 나가 돈을 벌어다 주는 사람일 뿐이에요. 내가 가는지, 오는지, 신경 쓰는 사람은 하나도 없어요.

라오리의 그 여자, 샤오저우는 반신불수 남편이 죽고, 우리 엄마를 수양어머니로 모시면서 자주 와서 돌봐 준대요. 라오리와 그 여자가 아직도 만나고 있다는 말이지요. 나도 눈이 단춧구멍만 하고, 두 눈 사이로 코가 툭 튀어나온 그 여자, 샤오저우를 본적이 있어요. 생긴 건 내 발뒤꿈치도 못 따라오게 생겼지만, 그래

　　　　　　　　　　인생의 끝자락에 서서

도 사람은 성실한 것 같더라고요. 라오리의 마음은 여전히 나를 향해 있지만 감히 가까이 다가오지 못할 뿐이죠. 나는 너무 딱 잘라버린 걸 후회했어요. 라오리가 싫어서 그런 것은 아니었거든 요. 쉬 신부님이 우리 부부가 다시 결합할 수 있게 해 달라고 기 도해서 그런 것인지 모르겠지만, 솔직히 말해서, 그때 딱 잘라버 리고 헤어진 것이 후회스러웠어요.

라오리는 언니가 집에 돈도 보태지 않고 언니의 세 아들까지 자기만 뜯어먹고 살고 있으니 이제 더 이상 같이 못 살겠다고 했 어요. 라오리는 읍내에서 식당을 하는 친구가 식당 일을 도와 달 라고 하자, 바로 다바오와 샤오메이를 데리고 읍내로 갔어요. 다 바오는 단지 만드는 공장에 일 배우러 들어갔고 샤오메이는 소 학교에 보냈어요. 라오리는 편지 끝에다 항상, 샤오저우가 리 아 주머니께 안부를 전해 달라고 해, 라는 말을 붙여요. 샤오저우 도 읍내에서 일하는 것 같았어요. 내가 다시 라오리에게 돌아가 면 아마도 샤오저우는 다른 사람에게 시집을 가겠지요. 라오리 는 식당 장사가 잘된다면서 나더러 그만 돌아오라고 했어요. 나 는 똑바로 앞으로 가는 줄만 알지 옆으로 돌아가는 법은 모르는 사람이라 돌아가지 않겠다고 고집을 부렸지요. 나는 해마다 친 척 집에 가는 것처럼 고향 집에 들렀다가 읍내로 가요. 라오리는 땅을 사서 집을 지었어요. 다바오는 공장에 취직해서 월급도 많이 받게 되었고 아주 예쁘고, 착하고, 집안도 좋은 아가씨를 만나서 연애도 했어요. 나는 라오리의 집을 2층으로 한 층 더 올려 지어서 다바오의 신혼집으로 주었지요. 결혼식 때는 시어머니 자리에 앉아서 신랑 신부 절도 받았고요. 라오리는 새로 지은 집에 내 방을 한 칸 마련해 두었어요. 가구까지 전부 넣어 놓고요. 샤오메이는 아직 결혼할 나이도 안 되었는데 집 고치는 일을 하는 사람한테 홀딱 빠져서는 베이징으로 도망갔어요. 거기서 살림을 차렸는데 돈을 많이 벌어서 부자로 살아요. 나도 돈이라면 많이 모았어요. 내가 마지막으로 한 일은 몸 반쪽을 못 쓰는 노마님을 돌보는 일이었어요. 자식들은 모두 해외에 있었고 노마님 혼자 살다가 한 달 전에 죽었는데, 글쎄, 그 노마님이 나한테 엄청 많은 돈을 남겨 준 거예요. 죽기 전에 나를 보고, 리 아줌마, 평생 동안 식구들을 위해서 고생만 하고, 자기 입에는 시원한 얼음과 자 한 번을 못 넣어 봤을 텐데 이제 집에 돌아가서 편안하게 살아요, 라고 말했어요. 하지만 내가 어디 갈 데가 있어요? 나는 어려서부터 고생에 절어서 살아왔어요. 평생 돈을 벌고, 돈을 아끼고, 돈을 모으는 것 말고는 할 줄 모른다고요. 내가 이렇게 많은 돈을 어떻게 다 쓰겠어요? 라오리 장사하는 데 돈을 보태 줄 수도 있지만, 라오리는 도와준답시고 그 돈을 결국 다른 사람한테 줄 게 뻔해요. 나는 그런 데다 돈 쓰기는 싫어요. 그리고 며느리

인생의 끝자락에 서서

를 도와서 손주를 볼 수도 있지만 그런 돈도 안 나오는 일, 나는 하기 싫어요. 딸을 도와서 외손주를 보는 것도 똑같아요. 밥을 먹여 주는 것도 아니고, 돈도 안 주면서, 말로만 나를 봉양한다고 하지요. 내가 언제 나를 봉양해 달라고 했냐고요! 내가 1968년에, 그러니까, 18살 때 라오리에게 시집을 갔고, 1972년, 22살이 됐을 때 베이징에서 일을 시작했지요. 뒤돌아보니, 시집가서 베이징으로 떠나기 전까지, 바로 이 5년이 내 평생 가장 행복하고 편안했던 시절이었어요. 1975년, 내 나이 25살 때부터 라오리와 부부라는 빈 이름만 달고 살다가 이제 1995년, 45살 중년이 되었어요. 지금도 나가면 돈을 벌 수 있는데 집으로 돌아가면 손해 보는 거예요. 남의 집이라고 해도 주인집에서 잘 먹고 잘 자요, 예전에 화교 집에서 애기를 데리고 있을 때도, 비싼 호텔이란 호텔은 다 가서, 밥도 먹어보고, 유원지란 유원지는 다 가서, 놀아도 보고, 산 좋고 물 좋다는 곳도 다 가서, 구경을 안 해 본 데가 없어요. 내 돈으로 그렇게 하려면 아까워서 어떻게 그렇게 해요? 수중에 돈을 쥐고 있어도 나는 쓸 줄을 모르는 사람이에요. 그렇다고 남한테 쓰라고 주기도 싫고요. 처음 일을 시작했을 때 다달이 받는 25위안, 그 월급 때문에 내 평생의 행복을 다 던져 버린 거예요. 지금 다시 가져오려고 해도 가져올 수 없는 행복을 말이에요.

할머니, 나는 이미 반평생을 다 살았어요. 태어나서 결혼할 때까지, 내 반평생의 절반은 고생만 하면서 살았고. 최고로 행복했던 그 5년도 먹을 걱정, 입을 걱정이 끊이지 않았어요. 죽도록 일하느라 힘들었고요. 그 뒤로 남의 집 일을 하면서 살아온 절반도, 좋은 집에서 잘 먹고, 잘 살았다고 하지만, 남의 집에서 밥 먹는 일이 편안할 수 있나요? 밤에 잠을 편안히 잘 수가 있나, 낮에 일을 안 하나, 마냥 쉽고 편안한 일은 아니었지요. 내가 타고난 복은 정말 겨자씨만큼 작을까요? 나는 주님을 믿으니 사람이 이렇게 고생을 하는 것은 죄를 용서받기 위해서라는 걸 알아요. 나는 누구에게, 무슨 죄를 지어서, 이렇게 고생하는 걸까요? 내가 집을 떠난 것 때문에 라오리가 죄를 지었으니, 그것 때문에 그런 걸까요? 사람이 산다는 것은 참 애달픈 일이네요. 그때는 돈이 없어서 고생했는데 지금은 돈이 있어도 아무 소용이 없네요. 나는 한평생, 무엇을 위해서 살아 온 것일까요? (1995년, 슈슈 구술)

인생의 끝자락에 서서

한평원의 운명

어떤 필기소설이었는지 제목이 잘 기억나지 않지만, 소설 속에
〈양간의 예언楊艮議命〉이라는 대목이 있었다. 양간은 운명을 점치는
사람이었는데 한평원의 사주에서 성신聖申, 신해辛亥, 기이己巳, 규
신圭申의 8괘를 뽑아 정묘년에 반드시 재난을 당할 것이라고 예
언했다. 소설에는 양간이 '주몽여 앞으로 나아가, 상소를 삼가고,
간언을 하지 말라'라고 했으며 '이후에 양간의 말은 모두 적중하
였다'라고 나와 있다. 한평원은 남송의 권신인 한탁주이다. 한때
평원군왕에 봉해지고 권력을 장악하였으나 정묘년에 전쟁에서
패하고 참수당했다.

양심

2006년 5월 24일 〈신민만보新民晚報〉에 보도된 기사이다. 지린성 옌지시 외곽에 사는 부부가 10년 전 길에서 주운 4만 위안을 가지고 주인을 찾아 달라며 파출소를 찾아왔다. 이 기사는 본문에서 다루었던 여러 가지 문제들을 잘 설명할 수 있는 실제의 예가 될 수 있을 것 같다. 먼저 보도된 기사를 간추려서 이야기하고, 내 의견을 덧붙여 주석으로 싣는다.

1996년 여름, 밤늦은 시각에 49살의 택시 기사가 남녀 승객 2명을 태웠다. 목적지에 도착한 후 승객들은 잔돈이 모자라게 요금을 주면서 오히려 택시 기사에게 한바탕 욕을 퍼붓고 내렸다. 택시 기사는 승객이 차에서 내린 후에 그들이 두고 내린 돈 가방

인생의 끝자락에 서서

을 발견했다. 돈을 세어 보니 모두 4만 위안이었다.

택시 기사는 그렇게 큰돈을 생전 처음 보았다. 택시 기사는 넉넉하지 않은 살림에도 어려운 사람들을 도우며 사는 사람이었는데, 갑자기 너무 큰돈을 보게 되니 두려워서 아내에게도 말할 수가 없었다.

그 못된 승객들이 돈 가방을 까맣게 잊고 찾지 않기를 바랐지만, 그로부터 4일 후 남자 승객이 우람하고 건장한 사내 3명과 함께 택시 기사를 찾아왔다. 그들은 다짜고짜 택시 기사에게 5만 위안을 본 적 있느냐고 묻더니 택시 기사를 자신들이 몰고 온 트럭에 태워서 파출소로 데리고 갔다. 그들은 택시 기사가 자신들의 돈, 5만 위안을 주웠는데 돌려주지 않는다고 주장했다. 택시 기사는 무섭기는 했지만 그들의 태도에 너무 화가 나서 돈을 주운 적이 없다고 한마디로 잘라 말했다. 택시 기사는 마음속으로 4만 위안을 주웠다고 말하고 싶었지만, 그러면 나머지 1만 위안도 돌려달라고 할 테니 돈을 주웠다고 말하면 안 된다고 생각했다.

4만 위안이라는 돈은 택시 기사에게 매우 유혹적이었다. 반년이 지나고 경찰이 또 찾아왔다. 경찰은 돈 가방을 줍지 않았느냐고 물었고, 이번에도 택시 기사는 돈 가방을 줍지 않았다고 대답했다.

하지만 이제 택시 기사의 아내도 남편이 거금을 주운 사실을 알게 되었고, 역시 두려움에 떨었다. 아내는 간경화를 앓고 있었고, 일해서 돈을 벌 수가 없으니 늘 병원비를 빌리러 다녔다. 택시 기사 부부는 14살 아들에게 늘 정직하고 착한 사람이 되어야 한다고 가르치는 부모였다. 이 거금은 정직한 부부의 앞에 놓인, 뿌리칠 수 없는 유혹이었지만, 양심이 허락하지 않아 쓸 수도 없는 돈이었다.

택시 기사는 생계를 유지하고 아내의 병을 치료하기 위해서 두부도 팔아보고, 거리에서 군고구마도 굽고, 순대 장사도 해 보고, 채소 농사까지 지어 보았다. 택시 기사는 '내가 여태까지 무슨 일이든 다 해 봤지만 거짓말은 단 한 번도 하지 않았어. 이번 딱 한 번, 평생 처음으로 하는 거짓말인데 뭐 어때!' 하고 생각했다.

택시 기사 부부는 여전히 아들에게 정직한 사람, 신뢰할 수 있는 사람이 되어야 한다고 가르쳤지만, 돈 가방만 생각하면 도저히 정직하라는 말이 나오지 않았다.

돈 가방은 거대한 산처럼 부부를 짓눌렀다. 10년 동안 숨조차 제대로 쉴 수가 없었다. 마침내 택시 기사 부부는 돈 가방을 들고 파출소로 향했다. 그제야 고달픈 생활이지만 마음만은 편안하게 살 수 있었다.

택시 기사 부부를 10년 동안 괴롭혔던 양심의 가책이 바로 영성의 양심과 욕심의 싸움이며, 정신과 육체의 투쟁이다. 그들은 소박한 시골에 사는 사람들이라서 비뚤어지지 않은 것이다. 비뚤어진 마음이었다면 '돈 주인은 착한 사람들의 돈을 뜯어내는 건달인데 이런 건달한테도 양심에 맞게 행동할 필요가 있을까? 그 돈이 진짜 필요한 사람은 바로 나야!'라고 말할 수도 있었을 것이다. 그 돈으로 병원비 때문에 생긴 빚을 갚을 수 있었고, 좀 더 여유로운 생활을 할 수도 있었다. 하지만 택시 기사 부부의 영성의 양심은 10년이라는 기나긴 세월 동안 욕심과 싸워 마침내 승리했다. 그들은 양심을 속이지 않았다. 파출소의 경찰들도 이런 사건은 처음이라고 말하며 모두 감동했다. 기자는 택시 기사 부부의 이야기를 보도하며 많은 사람이 스스로 되돌아보는 계기가 되는 이 감동적인 이야기를 사회 전체에 널리 알리겠다고 말했다.

양심은 인간의 본성에서 나온다. 남과 자신을 속이지만 않는다면 양심은 억누른다고 해도 사라지지 않는다.

옮긴이의 말

인생의 끝자락에 서서

삶이 위태로울 때 〈인생의 끝자락에 서서〉를 읽었다. 인간의 죽음에 대해 의문을 가지고 철학, 종교, 사상에 관한 책들을 정신없이 뒤지며 답을 찾았다. 고통이 밀려올 때마다 죽음 뒤에는 정말 모든 것이 끝나고 아무것도 남지 않는지, 간절히 알고 싶었다.

평생 열심히 살아왔는데 왜 이런 일을 당해야 하는지, 기도하고 또 기도했는데 왜 원하는 대로 되지 않는지, 타고난 복이 결국 이것밖에 안 되는지, 앞으로 어떻게 살아야 하는지, 그냥 이대로 끝나는 것인지……, 수많은 의문에 대한 답을 찾아야만 했다. 답을 찾지 않고는 한 발자국도 앞으로 나아갈 수 없었다.

백 년 인생을 완성한 철학적 탐구서

〈인생의 끝자락에 서서〉는 양장 선생이 96살에 이르러 완성한 철학 탐구서이다. 죽음 뒤에는 정말 모든 것이 끝나고 아무것도 남지 않는지, 영혼은 어떻게 되는지, 신을 믿어야 하는지, 귀신은 있는지, 인간이란 어떤 존재인지, 인간의 삶이 왜 고통스러운지, 운명을 바꿀 수는 없는지, 인생의 가치는 무엇인지, 무엇을 위해 살아야 하는지……, 양장 선생은 하나하나 스스로 묻고 스스로 답한다.

양장 선생의 철학적 탐구는 대담하고도 자유롭다. 전공자는 물론 일반 독자도 이해하기 쉽도록 동서양 철학의 근간이 되는 사상들을 정리하고, 〈논어〉〈중용〉 등 경전을 새롭게 해석한다. 주석으로 수록된 〈공자의 아내〉, 〈윈터 교수의 나무타기〉, 〈라오 신부님〉, 〈이웃집 까치 부부〉, 〈셋째 삼촌의 연애〉 등 주옥같은 총 14편의 산문들은 생생히 살아 움직이는 인물들의 삶을 보여주며 양장 선생의 사상을 증명하고, 이로써 양장 선생의 사상은 애매모호한 담론에 그치지 않고 철저하게 현실에 적용할 수 있는 새로운 철학으로 완성된다.

〈인생의 끝자락에 서서〉는 누구나 사유의 세계로 들어와, 스스로 묻고 답하며, 인생의 가치를 탐구할 수 있도록 기존의 종교, 철학 서적들이 쌓아 놓은 높고 웅장한 성벽에 쉽게 열 수 있는 작은 문을 새롭게 만들어 놓았다.

나의 빛나는 영혼, 애달픈 인생을 위로하며

귀신 이야기에 홀린 듯 〈인생의 끝자락에 서서〉를 단숨에 읽어 버렸다. 억울하고, 두렵고, 서러웠던 마음이 신명한 굿판을 벌인 것처럼 말갛게 씻겨 내려갔다. 고요하게 내 영혼을 되돌아보고, 스스로 묻고 답하며, 앞으로 걸어가야 할 길을 가늠할 수 있었다.

세상이라는 뜨거운 용광로 속에서 고통으로 몸부림치는 수많은 영혼과 함께 이 책을 읽고 싶다. 2023년 〈인생의 끝자락에 서서〉 한국어판 출간으로 그들의 빛나는 영혼이 그들의 애달픈 인생을 위로하길 바란다.

2022년 가을. 윤지영

옮긴이 | 윤지영

서울 '으뜸책방'의 막내딸로 태어났다. 이화여자대학교 정치외교학과를 졸업하고 새천년
이 시작된 해에 북경으로 삶의 터전을 옮겨 이웃나라 중국의 다양한 사람과 풍부한 문화
예술에 심취하였다. 대우전자와 삼성오픈타이드차이나에서 소비자의 '삶'을 연구하였고
제주의 청량한 바람에 반해 13년간의 북경살이를 마치고 제주로 돌아왔다. 제주대학교
통역번역대학원을 졸업하고 한국의 독자들과 '중국어 나눔'의 기쁨을 누리며 살고 있다.

인생의 끝자락에 서서

초판 1쇄 인쇄 2022년 12월 20일
초판 1쇄 발행 2023년 1월 8일

지은이 | 양장
옮긴이 | 윤지영
교정팀 | 제주대학교 통역번역대학원
　　　　박정미, 우문시, 이춘애, 최원우
디자인 | 김형균

펴낸이 | 윤지영
펴낸곳 | 도서출판 슈몽
출판등록 | 2017년 6월 15일 제652-251002017000029호
주소 | 제주특별자치도 서귀포시 대정읍 에듀시티로 23, 103-301
전화 | (064) 901-8153
이메일 | master@shumong.com
홈페이지 | www.shumong.com
인쇄·제작 | ㈜프리온

ISBN | 979-11-971371-7-4 (03820)